ÁNCORA Y DELFÍN. 27
CARMEN LAFORET. - NADA

CARMEN LAFORET

NADA

PREMIO EUGENIO NADAL 1944

EDICIONES DESTINO

© Carmen Laforet
© Ediciones Destino
Consejo de Ciento, 425. Barcelona - 9
Primera edición: mayo 1945
Segunda edición: septiembre 1945
Tercera edición: noviembre 1945
Cuarta edición: febrero 1946
Quinta edición: abril 1946
Sexta edición: agosto 1947
Séptima edición: abril 1949
Octava edición: enero 1951
Novena edición: septiembre 1952
Décima edición: junio 1954
Undécima edición: septiembre 1955
Duodécima edición: noviembre 1957
Decimotercera edición: octubre 1960
Decimocuarta edición: junio 1963
Decimoquinta edición: febrero 1965
Decimosexta edición: diciembre 1965
Decimoséptima edición: noviembre 1966
Decimoctava edición: noviembre 1967
Decimonovena edición: mayo 1969
Vigésima edición: junio 1970
Vigesimoprimera edición: julio 1971
Vigesimosegunda edición: julio 1973
ISBN: 84 - 233 - 0787 - 5
Depósito Legal: B. 26.182-1973
Impreso por Gráficas Instar
Constitución, 19. Barcelona - 14
Impreso en España - Printed in Spain

A mis amigos Linka Babecka de
Borrell y el pintor Pedro Borrell

NADA

(Fragmento)

A veces un gusto amargo,
Un olor malo, una rara
Luz, un tono desacorde,
Un contacto que desgana,
Como realidades fijas
Nuestros sentidos alcanzan
Y nos parecen que son
La verdad no sospechada...

J. R. J.

PRIMERA PARTE

I

Por dificultades en el último momento para adquirir billetes, llegué a Barcelona a médianoche, en un tren distinto del que había anunciado, y no me esperaba nadie.

Era la primera noche que viajaba sola, pero no estaba asustada; por el contrario, no parecía una aventura agradable y excitante aquella profunda libertad en la noche. La sangre, después del viaje largo y cansado, me empezaba a circular en las piernas entumecidas y con una sonrisa de asombro miraba la gran estación de Francia y los grupos que estaban aguardando el expreso y los que llegábamos con tres horas de retraso.

El olor especial, el gran rumor de la gente, las luces siempre tristes, tenían para mí un gran encanto, ya que envolvía todas mis impresiones en la maravilla de haber llegado por fin a una ciudad grande, adorada en mis ensueños por desconocida.

Empecé a seguir —una gota entre la corriente— el rumbo de la masa humana que, cargada de maletas, se volcaba en la salida. Mi equipaje era un maletón muy pesado —porque estaba casi lleno de libros— y lo llevaba yo misma con toda la fuerza de mi juventud y de mi ansiosa expectación.

Un aire marino, pesado y fresco, entró en mis pulmones con la primera sensación confusa de la ciudad: una masa de casas dormidas; de establecimientos cerrados; de faroles como centinelas borrachos de soledad. Una respiración grande, dificultosa, venía con el cuchicheo de la madrugada. Muy cerca, a mi espalda, enfrente de las callejuelas misteriosas que conducen al Borne, sobre mi corazón excitado, estaba el mar.

Debía parecer una figura extraña con mi aspecto risueño y mi viejo abrigo que, a impulsos de la brisa, me azotaba las piernas, defendiendo mi maleta, desconfiada de los obsequiosos «camàlics».

Recuerdo que, en pocos minutos, me quedé sola en la gran acera, porque la gente corría a coger los escasos taxis o luchaba por arracimarse en el tranvía.

Uno de esos viejos coches de caballos que han vuelto a surgir después de la guerra se detuvo delante de mí y lo tomé sin titubear, causando la envidia de un señor que se lanzaba detrás de él desesperado, agitando el sombrero.

Corrí aquella noche, en el desvencijado vehículo, por anchas calles vacías y atravesé el corazón de la ciudad lleno de luz a toda hora, como yo quería que estuviese, en un viaje que me pareció corto y que para mí se cargaba de belleza.

El coche dio la vuelta a la plaza de la Universidad y recuerdo que el bello edificio me conmovió como un grave saludo de bienvenida.

Enfilamos la calle de Aribau, donde vivían mis parientes, con sus plátanos llenos aquel octubre de espeso verdor y su silencio vívido de la respiración de mil almas detrás de los balcones apagados. Las ruedas del coche levantaban una estela de ruido, que repercutía en mi cerebro. De improviso sentí crujir y balancearse todo el armatoste. Luego quedó inmóvil.

—Aquí es —dijo el cochero.

Levanté la cabeza hacia la casa frente a la cual estábamos. Filas de balcones se sucedían iguales con su hierro oscuro, guardando el secreto de las viviendas. Los miré y no pude adivinar cuáles serían aquellos a los que en adelante yo me asomaría. Con la mano un poco temblorosa di unas monedas al vigilante, y cuando él cerró el portal detrás de mí, con gran temblor de hierro y cristales, comencé a subir muy despacio la escalera, cargada con mi maleta.

Todo empezaba a ser extraño a mi imaginación; los estrechos y desgastados escalones de mosaico, iluminados por la luz eléctrica, no tenían cabida en mi recuerdo.

Ante la puerta del piso me acometió un súbito temor de despertar a aquellas personas desconocidas que eran para mí, al fin y al cabo, mis parientes y estuve un rato titubeando antes de iniciar una tímida llamada a la que nadie contestó. Se empezaron a apretar los latidos de mi corazón y oprimí de nuevo el timbre. Oí una voz temblorosa:

«¡Ya va! ¡Ya va!»

Unos pies arrastrándose y unas manos torpes descorriendo cerrojos.

Luego me pareció todo una pesadilla.

Lo que estaba delante de mí era un recibidor alumbrado por la única y débil bombilla que quedaba sujeta a uno de los brazos de la lámpara, magnífica y sucia de telarañas, que colgaba del techo. Un fondo oscuro de muebles colocados unos sobre otros como en las mudanzas. Y en primer término la mancha blanquinegra de una viejecita decrépita, en camisón, con una toquilla echada sobre los hombros. Quise pensar que me había equivocado de piso, pero aquella infeliz viejecilla conservaba una sonrisa de bondad tan dulce, que tuve la seguridad de que era mi abuela.

—¿Eres tú, Gloria? —dijo cuchicheando.

Yo negué con la cabeza, incapaz de hablar, pero ella no podía verme en la sombra.

—Pasa, pasa, hija mía. ¿Qué haces ahí? ¡Por Dios! ¡Que no se dé cuenta Angustias de que vuelves a estas horas!

Intrigada, arrastré la maleta y cerré la puerta detrás de mí. Entonces la pobre vieja empezó a balbucear algo, desconcertada.

—¿No me conoces, abuela? Soy Andrea.

—¿Andrea?

Vacilaba. Hacía esfuerzos por recordar. Aquello era lastimoso.

—Sí, querida, tu nieta... no pude llegar esta mañana como había escrito.

La anciana seguía sin comprender gran cosa, cuando de una de las puertas del recibidor salió en pijama un tipo descarnado y alto que se hizo cargo de la situación. Era uno de mis tíos; Juan. Tenía la cara llena de concavidades, como una calavera, a la luz de la única bombilla de la lámpara.

En cuanto él me dio unos golpecitos en el hombro y me llamó sobrina, la abuelita me echó los brazos al cuello con los ojos claros llenos de lágrimas y dijo «pobrecita» muchas veces...

En toda aquella escena había algo angustioso, y en el piso un calor sofocante como si el aire estu-

viera estancado y podrido. Al levantar los ojos
vi que habían aparecido varias mujeres fantasma-
les. Casi sentí mi piel al vislumbrar a una de ellas,
vestida con un traje negro que tenía trazas de camisón de dormir. Todo en aquella mujer parecía
horrible y destrozado, hasta la verdosa dentadura
que me sonreía. La seguía un perro, que bostezaba
ruidosamente, negro también el animal, como
una prolongación de su luto. Luego me dijeron que
era la criada, pero nunca otra criatura me ha pro-
ducido impresión más desagradable.

Detrás del tío Juan había aparecido otra mujer
flaca y joven con los cabellos revueltos, rojizos, sobre la aguda cara blanca y una languidez de sábana
colgada, que aumentaba la penosa sensación del conjunto.

Yo estaba aún sintiendo la cabeza de la abuela sobre mi hombro, apretada por su brazo y todas aquellas figuras me parecían igualmente alargadas y sombrías. Alargadas, quietas y tristes, como luces de un
velatorio de pueblo.

—Bueno, ya está bien, mamá, ya está bien —dijo
una voz seca y como resentida.

Entonces supe que aún había otra mujer a mi espalda. Sentí una mano sobre mi hombro y otra en mi
barbilla. Yo soy alta, pero mi tía Angustias lo era más
y me obligó a mirarla así. Ella manifestó cierto desprecio en su gesto. Tenía los cabellos entrecanos que
le bajaban hasta los hombros y cierta belleza en su
cara oscura y estrecha.

—¡Vaya un plantón que me hiciste dar esta mañana, hija!... ¿Cómo me podía yo imaginar que ibas
a llegar de madrugada?

Había soltado mi barbilla y estaba delante de mí

con toda la altura de su camisón blanco y de su
bata azul.

—Señor, Señor, ¡qué trastorno! Una criatura así,
sola…

Oí gruñir a Juan.

—¡Ya está la bruja de Angustias estropeándolo
todo!

Angustias aparentó no oírlo.

—Bueno, tú estarás cansada. Antonia —ahora se
dirigía a la mujer enfundada de negro—, tiene usted que preparar una cama para la señorita.

Yo estaba cansada y, además, en aquel momento
me sentía espantosamente sucia. Aquellas gentes, mo-
viéndose o mirándose en un ambiente que la aglo-
meración de cosas ensombrecía, parecían haberme
cargado con todo el calor y el hollín del viaje, de que
antes me había olvidado. Además, deseaba angustio-
samente respirar un soplo de aire puro.

Observé que la mujer desgreñada me miraba sonriendo, abobada por el sueño, y miraba también mi
maleta con la misma sonrisa. Me obligó a volver la
vista en aquella dirección y mi compañera de viaje
me pareció un poco conmovedora en su desamparo
de pueblerina. Pardusca, amarrada con cuerdas, siendo, a mi lado, el centro de aquella extraña reunión.

Juan se acercó a mí:

—¿No conoces a mi mujer, Andrea?

Y empujó por los hombros a la mujer despeinada.

—Me llamo Gloria —dijo ella.

Vi que la abuelita nos estaba mirando con una
ansiosa sonrisa.

—¡Bah, bah!… ¿qué es eso de daros la mano?
Abrazaos, niñas… ¡así, así!

Gloria me susurró al oído:

—¿Tienes miedo?

Y entonces casi lo sentí, porque vi la cara de Juan que hacía muecas nerviosas mordiéndose las mejillas. Era que trataba de sonreír.

Volvió tía Angustias autoritaria.

—¡Vamos!, a dormir, que es tarde.

—Quisiera lavarme un poco —dije.

—¿Cómo? ¡Habla más fuerte! ¿Lavarte?

Los ojos se abrían asombrados sobre mí. Los ojos de Angustias y de todos los demás.

—Aquí no hay agua caliente —dijo al fin Angustias.

—No importa...

—¿Te atreverás a tomar una ducha a estas horas?

—Sí —dije—, sí.

¡Qué alivio el agua helada sobre mi cuerpo! ¡Qué alivio estar fuera de las miradas de aquellos seres originales! Pensé que allí el cuarto de baño no se debía utilizar nunca. En el manchado espejo del lavabo —¡qué luces macilentas, verdosas, había en toda la casa!— se reflejaba el bajo techo cargado de telas de arañas, y mi propio cuerpo entre los hilos brillantes del agua, procurando no tocar aquellas paredes sucias, de puntillas sobre la roñosa bañera de porcelana.

Parecía una casa de brujas aquel cuarto de baño. Las paredes tiznadas conservaban la huella de manos ganchudas, de gritos de desesperanza. Por todas partes los desconchados abrían sus bocas desdentadas rezumantes de humedad. Sobre el espejo, porque no cabía en otro sitio, habían colocado un bodegón macabro de besugos pálidos y cebollas sobre fondo negro. La locura sonreía en los grifos torcidos.

Empecé a ver cosas extrañas como los que están

borrachos. Bruscamente cerré la ducha, el cristalino
y protector hechizo, y quedé sola entre la suciedad
de las cosas.

No sé cómo pude llegar a dormir aquella noche.
En la habitación que me habían destinado se veía
un gran piano con las teclas al descubierto. Nume-
rosas cornucopias —algunas de gran valor— en las
paredes. Un escritorio chino, cuadros, muebles abi-
garrados. Parecía la buhardilla de un palacio
abandonado, y era, según supe, el salón de la casa.

En el centro, como un túmulo funerario rodeado
por dolientes seres —aquella doble fila de sillones
destripados—, una cama turca, cubierta por una
manta negra, donde yo debía dormir. Sobre el piano
habían colocado una vela, porque la gran lámpara
del techo no tenía bombillas.

Angustias se despidió de mí haciendo en mi frente
la señal de la cruz, y la abuela me abrazó con ternura. Sentí palpitar su corazón como un animalillo
contra mi pecho.

—Si te despiertas asustada, llámame, hija mía
—dijo con su vocecilla temblona.

Y luego, en un misterioso susurro a mi oído:

—Yo nunca duermo, hijita, siempre estoy haciendo algo en la casa por las noches. Nunca, nunca
duermo.

Al fin se fueron, dejándome con la sombra de los
muebles, que la luz de la vela hinchaba llenando de
palpitaciones y profunda vida. El hedor que se advertía en toda la casa llegó en una ráfaga más fuerte.
Era un olor a porquería de gato. Sentí que me ahogaba y trepé en peligroso alpinismo sobre el respaldo
de un sillón para abrir una puerta que aparecía en
tre cortinas de terciopelo y polvo. Pude lograr mi

intento en la medida que los muebles lo permitían y vi que comunicaba con una de esas galerías abiertas que dan tanta luz a las casas barcelonesas. Tres estrellas temblaban en la suave negrura de arriba y al verlas tuve unas ganas súbitas de llorar, como si viera amigos antiguos, bruscamente recobrados.

Aquel iluminado palpitar de las estrellas me trajo en tropel toda mi ilusión a través de Barcelona, hasta el momento de entrar en este ambiente de gentes y de muebles endiablados. Tenía miedo de meterme en aquella cama parecida a un ataúd. Creo que estuve temblando de indefinibles terrores cuando apagué la vela.

II

A<small>L</small> amanecer, las ropas de la cama, revueltas, estaban en el suelo. Tuve frío y las atraje sobre mi cuerpo.

Los primeros tranvías empezaban a cruzar la ciudad, y amortiguado por la casa cerrada llegó hasta mí el tintineo de uno de ellos, como en aquel verano de mis siete años, cuando mi última visita a los abuelos. Inmediatamente tuve una percepción nebulosa, pero tan vívida y fresca como si me la trajera el olor de una fruta recién cogida, de lo que era Barcelona en mi recuerdo: este ruido de los primeros tranvías, cuando tía Angustias cruzaba ante mi camita improvisada para cerrar las persianas que dejaban pasar ya demasiada luz. O por las noches, cuando el calor no me dejaba dormir y el traqueteo subía la cuesta de la calle de Aribau, mientras la brisa traía olor a las ramas de los plátanos, verdes y polvorientos, bajo el balcón abierto. Barcelona era también unas aceras húmedas de riego, y mucha gente bebiendo refrescos en un café... Todo lo demás, las grandes tiendas iluminadas, los autos, el bullicio, y hasta el mismo paseo del día anterior desde la estación, que yo añadía a mi idea de la ciudad, era algo pálido y falso, cons-

truido artificialmente como lo que demasiado traba-
jado y manoseado pierde su frescura original.

Sin abrir los ojos sentí otra vez una oleada venturosa y cálida. Estaba en Barcelona. Había amon-
tonado demasiados sueños sobre este hecho concreto
para no parecerme un milagro aquel primer rumor de
la ciudad diciéndome tan claro que era una realidad
verdadera como mi cuerpo, como el roce áspero de
la manta sobre mi mejilla. Me parecía haber soñado
cosas malas, pero ahora descansaba en esta alegría.

Cuando abrí los ojos vi a mi abuela mirándome.
No a la viejecita de la noche anterior, pequeña y con-
sumida, sino a una mujer de cara ovalada bajo el
velillo de tul de un sombrero a la moda del siglo pasado. Sonreía muy suavemente, y la seda azul de su
traje tenía una tierna palpitación. Junto a ella, en la
sombra, mi abuelo, muy guapo, con la espesa barba
castaña y los ojos azules bajo las cejas rectas.

Nunca les había visto juntos en aquella época de
su vida, y tuve curiosidad por conocer el nombre del
artista que firmaba los cuadros. Así eran los dos
cuando vinieron a Barcelona hacía cincuenta años.
Había una larga y difícil historia de sus amores —no
recordaba ya bien qué... quizás algo relacionado con
la pérdida de una fortuna—. Pero en aquel tiempo el
mundo era optimista y ellos se querían mucho. Es-
trenaron este piso de la calle de Aribau, que entonces empezaba a formarse. Había muchos solares aún,
y quizás el olor a tierra trajera a mi abuela reminis-
cencias de algún jardín de otros sitios. Me la imaginé
con ese mismo traje azul, con el mismo gracioso sombrero, entrando por primera vez en el piso vacío, que
olía aún a pintura. «Me gustará vivir aquí» —pen-
saría al ver a través de los cristales el descampado—,

«es casi en las afueras, ¡tan tranquilo!, y esta casa
es tan limpia, tan nueva...» Porque ellos vinieron a
Barcelona con una ilusión opuesta a la que a mí me
trajo: el descanso, en un trabajo seguro y metódico.
Fue su puerto de refugio la ciudad que a mí se me
antojaba como palanca de mi vida.

Aquel piso de ocho balcones se llenó de cortinas
—encajes, terciopelos, lazos—; los baúles volcaron su
contenido de fruslerías, algunas valiosas. Los rincones se fueron llenando. Las paredes también. Relojes
historiados dieron a la casa su latido vital. Un piano
—¿cómo podría faltar?—, sus lánguidos aires cu-
banos en el atardecer.

Aunque no eran muy jóvenes tuvieron muchos
niños, como en los cuentos. Mientras tanto, la calle de
Aribau crecía. Casas tan altas como aquélla y más
altas aún formaron las espesas y anchas manzanas.
Los árboles estiraron sus ramas y vino el primer tranvía eléctrico para darle su peculiaridad. La casa fue
envejeciendo, se le hicieron reformas, cambió de due-
ños y de porteros varias veces, y ellos siguieron como
una institución inmutable en aquel primer piso.

Cuando yo era la única nieta pasé allí las tempo-
radas más excitantes de mi vida infantil. La casa ya
no era tranquila. Se había quedado encerrada en el
corazón de la ciudad. Luces, ruidos, el oleaje entero
de la vida rompía contra aquellos balcones con cortinas de terciopelo. Dentro también desbordaba; había demasiada gente. Para mí aquel bullicio era encantador. Todos los tíos me compraban golosinas y
me premiaban las picardías que hacía a los otros.
Los abuelos tenían ya el pelo blanco, pero eran aún
fuertes y reían todas mis gracias. ¿Todo esto podía
estar tan lejano?...

Tenía una sensación de inseguridad frente a todo lo que allí había cambiado, y esta sensación se agudizó mucho cuando tuve que pensar en enfrentarme con los personajes que había entrevisto la noche antes. «¿Cómo serán?», pensaba yo. Y estaba allí en la cama, vacilando, sin atreverme a afrontarlos.

La habitación con luz del día había perdido su horror, pero no su desarreglo espantoso, su absoluto abandono. Los retratos de los abuelos colgaban torcidos y sin marco de una pared empapelada de oscuro con manchas de humedad, y un rayo de sol polvoriento subía hasta ellos.

Me complací en pensar en que los dos estaban muertos hacía años. Me complací en pensar que nada tenía que ver la joven del velo de tul con la pequeña momia irreconocible que me había abierto la puerta. La verdad era, sin embargo, que ella vivía, aunque fuera lamentable, entre la cargazón de trastos inútiles que con el tiempo se habían ido acumulando en su casa.

Tres años hacía que, al morir el abuelo, la familia había decidido quedarse sólo con la mitad del piso. Las viejas chucherías y los muebles sobrantes fueron una verdadera avalancha, que los trabajadores encargados de tapiar la puerta de comunicación amontonaron sin método unos sobre otros. Y ya se quedó la casa en el desorden provisional que ellos dejaron.

Vi, sobre el sillón al que yo me había subido la noche antes, un gato despeluciado que se lamía sus patas al sol. El bicho parecía ruinoso, como todo lo que le rodeaba. Me miró con sus grandes ojos al parecer dotados de individualidad propia; algo así como si fueran unos lentes verdes y brillantes colocados sobre el hociquillo y sobre los bigotes canosos. Me restregué los párpados y volví a mirarle. Él enarcó el lomo y se le marcó el espinazo en su flaquísimo cuerpo. No pude menos de pensar que tenía un singular aire de familia con los demás personajes de la casa; como ellos, presentaba un aspecto excéntrico y resultaba espiritualizado, como consumido por ayunos largos, por la falta de luz y quizá por las cavilaciones. Le sonreí y empecé a vestirme.

Al abrir la puerta de mi cuarto me encontré en el sombrío y cargado recibidor hacia el que convergían casi todas las habitaciones de la casa. Enfrente aparecía el comedor, con un balcón abierto al sol. Tropecé, en mi camino hacia allí, con un hueso, pelado seguramente por el perro. No había nadie en aquella habitación, a excepción de un loro que rumiaba cosas suyas, casi riendo. Yo siempre creí que aquel animal estaba loco. En los momentos menos oportunos chillaba de un modo espeluznante. Había una mesa grande con un azucarero vacío abandonado encima. Sobre una silla, un muñeco de goma desteñido.

Yo tenía hambre, pero no había nada comestible que no estuviera pintado en los abundantes bodegones que llenaban las paredes, y los estaba mirando cuando me llamó mi tía Angustias.

El cuarto de mi tía comunicaba con el comedor y tenía un balcón a la calle. Ella estaba de espaldas, sentada frente al pequeño escritorio. Me paré, asombrada, a mirar la habitación porque aparecía limpia y en orden como si fuera un mundo aparte en aquella casa. Había un armario de luna y un gran crucifijo tapiando otra puerta que comunicaba con el recibidor; al lado de la cabecera de la cama, un teléfono.

La tía volvía la cabeza para mirar mi asombro con cierta complacencia.

Estuvimos un rato calladas y yo inicié desde la puerta una sonrisa amistosa.

—Ven, Andrea — me dijo ella—. Siéntate.

Observé que con la luz del día Angustias parecía haberse hinchado, adquiriendo bultos y formas bajo su guardapolvo verde, y me sonreí pensando que mi imaginación me jugaba malas pasadas en las primeras impresiones.

—Hija mía, no sé cómo te han educado...

(Desde los primeros momentos, Angustias estaba empezando a hablar como si se preparase para hacer un discurso.)

Yo abrí la boca para contestarle, pero me interrumpió con un gesto de su dedo.

—Ya sé que has hecho parte de tu Bachillerato en un colegio de monjas y que has permanecido allí durante casi toda la guerra. Eso, para mí, es una garantía... pero... esos dos años junto a tu prima —la familia de tu padre ha sido siempre muy rara—, en el ambiente de un pueblo pequeño, ¿cómo habrán sido? No te negaré, Andrea, que he pasado la noche preocupada por ti, pensando... Es muy difícil la tarea de cuidar de ti, de moldearte en la obediencia... ¿Lo conseguiré? Creo que sí. De ti depende facilitármelo.

No me dejaba decir nada y yo tragaba sus palabras por sorpresa, sin comprenderlas bien.

—La ciudad, hija mía, es un infierno. Y en toda España no hay ciudad que se parezca más al infierno que Barcelona... Estoy preocupada con que anoche vinieras sola de la estación. Te podía haber pasado algo. Aquí vive la gente aglomerada, en acecho unos contra otros. Toda prudencia en la conducta es poca, pues el diablo reviste tentadoras formas... Una joven en Barcelona debe ser como una fortaleza. ¿Me entiendes?

—No, tía.

Angustias me miró.

—No eres muy inteligente, nenita.

Otra vez nos quedamos calladas.

—Te lo diré de otra forma: eres mi sobrina; por lo tanto, una niña de buena familia, modosa, cristiana e inocente. Si yo no me ocupara de ti para todo, tú en Barcelona encontrarías multitud de peligros. Por lo tanto, quiero decirte que no te dejaré dar un paso sin mi permiso. ¿Entiendes ahora?

—Sí.

—Bueno, pues pasemos a otra cuestión. ¿Por qué has venido?

Yo contesté rápidamente:

—Para estudiar.

(Por dentro, todo mi ser estaba agitado con la pregunta.)

—Para estudiar Letras, ¿eh?... Sí, ya he recibido una carta de tu prima Isabel. Bueno, yo no me opongo, pero siempre que sepas que todo nos lo deberás a nosotros, los parientes de tu madre. Y que gracias a nuestra caridad lograrás tus aspiraciones.

—Yo no sé si tú sabes...

—Sí; tienes una pensión de doscientas pesetas al mes, que en esta época no alcanzará ni para la mitad de tu manutención... ¿No has merecido una beca para la Universidad?

—No, pero tengo matrículas gratuitas.

—Eso no es mérito tuyo, sino de tu orfandad

Otra vez estaba yo confusa, cuando Angustias reanudó la conversación de un modo insospechado.

—Tengo que advertirte algunas cosas. Si no me

doliera hablar mal de mis hermanos te diría que después de la guerra han quedado un poco mal de los nervios... Sufrieron mucho los dos, hija mía, y con ellos sufrió mi corazón... Me lo pagan con ingratitudes, pero yo les perdono y rezo a Dios por ellos. Sin embargo, tengo que ponerte en guardia...

Bajó la voz hasta terminar en un susurro casi tierno.

—Tu tío Juan se ha casado con una mujer nada conveniente. Una mujer que está estropeando su vida... Andrea; si yo algún día supiera que tú eras amiga de ella, cuenta con que me darías un gran disgusto, con que yo me quedaría muy apenada...

Yo estaba sentada frente a Angustias en una silla dura que se me iba clavando en los muslos bajo la falda. Estaba además desesperada porque me había dicho que no podría moverme sin su voluntad. Y la juzgaba, sin ninguna compasión, corta de luces y autoritaria. He hecho tantos juicios equivocados en mi vida, que aún no sé si éste era verdadero. Lo cierto es que cuando se puso blanda al hablarme mal de Gloria, mi tía me fue muy antipática. Creo que pensé que tal vez no me iba a resultar desagradable disgustarla un poco, y la empecé a observar de reojo. Vi que sus facciones, en conjunto, no eran feas y sus manos tenían, incluso, una gran belleza de líneas. Yo le buscaba un detalle repugnante mientras ella continuaba su monólogo de órdenes y consejos, y al fin, cuando ya me dejaba marchar, vi sus dientes de un color sucio...

—Dame un beso, Andrea —me pedía ella en ese momento.

Rocé su pelo con mis labios y corrí al comedor antes de que pudiera atraparme y besarme a su vez.

En el comedor había gente ya. Inmediatamente vi a Gloria que, envuelta en un quimono viejo, daba a cucharadas un plato de papilla espesa a un niño pequeño. Al verme me saludó sonriente.

Yo me sentía oprimida como bajo un cielo pesado de tormenta, pero al parecer no era la única que sentía en la garganta el sabor a polvo que da la tensión nerviosa.

Un hombre con el pelo rizado y la cara agradable e inteligente se ocupaba de engrasar una pistola al otro lado de la mesa. Yo sabía que era otro de mis tíos: Román. Vino en seguida a abrazarme con mucho cariño. El perro negro que yo había visto la noche anterior, detrás de la criada, le seguía a cada paso; me explicó que se llamaba «Trueno» y que era suyo; los animales parecían tener por él un afecto instintivo. Yo misma me sentí alcanzada por una ola de agrado ante su exuberancia afectuosa. En honor mío, él sacó el loro de la jaula y le hizo hacer algunas gracias. El animalejo seguía murmurando algo como para sí; entonces me di cuenta de que eran palabrotas. Román se reía con expresión feliz.

—Está muy acostumbrado a oírlas el pobre bicho.

Gloria, mientras tanto, nos miraba embobada, olvidando la papilla de su hijo. Román tuvo un cambio brusco que me desconcertó.

—Pero ¿has visto qué estúpida esa mujer? —me dijo casi gritando y sin mirarla a ella para nada—. ¿Has visto cómo me mira «ésa»?

Yo estaba asombrada. Gloria, nerviosa, gritó:

—No te miro para nada, chico.

—¿Te fijas? — siguió diciéndome Román—. Ahora tiene la desvergüenza de hablarme esa basura...

Creí que mi tío se había vuelto loco y miré, aterrada, hacia la puerta. Juan había venido al oír las voces.

—¡Me estás provocando, Román! —gritó.

—¡Tú, a sujetarte los pantalones y a callar! —dijo Román, volviéndose hacia él.

Juan se acercó con la cara contraída y se quedaron los dos en actitud, al mismo tiempo ridícula y siniestra, de gallos de pelea.

—¡Pégame, hombre, si te atreves! —dijo Román—. ¡Me gustaría que te atrevieras!

—¿Pegarte? ¡Matarte!... Te debiera haber matado hace mucho tiempo...

Juan estaba fuera de sí, con las venas de la frente hinchadas, pero no avanzaba un paso. Tenía los puños cerrados.

Román le miraba con tranquilidad y empezó a sonreírse.

—Aquí tienes mi pistola —le dijo.

—No me provoques. ¡Canalla!... No me provoques o...

—¡Juan! —chilló Gloria—. ¡Ven aquí!

El loro empezó a gritar encima de ella, y la vi excitada bajo sus despeinados cabellos rojos. Nadie le hizo caso.

Juan la miró unos segundos.

—¡Aquí tienes mi pistola!— decía Román, y el otro apretaba más los puños.

Gloria volvió a chillar:

—¡Juan! ¡Juan!

—¡Cállate, maldita!

—¡Ven aquí, chico! ¡Ven!

—¡Cállate!

La rabia de Juan se desvió en un instante hacia la mujer y la empezó a insultar. Ella gritaba también y al final lloró.

Román les miraba, divertido; luego se volvió hacia mí y dijo tranquilamente:

—No te asustes, pequeña. Eso pasa aquí todos los días.

Guardó el arma en el bolsillo. Yo la miré relucir en sus manos, negra, cuidadosamente engrasada. Román me sonreía y me acarició las mejillas; luego se fue tranquilamente, mientras la discusión entre Gloria y Juan se hacía violentísima. En la puerta tropezó Román con la abuelita, que volvía de su misa diaria, y la acarició al pasar. Ella apareció en el comedor, en el instante en que tía Angustias se asomaba, enfadada también, para pedir silencio.

Juan cogió el plato de papilla del pequeño y se lo tiró a la cabeza. Tuvo mala puntería y el plato se estrelló contra la puerta que tía Angustias había cerrado rápidamente. El niño lloraba, babeando.

Juan entonces empezó a calmarse. La abuelita se quitó el manto negro que cubría su cabeza, suspirando.

Y entró la criada a poner la mesa para el desayuno. Como la noche anterior, esta mujer se llevó detrás toda mi atención. En su fea cara tenía una mueca desafiante, como de triunfo, y canturreaba provocativa, mientras extendía el estropeado mantel y empezaba a colocar las tazas, como si cerrara ella, de esta manera, la discusión.

III

—¿**H**AS disfrutado, hijita? —me preguntó Angustias cuando, todavía deslumbradas, entrábamos en el piso de vuelta de la calle.

Mientras me hacía la pregunta, su mano derecha se clavaba en mi hombro y me atraía hacia ella. Cuando Angustias me abrazaba o me dirigía diminutivos tiernos, yo experimentaba dentro de mí la sensación de que algo iba torcido y mal en la marcha de las cosas. De que no era natural aquello. Sin embargo, debería haberme acostumbrado, porque Angustias me abrazaba y me dirigía palabras dulzonas con gran frecuencia.

A veces me parecía que estaba atormentada conmigo. Me daba vueltas alrededor. Me buscaba si yo me había escondido en algún rincón. Cuando me veía reír o interesarme en la conversación de cualquier personaje de la casa, se volvía humilde en sus palabras. Se sentaba a mi lado y apoyaba a la fuerza de mi cabeza contra su pecho. A mí me dolía el cuello, pero sujeta por su mano, así tenía que permanecer, mientras ella me amonestaba dulcemente. Cuando, por el contrario, le parecía yo triste o asustada, se ponía muy contenta y se volvía autoritaria.

Otras veces me avergonzaba secretamente al obligarme a salir con ella. La veía encasquetarse un fieltro marrón adornado con una pluma· de gallo, que daba a su dura fisonomía un aire guerrero, y me obligaba a ponerme un viejo sombrero azul sobre mi traje mal cortado. Yo no concebía entonces más resistencia que la pasiva. Cogida de su brazo corría las calles, que me parecían menos brillantes y menos fascinadoras de lo que yo había imaginado.

—No vuelvas la cabeza —decía Angustias—. No mires así a la gente.

Si me llegaba a olvidar de que iba a su lado, era por pocos minutos.

Alguna vez veía un hombre, una mujer, que tenían en su aspecto un algo interesante, indefinible, que se llevaba detrás mi fantasía hasta el punto de tener ganas de volverme y seguirles. Entonces, recordaba mi facha y la de Angustias y me ruborizaba.

—Eres muy salvaje y muy provinciana, hija mía —decía Angustias, con cierta complacencia—. Estás en medio de la gente, callada, encogida, con aire de querer escapar a cada instante. A veces, cuando estamos en una tienda y me vuelvo a mirarte, me das risa.

Aquellos recorridos de Barcelona eran más tristes de lo que se puede imaginar.

A la hora de la cena, Román me notaba en los ojos el paseo y se reía. Esto preludiaba una envenenada discusión con tía Angustias, en la que por fin se mezclaba Juan. Me di cuenta de que apoyaba siempre los argumentos de Román, quien, por otra parte, no aceptaba ni agradecía su ayuda.

Cuando sucedía algo parecido, Gloria salía de su placidez habitual. Se ponía nerviosa, casi gritaba:

—¡Si eres capaz de hablar con tu hermano, a mí no me hables!

—¡Naturalmente que soy capaz! ¡A ver si crees que soy tan cochino como tú y como él!

—Sí, hijo mío —decía la abuela, envolviéndole en una mirada de adoración—, haces bien.

—¡Cállate, mamá, y no me hagas maldecir de ti! ¡No me hagas maldecir!

La pobre movía la cabeza y se inclinaba hacia mí, bisbiseando a mi oído:

—Es el mejor de todos, hija mía, el más bueno y el más desgraciado, un santo...

—¿Quieres hacer el favor de no enredar, mamá? ¿Quieres no meter en la cabeza de la sobrina majaderías que no le importan para nada?

El tono era ya destemplado y desagradable, perdido el control de los nervios.

Román, ocupado en preparar con la fruta de su plato una golosina para el loro, terminaba la cena sin preocuparse de ninguno de nosotros. Tía Angustias sollozaba a mi lado, mordiendo su pañuelo, porque no sólo se veía a sí misma fuerte y capaz de conducir multitudes, sino también dulce, desdichada y perseguida. No sé bien cuál de los dos papeles le gustaba más. Gloria apartaba de la mesa la silla alta del niño y, por detrás de Juan, me sonreía llevándose un índice a la sien.

Juan, abstraído, silencioso, parecía inquieto, a punto de saltar.

Cuando Román terminaba su tarea, daba unos golpecitos en el hombro de la abuela y se marchaba antes que nadie. En la puerta se detenía para enceder un cigarrillo y para lanzar su última frase:

—Hasta la imbécil de tu mujer se burla ya de ti, Juan; ten cuidado...

Según su costumbre, no había mirado ni una vez a Gloria.

El resultado no se hacía esperar. Un puñetazo en la mesa y un barboteo de insultos contra Román, que no se cortaban hasta que el ruido seco de la puerta del piso anunciaba que Román había salido ya.

Gloria tomaba en brazos al niño y se iba a su cuarto para dormirle. Me miraba un momento y me proponía:

—¿Vienes, Andrea?

Tía Angustias tenía la cara entre las manos. Sentía su mirada a través de los dedos entreabiertos. Una mirada ansiosa, seca de tanta súplica. Pero yo me levantaba.

—Bueno, sí.

Y me premiaba una sonrisa temblona de la abuelita. Entonces, la tía corría a encerrarse en su cuarto, indignada, y sospecho que temblando de celos.

El cuarto de Gloria se parecía algo al cubil de una fiera. Era un cuarto interior ocupado casi todo él por una cama de matrimonio y la cuna del niño. Había un tufo especial, mezcla de olor a criatura pequeña, polvos para la cara y a ropa mal cuidada. Las paredes estaban llenas de fotografías, y entre ellas, en un lugar preferente, aparecía una postal vivamente iluminada representando dos gatitos.

Gloria se sentaba en el borde de la cama con el niño en las rodillas. El niño era guapo y sus piernecitas colgaban gordas y sucias mientras dormía.

Cuando estaba dormido, Gloria lo metía en la

cama y se estiraba con delicia, metiéndose las manos entre la brillante cabellera. Luego se tumbaba en la cama, con sus gestos lánguidos.

—¿Qué opinas de mí? —me decía a menudo.

A mí me gustaba hablar con ella porque no hacía falta contestarle nunca.

—¿Verdad que soy bonita y muy joven? ¿Verdad?...

Tenía una vanidad tonta e ingenua que no me resultaba desagradable; además, era efectivamente joven y sabía reírse locamente mientras me contaba sucesos de aquella casa. Cuando me hablaba de Antonia o de Angustias tenía verdadera gracia.

—Ya irás conociendo a estas gentes; son terribles, ya verás... No hay nadie bueno aquí, como no sea la abuelita, que la pobre está trastornada... Y Juan, Juan es bonísimo, chica. ¿Ves tú que chilla tanto y todo? Pues es bonísimo...

Me miraba y ante mi cerrada expresión se echaba a reír...

—Y yo, ¿no crees? —concluía—. Si yo no fuera buena, Andreíta, ¿cómo les iba a aguantar a todos?

Yo la veía moverse y la veía charlar con agrado inexplicable. En la atmósfera pesada de su cuarto ella estaba tendida sobre la cama igual que un muñeco de trapo a quien pesara demasiado la cabellera roja. Y por lo general me contaba graciosas mentiras intercaladas a sucesos reales. No me parecía inteligente, ni su encanto personal provenía de su espíritu. Creo que mi simpatía por ella tuvo origen el día en que la vi desnuda sirviendo de modelo a Juan.

Yo no había entrado nunca en la habitación donde mi tío trabajaba, porque Juan me inspiraba cierta prevención. Fui una mañana a buscar un lápiz, por consejo de la abuela, que me indicó que allí lo encontraría.

El aspecto de aquel gran estudio era muy curioso. Lo habían instalado en el antiguo despacho de mi abuelo. Siguiendo la tradición de las demás habitaciones de la casa, se acumulaban allí, sin orden ni concierto, libros, papeles y las figuras de yeso que servían de modelo a los discípulos de Juan. Las paredes estaban cubiertas de duros bodegones pintados por mi tío en tonos estridentes. En un rincón aparecía, inexplicable, un esqueleto de estudiante de Anatomía sobre su armazón de alambre, y por la gran alfombra manchada de humedades se arrastraban el niño y el gato, que venía en busca del sol de oro de los balcones. El gato parecía moribundo, con su fláccido rabo, y se dejaba atormentar por el niño abúlicamente.

Vi todo este conjunto en derredor de Gloria, que estaba sentada sobre un taburete recubierto con tela de cortina, desnuda y en una postura incómoda.

Juan pintaba trabajosamente y sin talento, intentando reproducir pincelada a pincelada aquel fino y elástico cuerpo. A mí me parecía una tarea inútil. En el lienzo iba apareciendo un acartonado muñeco tan estúpido como la misma expresión de la cara de Gloria al escuchar cualquier conversación de Román conmigo. Gloria, enfrente de nosotros, sin su desastrado vestido, aparecía increíblemente bella y blanca entre la fealdad de todas las cosas, como un milagro del Señor. Un espíritu dulce y maligno a la vez palpitaba en la grácil forma de sus piernas, de sus brazos, de sus finos pechos. Una inteligencia sutil y diluida en la cálida superficie de la piel perfecta. Algo que en sus ojos no lucía nunca. Esta llamarada del espíritu que atrae en las personas excepcionales, en las obras de arte.

Yo, que había entrado sólo por unos segundos, me quedé allí fascinada. Juan parecía contento de mi visita y habló de prisa de sus proyectos pictóricos. Yo no le escuchaba.

Aquella noche, casi sin darme cuenta, me encontró iniciando una conversación con Gloria, y fui por primera vez a su cuarto. Su charla insubstancial me parecía el rumor de la lluvia que se escuchaba con gusto y con pereza. Empezaba a acostumbrarme a ella, a sus rápidas preguntas incontestadas, a su estrecho y sinuoso cerebro.

—Sí, sí, yo soy buena... no te rías.

Estábamos calladas. Luego se acercaba para preguntarme:

—¿Y de Román? ¿Qué opinas de Román?

Luego hacía un gesto especial para decir:

—Ya sé que te parece simpático, ¿no?

Yo me encogía de hombros. Al cabo de un momento me decía:

—A ti te es más simpático que Juan, ¿no?

Un día, impensadamente, se puso a llorar. Lloraba de una manera extraña, cortada y rápida, con ganas de acabar pronto.

—Román es un malvado —me dijo—, ya lo irás conociendo. A mí me ha hecho un daño horrible, Andrea —se secó las lágrimas—. No te contaré de una vez las cosas que me ha hecho porque son demasiadas; poco a poco las sabrás. Ahora tú estás fascinada por él y ni siquiera me creerías.

Yo, honradamente, no me creía fascinada por Román, casi al contrario, a menudo le examinaba con frialdad. Pero en las raras noches en que Román se

volvía amable después de la cena, siempre borrascosa, y me invitaba: «¿Vienes, pequeña?», yo me sentía contenta. Román no dormía en el mismo piso que
nosotros: se había hecho arreglar un cuarto en las
guardillas de la casa, que resultó un refugio confortable. Se hizo construir una chimenea con ladrillos antiguos y unas librerías bajas pintadas de negro. Tenía
una cama turca y, bajo la pequeña ventana enreja-
da, una mesa muy bonita llena de papeles, de tinteros
de todas épocas y formas con plumas de ave dentro.
Un rudimentario teléfono servía, según me explicó,
para comunicar con el cuarto de la criada. También
había un pequeño reloj, recargado, que daba la hora
con un tintineo gracioso, especial. Había tres relojes
en la habitación, todos antiguos, adornando acompa-
sadamente el tiempo. Sobre las librerías, monedas,
algunas muy curiosas; lamparitas romanas de la última época y una antigua pistola con puño de nácar.

Aquel cuarto tenía insospechados cajones en cualquier rincón de la librería, y todos encerraban pequeñas curiosidades que Román me iba enseñando poco
a poco. A pesar de la cantidad de cosas menudas,
todo estaba limpio y en un relativo orden.

—Aquí las cosas se encuentran bien, o por lo menos eso es lo que yo procuro... A mí me gustan las
cosas —se sonreía—; no creas que pretendo ser original con esto, pero es la verdad. Abajo no saben
tratarlas. Parece que el aire está lleno siempre de
gritos... y eso es culpa de las cosas, que están asfi-
xiadas, doloridas, cargadas de tristeza. Por lo demás,
no te forjes novelas: ni nuestras discusiones ni nuestros gritos tienen causa, ni conducen a un fin... ¿Qué
te has empezado a imaginar de nosotros?

—No sé.

—Ya sé que estás siempre soñando cuentos con nuestros caracteres.

—No.

Román enchufaba, mientras tanto, la cafetera exprés y sacaba no sé de dónde unas mágicas tazas, copas y licor; luego, cigarrillos.

—Ya sé que te gusta fumar.

—No; pues no me gusta.

—¿Por qué me mientes a mí también?

El tono de Román era siempre de franca curiosidad respecto a mí.

—Sé perfectamente todo lo que tu prima escribió a Angustias... Es más: he leído la carta, sin ningún derecho, desde luego, por pura curiosidad.

—Pues no me gusta fumar. En el pueblo lo hacía expresamente para molestar a Isabel, sin ningún otro motivo. Para escandalizar, para que me dejara venir a Barcelona por imposible.

Como yo estaba ruborizada y molesta, Román no me creía más que a medias, pero era verdad lo que le decía. Al final aceptaba un cigarrillo, porque los tenía siempre deliciosos y su aroma sí que me gustaba. Creo que fue en aquellos ratos cuando empecé a encontrar placer en el humo. Román se sonreía.

Yo me daba cuenta de que él me creía una persona distinta; mucho más formada, y tal vez más inteligente y desde luego hipócrita y llena de extraños anhelos. No me gustaba desilusionarle, porque vagamente yo me sentía inferior; un poco insulsa con mis sueños y mi cara de sentimentalismo, que ante aquella gente procuraba ocultar.

Román tenía una agilidad enorme en su delgado cuerpo. Hablaba conmigo en cuclillas junto a la cafetera, que estaba en el suelo, y entonces parecía en

tensión, lleno de muelles bajo los músculos morenos.
Luego, inopinadamente, se tumbaba en la cama, fumando, relajadas las facciones como si el tiempo no
tuviera valor, como si se hubiera echado para morir
fumando.

A veces, yo miraba sus manos, morenas como su
cara, llenas de vida, de corrientes nerviosas, de ligeros nudos, delgadas. Unas manos que me gustaban
mucho.

Sin embargo, yo, sentada en la única silla del cuarto, frente a su mesa de trabajo, me sentía muy lejos
de él. La impresión de sentirme arrastrada por su
simpatía, que tuve cuando me habló la primera vez,
no volvió nunca.

Preparaba un café maravilloso, y la habitación se
llenaba de vahos cálidos. Yo me sentía a gusto allí,
como en un remanso de la vida de abajo.

—Aquello es como un barco que se hunde. Nosotros somos las pobres ratas que, al ver el agua, no
sabemos qué hacer... Tu madre evitó el peligro antes
que nadie marchándose. Dos de tus tías se casaron
con el primero que llegó, con tal de huir.

»Sólo quedamos la infeliz de tu tía Angustias y
Juan y yo, que somos dos canallas. Tú, que eres una
ratita despistada, pero no tan infeliz como parece,
llegas ahora.

—¿No quieres hacer música hoy, di?

Entonces Román abría el armario en que terminaba la librería y sacaba de allí el violín. En el fondo
del armario había unos cuantos lienzos arrollados.

—¿Tú sabes pintar también?

—Yo he hecho de todo. ¿No sabes que empecé a
estudiar Medicina y lo dejé, que quise ser ingeniero y no pude llegar a hacer el ingreso? También he

empezado a pintar de afición... Lo hacía mucho mejor que Juan, te aseguro.

Yo no lo dudaba: me parecía ver en Román un fondo inagotable de posibilidades. En el momento en que, de pie junto a la chimenea, empezaba a pulsar el arco, yo cambiaba completamente. Desaparecían mis reservas, la ligera capa de hostilidad contra tódos que se me había ido formando. Mi alma, extendida como mis propias manos juntas, recibía el sonido como una lluvia la tierra áspera. Román me parecía un artista maravilloso y único. Iba hilando en la música una alegría tan fina que traspasaba los límites de la tristeza. La música aquella sin nombre. La música de Román, que nunca más he vuelto a oír.

El ventanillo se abría al cielo oscuro de la noche. La lámpara encendida hacía más alto y más inmóvil a Román, sólo respirando en su música. Y a mí llegaban en oleadas, primero, ingenuos recuerdos, sueños, luchas, mi propio presente vacilante, y luego, agudas alegrías, tristezas, desesperación, una crispación impotente de la vida y un anegarse en la nada. Mi propia muerte, el sentimiento de mi desesperación total hecha belleza, angustiosa armonía sin luz.

Y de pronto un silencio enorme y luego la voz de Román:

—A ti se te podría hipnotizar... ¿Qué te dice la música?

Inmediatamente se me cerraban las manos y el alma.

—Nada, no sé, sólo me gusta...

—No es verdad. Dime lo que te dice. Lo que te dice al final.

—Nada.

Me miraba, defraudado, un momento. Luego, mientras guardaba el violín:

—No es verdad.

Me alumbraba con su linterna eléctrica desde arriba, porque la escalera sólo se podía encender en la portería, y yo tenía que bajar tres pisos hasta nuestra casa.

El primer día tuve la impresión de que, delante de mí, en la sombra, bajaba alguien. Me pareció pueril y no dije nada.

Otro día la impresión fue más viva. De pronto, Román me dejó a oscuras y enfocó la linterna hacia la parte de la escalera en que algo se movía. Y vi clara y fugazmente a Gloria que corría escalera abajo hacia la portería.

IV

¡CUÁNTOS días sin importancia! Los días sin importancia que habían trascurrido desde mi llegada me pesaba encima, cuando arrastraba los pies al volver de la Universidad. Me pesaban como una cuadrada piedra gris en el cerebro.

El tiempo era húmedo y aquella mañana tenía olor a nubes y a neumáticos mojados... Las hojas lacias y amarillentas caían en una lenta lluvia desde los árboles. Una mañana de otoño en la ciudad, como yo había soñado durante años que sería en la ciudad el otoño: bello, con la naturaleza enredada en las azoteas de las casas y en los troles de los tranvías; y sin embargo, me envolvía la tristeza. Tenía ganas de apoyarme contra una pared con la cabeza entre los brazos, volver la espalda a todo y cerrar los ojos.

¡Cuántos días inútiles! Días llenos de historias, demasiadas historias turbias. Historias completas, apenas iniciadas e hinchadas ya como una vieja madera a la intemperie. Historias demasiado oscuras para mí. Su olor, que era el podrido olor de mi casa, me causaba cierta náusea... Y sin embargo, había llegado a constituir el único interés de mi vida. Poco a poco me había ido quedando ante mis propios ojos en un segundo plano de la realidad, abiertos mis sentidos sólo para la vida que bullía en el piso de la calle de Aribau. Me acostumbraba a olvidarme de mi aspecto y de mis sueños. Iba dejando de tener importancia el olor de los meses, las visiones del porvenir y se iba agigantando cada gesto de Gloria, cada palabra oculta, cada reticencia de Román. El resultado parecía ser aquella esperada tristeza.

Cuando entré en la casa empezó a llover detrás de mí y la portera me lanzó un gran grito de aviso para que me limpiara los pies en el felpudo.

Todo el día había transcurrido como un sueño. Después de comer me senté, encogida, metidos los pies en unas grades zapatillas de fieltro, junto al brasero de la abuela. Escuchaba el ruido de la lluvia. Los hilos del agua iban limpiando con su fuerza el polvo de los cristales del balcón. Primero habían formado una capa pegajosa de cieno, ahora las gotas resbalaban libremente por la superficie brillante y gris.

No tenía ganas de moverme ni de hacer nada, y por primera vez eché de menos uno de aquellos cigarrillos de Román. La abuelita vino a hacerme compañía. Vi que trataba de coser con sus torpes y temblonas manos un trajecito del niño. Gloria llegó un rato después y empezó a charlar, con las manos cruzadas bajo la nuca. La abuelita hablaba también, como siempre, de los mismos temas. Eran hechos recientes, de la pasada guerra, y antiguos, de muchos años atrás, cuando sus hijos eran niños. En mi cabeza, un poco dolorida, se mezclaron las dos voces en una cantinela con fondo de lluvia y me adormecían.

ABUELA.— No había dos hermanos que se quisieran más. (¿Me escuchas, Andrea?) No había dos hermanos como Román y Juanito... Yo he tenido seis hijos. Los otros cuatro tiraban siempre cada uno por su lado, las chicas reñían entre ellas, pero estos dos pequeños eran como dos ángeles... Juan era rubio y Román muy moreno, y yo siempre los vestía con trajes iguales. Los domingos iban a misa conmigo y con tu abuelo... En el colegio, si algún chico se peleaba con uno de ellos, ya estaba el otro allí para defenderle. Román era más pícaro..., pero ¡cómo se querían! Todos los hijos deben ser iguales para una madre, pero estos dos fueron sobre todos para mí... como eran los más pequeños... como fueron los más desgraciados... Sobre todo Juan.

GLORIA. — ¿Tú sabías que Juan quiso ser militar y, como le suspendieran en el ingreso de la Academia, se marchó a África, al Tercio, y estuvo allí muchos años?

ABUELA. — Cuando volvió trajo muchos cuadros de allí... Tu abuelo se enfadó cuando dijo que se quería dedicar a la pintura, pero yo le defendí y Román también, porque entonces, hija mía, Román era bueno... Yo siempre he defendido a mis hijos, he querido ocultar sus picardías y sus diabluras. Tu abuelo se enfadaba conmigo, pero yo no podía soportar que los riñesen... Pensaba: «Más moscas se cogen con una cucharada de miel»... Yo sabía que salían por las noches de juerga, que no estudiaban... Les esperaba temblando de que tu abuelo se enterara... Me contaban sus picardías y yo no me sorprendía de nada, hijita... Confiaba en que, poco a poco, sabrían dónde estaba el bien, empujados por su corazón mismo.

GLORIA. — Pues Román no la quiere a usted, mamá; dice que los ha hecho desgraciados a todos con su procedimiento.

ABUELA. — ¿Román?... ¡Je, je! Sí que me quiere,

ya lo creo que me quiere... pero es más rencorosillo que Juan y está celoso de ti, Gloria; dice que te quiero más a ti...

GLORIA. — ¿Dice eso Román?

ABUELA. — Sí; la otra noche, cuando yo buscaba mis tijeras... era ya muy tarde y todos estabais durmiendo, se abrió la puerta despacio y apareció Román. Venía a darme un beso. Yo le dije: «Es inicuo lo que haces con la mujer de tu hermano; es un pecado que Dios no te podrá perdonar...» Y entonces fue... Yo le dije: «Es una niña desgraciada por tu culpa, y tu hermano sufre también por tu causa. ¿Cómo te voy a querer igual que antes?»...

GLORIA. — Román antes me quería mucho. Y esto es un secreto grande, Andrea, pero estuvo enamorado de mí.

ABUELA. — Niña, niña. ¿Cómo iba a estar Román enamorado de una mujer casada? Te quería como a su hermana, nada más...

GLORIA. — Él me trajo a esta casa... Él mismo, que ahora no me habla, me trajo aquí en plena guerra... Tú te asustaste cuando entraste aquí la primera vez, ¿verdad, Andrea? Pues para mí fue mucho peor... Nadie me quería...

ABUELA. — Yo sí que te quería, todos te quisimos, ¿por qué eres tan ingrata al hablar?

GLORIA. — Había hambre, tanta suciedad como ahora y un hombre escondido porque le buscaban para matarle: el jefe de Angustias, don Jerónimo; ¿no te han hablado de él? Angustias le había cedido su cama y ella dormía donde tú ahora... a mí me pusieron un colchón en el cuarto de la abuela. Todos me miraban con desconfianza. Don Jerónimo no me quería hablar porque, según él, yo era la querida de Juan y mi presencia le resultaba intolerable...

ABUELA. — Don Jerónimo era un hombre raro; figúrate que quería matar al gato... Ya ves tú, porque el pobre animal es muy viejo y vomitaba por los rincones, decía que no lo podía sufrir. Pero yo, naturalmente, lo defendí contra todos, como hago siempre que alguien está perseguido y triste...

GLORIA. — Yo era igual que aquel gato y mamá me protegió. Una vez me pegué con la criada esa, Antonia, que aún está en la casa...

ABUELA. — Es incomprensible eso de pegarse con un criado... Cuando yo era joven eso no se hubiera podido concebir... Cuando yo era joven teníamos un jardín grande que llegaba hasta el mar... Tu abuelo me dio una vez un beso... Yo no se lo perdoné en muchos años. Yo...

GLORIA. — Yo, cuando llegamos aquí estaba muy asustada. Román me decía: «No tengas miedo». Pero él también había cambiado.

ABUELA. — Cambió en los meses que estuvo en la checa; allí lo martirizaron; cuando volvió casi no le reconocimos. Pero Juan había sido más desgraciado que él, por eso yo comprendo más a Juan. Me necesita más Juan. Y esta niña también me necesita. Si no fuera por mí, ¿dónde estaría tu reputación?

GLORIA. — Román había cambiado antes. En el momento mismo que entramos en Barcelona en aquel coche oficial. ¿Tú sabes que Román tenía un cargo importante con los rojos? Pero era un espía, una persona baja y ruin que vendía a los que le favorecieron. Sea por lo que sea, el espionaje es de cobardes...

ABUELA. — ¿Cobardes? Niña, en mi casa no hay cobardes... Román es bueno y valiente y exponía su vida por mí, porque yo no quería que estuviera con aquella gente. Cuando era pequeño...

GLORIA. — Te voy a contar una historia, mis historia, Andrea, para que veas que es como una novela de verdad... Ya sabes tú que yo estaba en un pueblo de Tarragona, evacuada... Entonces, en la guerra, siempre estábamos fuera de nuestras casas. Cogíamos los colchones, los trastos y huíamos. Había quien lloraba. ¡A mí me parecía tan divertido!... Era por enero o febrero cuando conocí a Juan, tú ya lo sabes. Juan se enamoró de mí en seguida y nos casamos a los dos días... Le seguí a todos los sitios a donde iba... Era una vida maravillosa, Andrea. Juan era completamente feliz conmigo, te lo juro, y entonces estaba guapo, no como ahora, que parece un loco... Había muchas chicas que seguían a sus maridos y a sus novios a todos lados. Siempre teníamos amigos divertidos... Yo nunca tuve miedo a los bombardeos, ni a los tiros... Pero no nos acercábamos mucho a los sitios de peligro. Yo no sé bien cuál era el cargo que tenía Juan, pero también era importante. Te digo que yo era feliz. La primavera iba llegando y pasábamos por sitios muy bonitos. Un día me dijo Juan: «Te voy a presentar a mi hermano». Asimismo, Andrea, Román al principio me pareció simpático... ¿Tú lo encuentras más guapo que Juan? Pasamos algún tiempo con él, en aquel pueblo. Un pueblo que llegaba al mar. Todas las noches Juan y Román se encerraban, para hablar, en un cuarto junto al que yo dormía. Yo quería saber lo que decían. ¿No te hubiera pasado a ti lo mismo? Y además había una puerta entre las dos habitaciones. Creía que hablaban de mí. Estaba segura de que hablaban de mí. Una noche me puse a escuchar. Miré por la cerradura. Estaban los dos inclinados sobre un plano y Román era el que decía:

«Yo tengo que volver aún a Barcelona. Pero tú puedes pasarte. Es sencillísimo...» Poco a poco empecé a comprender que Román estaba instando a Juan para que se pasara a los nacionales... Figúrate, Andrea, que por aquellos días fue cuando yo empecé a sentir que estaba embarazada. Se lo dije a Juan. Él se quedó pensativo... Aquella noche en que se lo dije ya te imaginarás mi interés al volver a escuchar tras de la puerta del cuarto de Román. Yo estaba en camisón, descalza, todavía me parece que siento aquella angustia. Juan decía. «Estoy decidido. Ya no hay nada que me detenga.» Yo no lo podía creer. Si lo hubiera creído, en aquel mismo momento habría aborrecido a Juan...

ABUELA. — Juan hacía bien. Te mandó aquí, conmigo...

GLORIA. — Aquella noche no hablaron nada de mí, nada. Cuando Juan vino a acostarse me encontró llorando en la cama. Le dije que había tenido malos sueños. Que había creído que me abandonaba sola con el niño. Entonces me acarició y se durmió sin decirme nada. Yo me quedé despierta viéndole dormir, quería ver qué cosas soñaba...

ABUELA. — Es bonito ver dormir a las personas que se quiere. Cada hijo duerme de una manera diferente...

GLORIA. — Al día siguiente, Juan le pidió a Román, delante de mí, que me trajeran a esta casa cuando viniese a Barcelona. Román se quedó sorprendido y dijo: «No sé si podré», mirando muy serio a Juan. Por la noche discutieron mucho. Juan decía: «Es lo menos que puedo hacer; que yo sepa, no tiene nin-

gún pariente». Entonces Román dijo: «¿Y Paquita?»
Yo no había oído nunca ese nombre hasta entonces y
estaba muy interesada. Pero Juan dijo otra vez: «Llé-
vala a casa». Y aquella noche ya no hablaron más de
eso. Sin embargo, hicieron algo interesante: Juan le
dio mucho dinero a Román y otras cosas que luego él
se ha negado a devolverle. Usted lo sabe bien, mamá.

ABUELA. — Niña, no se debe escuchar por las
cerraduras de las puertas. Mi madre no me hubiera
permitido, pero tú eres huérfana... es por eso...

GLORIA. — Como se oía el mar, muchas frases se
me perdían. No pude enterarme de quién era Paquita,
ni de nada interesante. Al día siguiente me despedí de
Juan y estaba yo muy triste, pero me consolaba pensar que iba a venir a su casa. Román conducía el coche y yo iba a su lado. Román empezó a bromear
conmigo... Es muy simpático Román cuando quiere,
pero en el fondo es malo. Nos parábamos muchas veces en el trayecto. Y en una aldea estuvimos cuatro
días alojados en el castillo... Un castillo maravilloso;
por dentro estaba restaurado y tenía todo el confort
moderno... Algunas habitaciones estaban devasta-
das, sin embargo. Los soldados se alojaban en la plan-
ta baja. Nosotros, con la oficialidad, en las habitaciones altas... Entonces Román era muy distinto
conmigo. Muy amable, chica. Afinó un piano y
tocaba cosas, como ahora hace para ti. Y además me
pidió que me dejara pintar desnuda, como ahora hace
Juan... Es que yo tengo un cuerpo muy bonito.

ABUELA. — ¡Niña! ¿Qué estás diciendo? Esta
picarona inventa muchas cosas... No hagas caso...

GLORIA. — Es verdad. Y yo no quise, mamá, porque usted sabe muy bien que aunque Román ha di-

cho tantas cosas de mí, yo soy una chica muy decente...

Abuela. — Claro, hijita, claro... Tu marido hace mal en pintarte así; si el pobre Juan tuviera dinero para modelos no lo haría... Ya sé, hija mía, que haces ese sacrificio por él; por eso yo te quiero tanto...

Gloria. — Había muchos lirios morados en el parque del castillo. Román quería pintarme con aquellos lirios morados en los cabellos... ¿Qué te parece?

Abuela. — Lirios morados... ¡qué bonitos son! ¡Cuánto tiempo hace que no tengo flores para mi Virgen!

Gloria. — Luego vinimos a esta casa. Ya te puedes imaginar lo desgraciada que me sentí. Toda la gente de aquí me parecía loca. Don Jerónimo y Angustias hablaban de que mi matrimonio no servía y de que Juan no se casaría conmigo cuando volviera, de que yo era ordinaria, ignorante... Un día llegó la mujer de don Jerónimo, que venía a veces, muy escondida, para ver a su marido y traerle cosas buenas. Cuando se enteró de que en casa había una mujerzuela, como ella decía, le dio un ataque. La mamá le roció la cara con agua... Yo le pedí a Román que me devolviera el dinero que Juan le había dado, porque quería marcharme de aquí. Aquel dinero era bueno, en plata, de antes de la guerra. Cuando Román supo que yo había estado escuchando las conversaciones que él tuvo con Juan en el pueblo, se puso furioso. Me trató peor que a un perro. Peor que a perro rabioso...

Abuela. — Pero, ¿vas a llorar ahora, tontuela? Román estaría un poco enfadado. Los hombres son así, algo vivos de genio. Y escuchar detrás de las puertas es una cosa fea, ya te lo he dicho siempre. Una vez...

GLORIA. — Por aquellos días vinieron a buscar a Román y se lo llevaron a una checa; querían que hablara y por eso no le fusilaron. Antonia, la criada, que está enamorada de él, se puso hecha una fiera. Declaró a su favor. Dijo que yo era una sinvergüenza, una mujer mala. Que Juan, cuando viniese, me tiraría por la ventana. Que yo era la que había denunciado a Román. Dijo que me abriría el vientre con un cuchillo; entonces fue cuando yo le pegué...

ABUELA. — Esa mujer es una fiera. Pero gracias a ella no fusilaron a Román. Por eso la aguantamos... Y no duerme nunca; algunas noches, cuando yo vengo a buscar mi cestillo de costura, o las tijeras, que siempre me se pierden, aparece en la puerta de su cuarto y me grita: «¿Por qué no se va usted a la cama, señora? ¿Qué hace usted levantada?» La otra noche me dio un susto tan grande que me caí...

GLORIA. — Yo pasaba hambre. Mamá, pobrecilla, me guardaba parte de su comida. Angustias y don Jerónimo tenían muchas cosas almacenadas, pero las probaban ellos solos. Yo rondaba su cuarto. A la criada le daban algo, de vez en cuando, por miedo...

ABUELA. — Don Jerónimo era cobarde. A mí la gente cobarde no me gusta, no... Es mucho peor. Cuando vino un miliciano a registrar la casa, yo le enseñé todos mis santos, tranquilamente. «¿Pero usted cree en esas paparruchas de Dios?», me dijo. «Claro que sí; ¿usted no?», le contesté. «No, ni permito que lo crea nadie.» «Entonces yo soy más republicana que usted, porque a mí me tiene sin cuidado lo que los demás piensen; creo en la libertad de ideas.» Entonces se rascó la cabeza y me dio la razón.

Al otro día me trajo un rosario de regalo, de los que tenían requisados. Te advierto que ese mismo día a los vecinos de arriba, que sólo tenían un san Antonio sobre la cama, se lo tiraron por la ventana...

GLORIA. — No te quiero decir lo que padecí aquellos meses. Y al final fue peor. Mi niño nació cuando entraron los nacionales. Angustias me llevó a una clínica y me dejó allí... Era una noche de bombardeos terribles; las enfermeras me dejaron sola. Luego tuve una infección. Una fiebre altísima más de un mes. No conocía a nadie. No sé cómo el niño pudo vivir. Cuando terminó la guerra aún estaba yo en la cama y pasaba los días atontada, sin fuerzas para pensar ni para moverme. Una mañana se abrió la puerta y entró Juan. No le reconocí al pronto. Me pareció altísimo y muy flaco. Se sentó en mi cama y me abrazó. Yo apoyé la cabeza en su hombro y empecé a llorar, entonces me dijo: «Perdóname, perdóname», así bajito. Yo le empecé a tocar las mejillas porque casi no podía creer que era él y así estuvimos mucho rato.

ABUELA. — Juan trajo muchas cosas buenas para comer, leche condensada y café y azúcar... Yo me alegré por Gloria; pensé: «Le haré un dulce a Gloria al estilo de mi tierra»..., pero Antonia, esa mujer tan mala, no me dejaba meterme en la cocina...

GLORIA. — ¡Estuvimos abrazados así tanto rato! ¿Cómo podía suponer yo lo que ha venido después? Era ya como el final de una novela. Como el final de todas las tristezas. ¿Cómo me podía imaginar yo que iba a empezar lo peor? Luego Román salió de la cárcel y era como si resucitara otro muerto. Me hizo todo el daño que pudo acerca de Juan. No quería que se casara conmigo de ninguna manera. Quería que nos echara a patadas a mí y al niño... Yo tuve que defenderme y decir cosas que eran verdad. Por eso Román no me puede ver.

ABUELA. — Niña, los secretos se deben guardar y nunca se deben decir para enemistar a los hombres. Cuando yo era muy jovencita, una vez... una tarde del mes de agosto, muy azul, me acuerdo bien, y muy caliente, vi algo...

GLORIA. — Pero yo no me puedo olvidar de aquel rato en que estuve así, abrazada a Juan, y de cómo latía su corazón debajo de los huesos duros de su pecho... Me acordé que don Jerónimo y Angustias decían que tenía una novia guapa y rica y que se casaría con ella. Se lo dije y movió la cabeza para decirme que no. Y me besaba el pelo... Lo horrible fue que luego tuvimos que vivir aquí otra vez, que no teníamos dinero. Si no, hubiéramos sido una pareja muy feliz y Juan no estaría tan chiflado... Aquel momento fue como el final de una película.

ABUELA. — Yo fui la madrina del niño... Andrea, ¿estás dormida?

GLORIA. — ¿Estás dormida, Andrea?

Yo no estaba dormida. Y creo que recuerdo claramente estas historias. Pero la fiebre que me iba subiendo me atontaba. Tenía escalofríos y Angustias me hizo acostar. Mi cama estaba húmeda, los muebles, en la luz grisácea, más tristes, monstruosos y negros. Cerré los ojos y vi una rojiza oscuridad detrás de los párpados. Luego, la imagen de Gloria en la clínica, apoyada, muy blanca, contra el hombro de Juan, distinto y enternecido, sin aquellas sombras grises en las mejillas...

Estuve con fiebre varios días. Una vez recuerdo que vino a verme Antonia con su peculiar olor a ropa negra y su cara se mezcló a mis sueños afilando un

largo cuchillo. Veía también a la abuelita, joven y
vestida de azul, una tarde de agosto, junto al mar.
Pero sobre todo a Gloria, llorando contra el hombro
de Juan; y las grandes manos de él acariciando sus
cabellos. Y los ojos de Juan, que yo conocía extra-
viados e inquietos, enternecidos por una luz desconocida.

La última tarde de mi enfermedad vino Román a
verme. Trajo el loro en el hombro y el perro entró
también de una manera impetuosa, dispuesto a la-
merme la cara.

—¿Por qué no tocas el piano un rato para mí? Me
han dicho que tocas el piano muy bien...

—Sí, sólo de afición.

—¿Y no has compuesto algo para piano nunca?

—Sí, algunas veces, ¿por qué me lo preguntas?

—Yo creo que deberías haberte dedicado a la música exclusivamente, Román. Tócame eso que compu-
siste para el piano.

—Cuando estás enferma hablas como si dijeras las
cosas con doble intención, no sé por qué.

Tecleó un poco y luego dijo:

—Esto está muy desafinado, pero te voy a tocar
la canción de Xochipilli... ¿No te acuerdas del idolillo de barro que tengo arriba?... No vayas a creer
que es auténtico. Lo fabriqué yo mismo. Pero repre-
senta a Xochipilli, el dios de los juegos y de las flores
de los aztecas. En sus buenos tiempos, este dios recibía ofrendas de corazones humanos... Yo, muchos siglos más tarde, en un rapto de entusiasmo por él com-
puse un poco de música. El pobre Xochipilli está en
decadencia, como verás...

Se sentó al piano y tocó algo alegre, contra su costumbre. Tocó algo parecido al resurgir de la vida en

primavera, con notas roncas y agudas como un aroma que se extiende y embriaga.

—Tú eres un gran músico, Román —le dije y así lo creía de veras.

—No. Tú no tienes ni pizca de cultura musical, por eso me juzgas así. Pero me halaga.

—¡Ah! —dijo cuando estaba ya en la puerta—; puedes creer que he hecho un pequeño sacrificio en tu honor al tocar eso. Xochipilli me trae siempre mala suerte.

Aquella noche tuve un sueño clarísimo en que se repetía una vieja y obsesionante imagen: Gloria, apoyada en el hombro de Juan, lloraba... Poco a poco, Juan sufrió curiosas transformaciones. Le vi enorme y oscuro con la fisonomía enigmática del dios Xochipilli. La cara pálida de Gloria empezó a animarse y a revivir; Xochipilli sonreía también. Bruscamente su sonrisa me fue conocida: era la blanca y un poco salvaje sonrisa de Román. Era Román el que abrazaba a Gloria y los dos reían. No estaban en la clínica, sino en el campo. En un campo con lirios morados y Gloria estaba despeinada por el viento.

Me desperté sin fiebre y confusa, como si realmente hubiera descubierto algún oscuro secreto.

V

No sé a qué fueron debidas aquellas fiebres, que pasaron como una ventolera dolorosa, removiendo los rincones de mi espíritu, pero barriendo también sus nubes negras. El caso es que desaparecieron antes de que nadie hubiera pensado en llamar al médico y que al cesar me dejaron una extraña y débil sensación de bienestar. El primer día que pude levantarme tuve la impresión de que al tirar la manta hacia los pies quitaba también de mí aquel ambiente opresivo que me anulaba desde mi llegada a la casa.

Angustias, examinando mis zapatos, cuyo cuero arrugado como una cara expresiva delataba su vejez, señaló las suelas rotas que rezumaban humedad y dijo que yo había cogido un enfriamiento por llevar los pies mojados.

—Además, hija mía, cuando se es pobre y se tiene que vivir a costa de la caridad de los parientes, es necesario cuidar más las prendas personales. Tienes que andar menos y pisar con más cuidado… No me mires así, porque te advierto que sé perfectamente lo que haces cuando estoy en mi oficina. Sé que te vas a la calle y vuelves antes de que yo llegue, para que no pueda pillarte. ¿Se puede saber adónde vas?

—Pues a ningún sitio concreto. Me gusta ver las calles. Ver la ciudad...

—Pero te gusta ir sola, hija mía, como si fueras un golfo. Expuesta a las impertinencias de los hombres. ¿Es que eres una criada, acaso?... A tu edad, a mí no me dejaban ir sola ni a la puerta de la calle. Te advierto que comprendo que es necesario que vayas y vengas de la Universidad..., pero de eso a andar por ahí suelta como un perro vagabundo... Cuando estés sola en el mundo haz lo que quieras. Pero ahora tienes una familia, un hogar y un nombre. Ya sabía yo que tu prima del pueblo no podía haberte inculcado buenos hábitos. Tu padre era un hombre extraño... No es que tu prima no sea una excelente persona, pero le falta refinamiento. A pesar de todo, espero que no irías a corretear por las calles del pueblo.

—No.

—Pues aquí mucho menos. ¿Me has oído?

Yo no insistí, ¿qué podía decirle?

De pronto se volvió, espeluznado, cuando ya se iba.

—Espero que no habrás bajado hacia el puerto por las Ramblas.

—¿Por qué no?

—Hija mía, hay unas calles en las que si una señorita se metiera alguna vez, perdería para siempre su reputación. Me refiero al barrio chino... Tú no sabes dónde comienza...

—Sí, sé perfectamente. En el barrio chino no he entrado... pero ¿qué hay allí?

Angustias me miró furiosa.

—Perdidas, ladrones y el brillo del demonio, eso hay.

(Y yo, en aquel momento, me imaginé el barrio

chino iluminado por una chispa de gran belleza.

El momento de mi lucha con tía Angustias se acercaba cada vez más, como una tempestad inevitable. A la primera conversación que tuve con ella supe que nunca íbamos a entendernos. Luego, la sorpresa y la tristeza de mis primeras impresiones habían dado una gran ventaja a mi tía. «Pero —pensé yo, excitada, después de esta conversación— este período se acaba.» Me vi entrar en una vida nueva, en la que dispondría libremente de mis horas y sonreía a Angustias con sorna.

Cuando volví a reanudar las clases de la Universidad me pareció fermentar interiormente de impresiones acumuladas. Por primera vez en mi vida me encontré siendo expansiva y anudando amistades. Sin mucho esfuerzo conseguí relacionarme con un grupo de muchachas y muchachos compañeros de clase. La verdad es que me llevaba a ellos un afán indefinible que ahora puedo concretar como un instinto de defensa: sólo aquellos seres de mi misma generación y de mis mismos gustos podían respaldarme y ampararme contra el mundo un poco fantasmal de las personas maduras. Y verdaderamente, creo que yo en aquel tiempo necesitaba este apoyo.

Comprendí en seguida que con los muchachos era imposible el tono misterioso y reticente de las confidencias, al que las chicas suelen ser aficionadas, el encanto de desmenuzar el alma, el roce de la sensibilidad almacenada durante años... En mis relaciones con la pandilla de la Universidad me encontré hundida en un cúmulo de discusiones sobre problemas generales en los que no había soñado antes siquiera y me sentía descentrada y contenta al mismo tiempo.

Pons, el más joven de mi grupo, me dijo un día:

—Antes, ¿cómo podías vivir, siempre huyendo de hablar con la gente? Te advierto que nos resultabas bastante cómica. Ena se reía de ti con mucha gracia. Decía que eras ridícula: ¿qué te pasaba?

Me encogí de hombros un poco dolida, porque de toda la juventud que yo conocía Ena era mi preferida.

Aun en los tiempos en que no pensaba ser su amiga, yo le tenía simpatía a aquella muchacha y estaba segura de ser correspondida. Ella se había acercado algunas veces para hablarme cortésmente con cualquier pretexto. El primer día de curso me había preguntado que si yo era parienta de un violinista célebre. Recuerdo que la pregunta me pareció absurda y me hizo reír.

No era yo solamente quien sentía preferencia por Ena. Ella contituía algo así como un centro atractivo en nuestras conversaciones, que presidía muchas veces. Su malicia y su inteligencia eran proverbiales. Yo estaba segura de que si alguna vez me había tomado como blanco de sus burlas, realmente debería haber sido yo el hazmerreír de todo nuestro curso.

La miré desde lejos, con cierto rencor. Ena tenía una agradable y sensual cara, en la que relucían unos ojos terribles. Era un poco fascinante aquel contraste entre sus gestos suaves, el aspecto juvenil de su cuerpo y de su cabello rubio, con la mirada verdosa cargada de brillo y de ironía que tenían sus grandes ojos.

Mientras yo hablaba con Pons, ella me saludó con la mano. Luego vino a buscarme atravesando los grupos bulliciosos que esperaban en el patio de Letras la hora de clase. Cuando llegó a mi lado tenía las mejillas encarnadas y parecía de un humor excelente.

—Déjanos solas, Pons, ¿quieres?

—Con Pons —me dijo cuando vio la delgada figura del muchacho que se alejaba— hay que tener cuidado. Es de esas personas que se ofenden en seguida. Ahora mismo cree que le he hecho un agravio al pedirle que nos deje… pero tengo que hablarte.

Yo estaba pensando que hacía solo unos minutos también me había sentido herida por burlas suyas de las que hasta entonces no tenía la menor idea… Pero ahora estaba ganada por su profunda simpatía.

Me gustaba pasear con ella por los claustros de piedra de la Universidad y escuchar su charla pensando en que algún día yo habría de contarle aquella vida oscura de mi casa, que en el momento en que pasaba a ser tema de discusión, empezaba a aparecer ante mis ojos cargada de romanticismo. Me parecía que a Ena le interesaría mucho y que entendería aún mejor que yo mis problemas. Hasta entonces, sin embargo, no le había dicho nada de mi vida. Me iba haciendo amiga suya gracias a este deseo de hablar que me había entrado; pero hablar y fantasear eran cosas que siempre me habían resultado difíciles, y prefería escuchar su charla, con una sensación como de espera, que me desalentaba y me parecía interesarme al mismo tiempo. Así, cuando nos dejó Pons aquella tarde no podía imaginar que la agridulce tensión entre mis vacilaciones y mi anhelo de confidencias iba a terminarse.

—He averiguado hoy que un violinista de que te hablé hace tiempo… ¿te acuerdas?… además de llevar tu segundo apellido, tan extraño, vive en la calle de Aribau como tú. Su nombre es Román. ¿De veras no es pariente tuyo? —me dijo.

—Sí, es mi tío; pero no tenía idea de que realmente fuera un músico. Estaba segura de que aparte de su familia nadie más que él sabía que tocara el violín.

—Pues ya ves que yo sí que le conocía de oídas.

A mí me empezó a entrar una ligera excitación al pensar que Ena pudiera tener algún contacto con la calle de Aribau. Al mismo tiempo me sentí casi defraudada.

—Yo quiero que me presentes a tu tío.

—Bueno.

Nos quedamos calladas. Yo estaba esperando que Ena me explicara algo. Ella, tal vez que hablara yo. Pero sin saber por qué me pareció imposible comentar ya, con mi amiga, el mundo de la calle de Aribau. Pensé que me iba a ser terriblemente penoso llevar a Ena delante de Román —«Un violinista célebre»— y presenciar la desilusión y la burla de sus ojos ante el aspecto descuidado de aquel hombre. Tuve uno de esos momentos de desaliento y vergüenza tan frecuentes en la juventud, al sentirme yo misma mal vestida, trascendiendo a lejía y áspero jabón de cocina junto al bien cortado traje de Ena y al suave perfume de su cabello.

Ena me miraba. Recuerdo que me pareció un alivio enorme que en aquel momento tuviéramos que entrar en clase.

—¡Espérame a la salida! —me gritó.

Yo me sentaba siempre en el último banco y a ella le reservaban un sitio sus amigos, en la primera fila. Durante toda la explicación del profesor yo estuve con la imaginación perdida. Me juré que no mezclaría aquellos dos mundos que se empezaban a destacar tan claramente en mi vida: el de mis amistades de estudiante con su fácil cordialidad y el sucio y poco acogedor de mi casa. Mi deseo de hablar de la música de Román, de la rojiza cabellera de Gloria, de mi pueril abuela vagando por la noche como un fantasma, me pareció idiota. Aparte del encanto de vestir todo esto con hipótesis fantásticas en largas conversaciones, sólo quedaba la realidad miserable que me había atormentado a mi llegada y que sería la que Ena podría ver, si llegaba yo a presentarle a Román.

Así, en cuanto terminó la clase de aquel día me escabullí fuera de la Universidad y corrí a mi casa como si hubiera hecho algo malo, huyendo de la segura mirada de mi amiga.

Cuando llegué a nuestro piso de la calle de Aribau deseé, sin embargo, encontrar a Román, porque era una tentación demasiado fuerte darle a entender que conocía el secreto —secreto que al parecer él guardaba celosamente— de su celebridad y de su éxito en un tiempo pasado. Pero aquel día no vi a Román a la hora de la comida. Esto me decepcionó, aunque no llegó a extrañarme, porque Román se ausentaba con frecuencia. Gloria, sonando los mocos a su niño, me pareció un ser infinitivamente vulgar, y Angustias estuvo insoportable.

Al día siguiente y algunos otros días más rehuí a Ena hasta que pude convencerme de que al parecer ella había olvidado sus preguntas. A Román no se le veía por casa.

—¿Tú no sabes que él se va de cuando en cuando de viaje? No se lo dice a nadie, ni nadie sabe adónde va más que la cocinera...

(«¿Sabrá Román, pensaba yo, que algunas personas le consideran una celebridad, que la gente aún no le ha olvidado?»)

Una tarde me acerqué a la cocina.

—Diga, Antonia, ¿sabe usted cuándo volverá mi tío?

La mujer torció hacia mí, rápidamente, su risa espantosa.

—Él volverá. Él nunca deja de volver. Se va y vuelve. Vuelve y se va... Pero no se pierde nunca ¿verdad, «Trueno»? No hay que preocuparse.

Se volvía hacia el perro que estaba, como de costumbre, detrás de ella, con su roja lengua fuera.

—¿Verdad, «Trueno», que no se pierde nunca?

Los ojos del animal relucían amarillos mirando a la mujer y los ojos de ella brillaban también, chicos y oscuros, entre los humos de la lumbre que estaba comenzando a encender.

Estuvieron así los dos unos instantes, fijos, hipnotizados. Tuve la seguridad de que Antonia no añadiría una palabra más a sus pocos informadores comentarios.

No hubo manera de saber nada de Román hasta que él mismo apareció un atardecer. Estaba yo sola con la abuela y con Angustias, y además me encontraba algo así como en prisión correccional, pues Angustias me había cazado en el momento en que yo me disponía a escaparme a la calle andando de puntillas. En un instante así, la llegada de Román me causó una alegría inusitada.

Me pareció más moreno, con la frente y la nariz quemada del sol, pero demacrado, sin afeitar y con el cuello de la camisa sucio.

Angustias le miró de arriba abajo.

—¡Quisiera yo saber dónde has estado!

Él la miró a su vez, maligno, mientras sacaba al loro para acariciarle.

—Puedes estar segura de que te lo voy a decir...
¿quién me ha cuidado al loro, mamá?

—Yo, hijo mío —dijo la abuela, sonriéndole—,
no me olvido nunca.

—Gracias, mamá.

La enlazó por la cintura, de modo que parecía que
iba a levantarla, y le dio un beso en el cabello.

—A ningún sitio muy bueno habrás ido. Ya me
han puesto sobreaviso de tus andanzas, Román. Te
advierto que sé que no eres el mismo de antes... tu
sentido moral deja bastante que desear.

Román ensanchó el pecho, como para sacudirse
del enervamiento del viaje.

—¿Y si te dijera que tal vez en mis andanzas he
logrado averiguar algo sobre el sentido moral de mi
hermana?

—No digas absurdos, ¡necio! Y menos delante de
mi sobrina.

—Nuestra sobrina no se espantará. Y mamá, aunque abra esos ojillos redondos, tampoco...

Los pómulos de Angustias aparecieron amarillos
y rojos y me pareció curioso que su pecho ondulase
como el de cualquier otra mujer agitada.

—He estado corriendo algo por el Pirineo —dijo
Román—, he parado unos días en Puigcerdá, que es
un pueblo precioso, y naturalmente he ido a visitar a
una pobre señora a quien conocí en mejores tiempos y a la que su marido ha hecho encerrar en su
casona lúgubre, custodiada por criados como si fuese
un criminal.

—Si te refieres a la mujer de don Jerónimo, del
jefe de mi oficina, sabes perfectamente que la pobre
se ha vuelto loca y que antes de mandarla al manicomio él ha preferido...

—Sí, ya veo que estás muy al tanto de los asuntos de tu jefe, me refiero a la pobre señora Sanz... En cuanto a que esté loca, no lo dudo. Pero, ¿quién ha tenido la culpa de que llegue a ese estado?

—¿Qué eres capaz de insinuar? —gritó Angustias tan dolorida (esta vez de verdad), que me dio pena.

—¡Nada! —dijo Román con sorprendente ligereza, mientras flotaba bajo su bigote una sonrisa asombrada.

Yo me había quedado con la boca abierta, parada en medio de mi deseo de hablar con Román. Había pasado días excitada con la perspectiva de hablar a mi tío; tantas noticias, que yo creía interesantes y agradables para él, me parecía guardar.

Cuando me levanté de la silla para abrazarle con más ímpetu del que solía poner en estas cosas, me saltaba la alegría de esta sorpresa que le tenía preparada en la punta de la lengua. La escena que siguió me había cortado el entusiasmo.

Con el rabillo del ojo vi a tía Angustias —mientras Román me hablaba —apoyada en el aparador, muy pensativa, afectada por una mueca dolorosa, pero sin llorar, lo que era extraño en ella.

Román se acomodó tranquilamente en una silla y empezó a hablarme de los Pirineos. Dijo que aquellas magníficas arrugas de la tierra que se levantaban entre nosotros —los españoles— y el resto de Europa eran uno de los sitios verdaderamente grandiosos del Globo. Me habló de la nieve, de los profundos valles, del cielo gélido y brillante.

—No sé por qué no puedo amar a la Naturaleza; tan terrible, tan hosca y magnífica como es a veces... Yo creo que he perdido el gusto por lo colosal. El tictac de mis relojes me despierta los sentidos más

que el viento en los desfiladeros… Yo estoy cerrado
—concluyó.

Al oírle estaba yo pensando que no valía la pena
de hablar a Román de que una muchacha de mi edad
conociera su talento, que la fama de ese talento a él
no le interesaba. Que también para todo halago externo estaba él voluntariamente cerrado.

Román mientras hablaba acariciaba las orejas del
perro, que entornaba los ojos de placer. La criada,
en la puerta, los acechaba; se secaba las manos en el
delantal —aquellas manos aporradas, con las uñas negras— sin saber lo que hacía y miraba, segura, insistente, las manos de Román en las orejas del perro.

VI

Con frecuencia me encontré sorprendida, entre aquellas gentes de la calle de Aribau, por el aspecto de tragedia que tomaban los sucesos más nimios, a pesar de que aquellos seres llevaban cada uno un peso, una obsesión real dentro de sí, a la que pocas veces aludían directamente.

El día de Navidad me envolvieron en uno de sus escándalos; y quizá porque hasta entonces solía estar yo apartada de ellos me hizo éste más impresión que otro alguno. O quizá por el extraño estado de ánimo en que me dejó respecto a mi tío Román, al que no tuve más remedio que empezar a ver bajo un aspecto desagradable en extremo.

Aquella vez la discusión tuvo sus raíces ocultas en mi amistad con Ena. Y mucho más tarde, recordándolo, he pensado que una especie de predestinación unió a Ena desde el principio a la vida de la calle de Aribau, tan impenetrable a elementos extraños.

Mi amistad con Ena había seguido el curso normal de unas relaciones entre dos compañeras de clase que simpatizan extraordinariamente. Volví a recordar el encanto de mis amistades de colegio, ya olvidadas, gracias a ella. No se me ocultaban tampoco las ventajas que su preferencia por mí me reportaba. Los mismos compañeros me estimaban más. Seguramente les parecía más fácil acercarse así a mi guapa amiga.

Sin embargo, era para mí un lujo demasiado caro el participar de las costumbres de Ena. Ella me arrastraba todos los días al bar —el único sitio caliente que yo recuerdo, aparte del sol del jardín, en aquella Universidad de piedra— y pagaba mi consumición, ya que habíamos hecho un pacto para prohibir que los muchachos, demasiado jóvenes todos, y en su mayoría faltos de recursos, invitaran a las chicas. Yo no tenía dinero para una taza de café. Tampoco lo tenía para pagar el tranvía —si alguna vez podía burlar la vigilancia de Angustias y salía con mi amiga a dar un paseo— ni para comprar castañas calientes a la hora del sol. Y a todo proveía Ena. Esto me arañaba de un modo desagradable la vida. Todas mis alegrías de aquella temporada aparecieron un poco limadas por la obsesión de corresponder a sus delicadezas. Hasta entonces nadie a quien yo quisiera me había demostrado tanto afecto y me sentía roída por la necesidad de darle algo más de compañía, por la necesidad que sienten todos los seres poco agraciados de pagar materialmente lo que para ellos es extraordinario: el interés y la simpatía.

No sé si era un sentimiento bello o mezquino —y entonces no se me hubiera ocurrido analizarlo— el que me empujó a abrir mi maleta para hacer un recuento de mis tesoros. Apilé mis libros mirándolos uno a uno. Los había traído todos de la biblioteca de mi padre, que mi prima Isabel guardaba en el desván de su casa, y estaban amarillos y mohosos de aspecto. Mi ropa interior y una cajita de hojalata acababan de completar el cuadro de todo lo que yo

poseía en el mundo. En la caja encontré fotografías
viejas, las alianzas de mis padres y una medalla de
plata con la fecha de mi nacimiento. Debajo de todo,
envuelto en papel de seda, estaba un pañuelo de mag-
nífico encaje antiguo que mi abuela me había mandado el día de mi primera comunión. Yo no me
acordaba de que fuera tan bonito y la alegría de po-
dérselo regalar a Ena me compensaba muchas tristezas. Me compensaba el trabajo que me llegaba a costar poder ir limpia a la Universidad, y sobre todo
parecerlo junto al aspecto confortable de mis compañeros. Aquella tristeza de recoser los guantes, de lavar
mis blusas en el agua turbia y helada del lavadero de
la galería con el mismo trozo de jabón que Antonia
empleaba para fregar sus cacerolas y que por las mañanas raspaba mi cuerpo bajo la ducha fría. Poder
hacer a Ena un regalo tan delicadamente bello me
compensaba de toda la mezquindad de mi vida. Me
acuerdo de que se lo llevé a la Universidad el último
día de clase antes de las vacaciones de Navidad y que
escondí este hecho, cuidadosamente, a las miradas de
mis parientes; no porque me pareciera mal regalar
lo que era mío, sino porque entraba aquel regalo en
el recinto de mis cosas íntimas, del cual los excluía a
todos. Ya en aquella época me parecía imposible haber pensado nunca en hablar de Ena a Román, ni aun
para decirle que alguien admiraba su arte.

Ena se quedó conmovida y tan contenta cuando
encontró en el paquete que le di la graciosa fruslería,
que esta alegría suya me unió a ella más que todas
sus anteriores muestras de afecto. Me hizo sentirme
todo lo que no era: rica y feliz. Y yo no lo pude olvidar ya nunca.

Me acuerdo de que este incidente me había puesto

de buen humor y de que empecé mis vacaciones con más paciencia y dulzura hacia todos de la que habitualmente tenía. Hasta con Angustias me mostraba amable. La Nochebuena me vestí, dispuesta a ir a Misa de Gallo con ella, aunque no me lo había pedido. Con gran sorpresa de mi parte se puso muy nerviosa.

—Prefiero ir sola esta noche, nena…

Creyó que me había quedado decepcionada y me acarició la cara.

—Ya irás mañana a comulgar con tu abuelita…

Yo no estaba decepcionada, sino sorprendida, pues a todos los oficios religiosos, Angustias me hacía ir con ella y le gustaba vigilar y criticar mi devoción.

La mañana de Navidad apareció espléndida cuando ya llevaba muchas horas durmiendo. Acompañé, en efecto, a la abuela a misa. A la fuerte luz del sol, la viejecilla, con su abrigo negro, parecía una pequeña y arrugada pasa. Iba a mi lado tan contenta, que me atormentó un turbio remordimiento de no quererla más.

Cuando ya volvíamos, me dijo que había ofrecido la comunión por la paz de la familia.

—Que se reconcilien esos hermanos, hija mía, es mi único deseo y también que Angustias comprenda lo buena que es Gloria y lo desgraciada que ha sido.

Cuando subíamos la escalera de la casa oímos gritos que salían de nuestro piso. La abuela se cogió a mi brazo con más fuerza y suspiró.

Al entrar encontramos que Gloria, Angustias y Juan tenían un altercado de tono fuerte en el comedor. Gloria lloraba histérica.

Juan intentaba golpear con una silla la cabeza de

Angustias y ella había cogido otra como escudo y daba saltos para defenderse.

Como el loro chillaba excitado y Antonia cantaba en la cocina, la escena no dejaba de tener su comicidad.

La abuelita se metió en seguida en la riña, aleteando e intentando sujetar a Angustias, que se puso desesperada.

Gloria corrió hacia mí.

—¡Andrea! ¡Tú puedes decir que no es verdad! Juan dejó la silla para mirarme.

—¿Qué va a decir Andrea? —gritó Angustias—; sé muy bien que lo has robado...

—¡Angustias! ¡Como sigas insultando, te abro la cabeza, maldita!

—Bueno, ¿pero qué tengo que decir yo?

—Dice Angustias que te he quitado un pañuelo de encaje que tenías...

Sentí que me ponía estúpidamente encarnada, como si me hubieran acusado de algo. Una oleada de calor. Un chorro de sangre hirviendo en las mejillas, en las orejas, en las venas del cuello...

—¡Yo no hablo sin pruebas! —dijo Angustias con el índice extendido hacia Gloria—. Hay quien te ha visto sacar de casa ese pañuelo para venderlo. Precisamente es lo único valioso que tenía la sobrina en su maleta y no me negarás que no es la primera vez que revuelves esa maleta para quitar de ella algo. Dos veces te he descubierto ya usando la ropa interior de Andrea.

Esto era efectivamente cierto. Una desagradable costumbre de Gloria, sucia y desastrada en todo y sin demasiados escrúpulos para la propiedad ajena.

—Pero eso de que me haya quitado el pañuelo

no es verdad —dije oprimida por una angustia infantil.

—¿Ves? ¡Bruja indecente! Más valdría que tuvieras vergüenza en tus asuntos y que no te metieras en los de los demás.

Éste era Juan, naturalmente.

—¿No es verdad? ¿No es verdad que te han robado tu pañuelo de la primera comunión?... ¿Dónde está entonces? Porque esta misma mañana he estado viendo yo tu maleta y allí no hay nada.

—Lo he regalado —dije conteniendo los latidos de mi corazón—. Se lo he regalado a una persona.

Tía Angustias vino tan de prisa hacia mí, que cerré los ojos con un gesto instintivo, temiendo tratara de abofetearme. Se quedó tan cerca, que su aliento me molestaba.

—Dime a quién se lo has dado, ¡en seguida! ¿A tu novio? ¿Tienes novio?

Moví la cabeza en sentido negativo.

—Entonces no es verdad. Es una mentira que dice para defender a Gloria. No te importa dejarme en ridículo con tal de que quede bien esa mujerzuela...

Corrientemente tía Angustias era comedida en su modo de hablar. Aquella vez se debió contagiar del ambiente general. Lo demás fue muy rápido: un bofetón de Juan, tan brutal, que hizo tambalearse a Angustias y caer al suelo.

Me incliné rápidamente hacia ella y quise ayudarla a levantarse. Me rechazó, brusca, llorando. La escena, en realidad, había perdido todo su aspecto divertido para mí.

—Y escucha, ¡bruja! —gritó Juan—. No lo había dicho antes porque soy cien veces mejor que tú y que toda la maldita ralea de esta casa, pero me importa muy poco que todo dios se entere de que la mujer de tu jefe tiene razón en insultarte por teléfono, como hace a veces, y que anoche no fuiste a Misa del Gallo ni nada por el estilo...

Creo que me va a ser difícil olvidar el aspecto de Angustias en aquel momento. Con los mechones grises despeinados, los ojos tan abiertos que me daban miedo y limpiándose con dos dedos un hilillo de sangre de la comisura de los labios... parecía borracha.

—¡Canalla! ¡Canalla!... ¡Loco! —gritó.

Luego se tapó la cara con las manos y corrió a encerrarse en su cuarto. Oímos el crujido de la cama bajo su cuerpo, y luego su llanto.

El comedor se quedó envuelto en una tranquilidad pasmosa. Miré a Gloria y vi que me sonreía. Yo no sabía qué hacer. Intenté una tímida llamada en el cuarto de Angustias y noté con alivio que no me contestaba.

Juan se fue al estudio y desde allí llamó a Gloria; oí que empezaban una nueva discusión que hasta mí llegaba amortiguada como una tempestad que se aleja.

Yo me acerqué al balcón y apoyé la frente en los cristales. Aquel día de Navidad, en la calle, tenía aspecto de una inmensa pastelería dorada, llena de cosas apetecibles.

Sentí que la abuelita se acercaba a mi espalda y luego su mano estrecha, siempre azulosa de frío, inició una débil caricia sobre mi mano.

—Picarona —me dijo—, picarona... has regalado mi pañuelo.

La miré y vi que estaba triste, con un desconsuelo infantil en los ojos.

—¿No te gustaba mi pañuelo? Era de mi madre, pero yo quise que fuera para ti...

No supe qué contestar y volví su mano para besarle la palma, arrugada y suave. Me apretaba a mí también un desconsuelo la garganta, como una soga áspera. Pensé que cualquier alegría de mi vida tenía que compensarla algo desagradable. Que quizás esto era una ley fatal.

Llegó Antonia para poner la mesa. En el centro, como si fueran flores, colocó un plato grande con turrón. Tía Angustias no quiso salir de su cuarto para comer.

Estábamos la abuela, Gloria, Juan, Román y yo, en aquella extraña comida de Navidad, alrededor de una mesa grande, con su mantel a cuadros deshilachado por las puntas.

Juan se frotó las manos contento.

—¡Alegría! ¡Alegría! —dijo y descorchó una botella.

Como era día de Navidad, Juan se sentía muy animado. Gloria empezó a comer trozos de turrón empleándolos como pan desde la sopa. La abuelita reía, con la cabeza vacilante después de beber vino.

—No hay pollo ni pavo, pero un buen conejo es mejor que todo —dijo Juan.

Sólo Román parecía, como siempre, lejos de la comida. También cogía trozos de turrón para dárselos al perro.

Teníamos semejanza con cualquier tranquila y feliz familia, envuelta en su pobreza sencilla, sin querer nada más.

Un reloj que se atrasaba siempre dio unas campanadas intempestivas y el loro se esponjó, satisfecho, al sol.

De pronto a mí me pareció todo aquello idiota, cómico y risible otra vez. Y sin poderlo remediar empecé a reírme cuando nadie hablaba ni venía a cuanto, y me atraganté. Me daban golpes en la espalda, y yo, encarnada y tosiendo hasta saltárseme las lágrimas, me reía; luego terminé llorando en serio, acongojada, triste y vacía.

Por la tarde me hizo ir tía Angustias a su cuarto. Se había metido en la cama y se colocaba unos paños con agua y vinagre en la frente. Estaba ya tranquila y parecía enferma.

—Acércate, hijita, acércate —me dijo—, tengo que explicarte algo... Tengo interés de que sepas que tu tía es incapaz de hacer nada que sea malo o indecoroso.

—Ya lo sé. No lo he dudado nunca.

—Gracias, hija, ¿no has creído las calumnias de Juan?

—¡Ah!... ¿que anoche no estabas en la Misa del Gallo? —contuve las ganas de sonreírme—. No. ¿Por qué no ibas a estar? Además, a mí eso no me parece importante.

Se movió inquieta.

—Me es muy difícil explicarte, pero...

Su voz venía cargada de agua, como las nubes hinchadas de primavera. Me resultaba insoportable otra nueva escena, y toqué su brazo con las puntas de mis dedos.

—No quiero que me expliques nada. No creo que tengas que darme cuenta de tus actos, tía. Y si te sirve de algo, te diré que creo imposible cualquier cosa poco moral que me dijeran de ti.

Ella me miró, aleteándole los ojos castaños bajo la visera del paño mojado que llevaba en la cabeza.

—Me voy a marchar muy pronto de esta casa, hija —dijo con voz vacilante—. Mucho más pronto de lo que nadie se imagina. Entonces resplandecerá mi verdad.

Traté de imaginarme lo que sería la vida sin tía Angustias, los horizontes que se me podrían abrir... Ella no me dejó.

—Ahora, Andrea, escúchame —había cambiado de tono—; si has regalado ese pañuelo tienes que pedir que te lo devuelvan.

—¿Por qué? Era mío.

—Porque yo te lo mando.

Me sonreí un poco, pensando en los contrastes de aquella mujer.

—No puedo hacer eso. No haré esa estupidez.

Algo ronco le subía a Angustias por la garganta, como a un gato el placer. Se incorporó en la cama, quitándose de la frente el pañuelo humedecido.

—¿Te atreverías a jurar que lo has regalado?

—¡Claro que sí! ¡Por Dios!

Yo estaba aburrida y desesperada de aquel asunto.

—Se lo he regalado a una compañera de la Universidad.

—Piensa que juras en falso.

—¿No te das cuenta, tía, que todo esto llega a ser ridículo? Digo la verdad. ¿Quién te ha metido en la cabeza que Gloria me lo quitó?

—Me lo aseguró tu tío Román, hijita —se volvió a tender, lacia, sobre la almohada—, que Dios le perdone si ha dicho una mentira. Me dijo que él había visto a Gloria vendiendo tu pañuelo en una tienda de antigüedades; por eso fui yo a registrar la maleta esta mañana.

Me quedé perpleja, como si hubiera metido mis

manos en algo sucio, sin saber qué hacer ni qué decir.

Terminé el día de Navidad en mi cuarto, entre aquella fantasía de muebles en el crepúsculo. Yo estaba sentada sobre la cama turca, envuelta en la manta, con la cabeza apoyada sobre las rodillas dobladas.

Fuera, en las tiendas, se trenzarían chorros de luz y la gente iría cargada de paquetes. Los Belenes armados con todo su aparato de pastores y ovejas estarían encendidos. Cruzarían las calles, bombones, ramos de flores, cestas adornadas, felicitaciones y regalos.

Gloria y Juan habían salido de paseo con el niño. Pensé que sus figuras serían más flacas, más borrosas y perdidas entre las otras gentes. Antonia también había salido y escuché los pasos de la abuelita, nerviosa y esperanzada como un ratoncillo, husmeando en el prohibido mundo de la cocina; en los dominios de la terrible mujer. Arrastró una silla para alcanzar la puerta del armario. Cuando encontró la lata del azúcar oí crujir los terrones entre su dentadura postiza.

Los demás estábamos en la cama. Tía Angustias, yo y allá arriba, separado por las capas amortiguadas de rumores (sonido de gramófono, bailes, conversaciones bulliciosas) de cada piso, podía imaginarme a Román tendido también, fumando, fumando...

Y los tres pensábamos en nosotros mismos sin salir de los límites estrechos de aquella vida. Ni él, ni Román, con su falsa apariencia endiosada. Él, Román, más mezquino, más cogido que nadie en las minúsculas raíces de lo cotidiano. Chupada su vida, sus facultades, su arte, por la pasión de aquella efervescencia de la casa. Él, Román, capaz de fisgar en mis maletas y de inventar mentiras y enredos contra un ser a quien afectaba despreciar hasta la ignorancia absoluta de su existencia.

Así acabó para mí aquel día de Navidad, helada en mi cuarto y pensando en estas cosas.

VII

Dos días después de la borrascosa escena que he contado, Angustias desempolvó sus maletas y se fue sin decirnos adónde, ni cuándo pensaba volver.

Sin embargo, aquel viaje no revistió el carácter de escapada silenciosa que daba Román a los suyos. Angustias revolvió la casa durante los dos días con sus órdenes y sus gritos. Estaba nerviosa, se contradecía. A veces lloraba.

Cuando las maletas estuvieron cerradas y el taxi esperando, se abrazó a la abuela.

—¡Bendíceme, mamá!

—Sí, hija mía, sí, hija mía...

—Recuerda lo que te he dicho.

—Sí, hija mía...

Juan miraba la escena con las manos en los bolsillos, impaciente.

—¡Estás más loca que una cabra, Angustias!

Ella no le contestó. Yo la veía con su largo abrigo oscuro, su eterno sombrero, apoyada en el hombro de la madre, inclinándose hasta tocar con su cabeza la blanca cabeza y tuve la sensación de encontrarme ante una de aquellas últimas hojas de otoño, muertas en el árbol antes de que el viento las arrastrase.

Cuando al fin se marchó quedaron mucho rato vibrando sus ecos. Aquella misma tarde sonó el timbre de la puerta y yo abrí a un desconocido que venía en su busca.

—¿Se ha marchado ya? —añadió él mismo, ansioso, como si hubiera venido corriendo.

—Sí.

—¿Puedo ver entonces a su abuela?

Le hice pasar al comedor y él lanzó a toda aquella ruinosa tristeza una mirada inquieta. Era un hombre alto y grueso, con las cejas muy grises y espesas.

La abuelita apareció con el niño pegado a sus faldas, con su espectral y desastrado señorío, sonriéndole dulcemente sin reconocerle.

—No sé dónde...

—He vivido muchos meses en esta casa, señora. Soy Jerónimo Sanz.

Miré al jefe de Angustias con curiosidad impertinente. Parecía un hombre de mal genio, que se contuviera con dificultad. Iba muy bien vestido. Sus ojos oscuros, casi sin blanco, me recordaban a los de los cerdos que criaba Isabel en el pueblo.

—¡Jesús! ¡Jesús! —decía la abuelita, temblona—. Claro que sí... Siéntese usted. ¿Conoce a Andrea?

—Sí, señora. Yo la vi la última vez que estuvo aquí. Ha cambiado muy poco... se parece a su madre en los ojos y en lo alta y delgada que es. En realidad, Andrea tiene un gran parecido con la familia de ustedes.

—Es igual que mi hijo Román; si tuviera los ojos negros sería como mi hijo Román —dijo la abuela inesperadamente.

Don Jerónimo resopló en su sillón. La conversación sobre mí le interesaba tan poco como a mí misma.

Se volvió a la abuela y vio que se había olvidado de él, ocupada en jugar con el niño.

—Señora. Yo quisiera la dirección de Angustias... Es un favor que le pido a usted. Ya sabe... tengo algunos asuntos en la oficina que sólo ella puede resolver, pues... no se ha acordado de eso... y...

—Sí, sí —dijo la abuela—. No se ha acordado... Se le ha olvidado a Angustias decir adónde iba. ¿Verdad, Andrea?

Sonrió a don Jerónimo con sus ojillos claros y dulces.

—Se ha olvidado de dar su dirección a todo el mundo —concluyó—, quizás escriba... Mi hija es un poco especial. Figúrese usted, tiene la manía de decir que su cuñada, que mi nuera Gloria no es perfecta...

Don Jerónimo, enrojecido sobre su blanco cuello duro, buscó un momento para despedirse. Desde la puerta me lanzó una mirada de odio singular. Tuve el impulso de correr tras él, de cogerle por las solapas y de gritarle furiosa:

«—¿Por qué me mira usted así? ¿Qué tengo yo que ver con usted?»

Pero, naturalmente, le sonreía y cerré la puerta con cuidado. Al volverme encontré la cara de la abuelita, infantil, contra mi pecho.

—Estoy contenta, hijita. Estoy contenta, pero me parece que esta vez me tendré que confesar. Estoy segura, sin embargo, de que no será un pecado muy grande. Pero de todas maneras... como quiero comulgar mañana...

—¿Es que le has dicho una mentira a don Jerónimo?

—Sí, sí... —y la abuela se reía.

—¿Dónde está Angustias, abuela?

—A ti tampoco puedo decírtelo, picarona... Y me gustaría, porque tus tíos creen muchas barbaridades de la pobre Angustias que no son verdad y tú podrías creerlas también. La pobre hija mía lo único que tiene es muy mal genio... pero no hay que hacerle caso.

Gloria y Juan vinieron.

—¿De modo que no se ha fugado Angustias con don Jerónimo? —dijo Juan, brutalmente.

—¡Calla!, ¡calla!... De sobra sabes que tu hermana es incapaz.

—Pues nosotros, mamá, la vimos la noche de Nochebuena volver a casa con don Jerónimo casi de madrugada. Juan y yo nos escondimos en la sombra para verla pasar. Debajo del farol que hay a la entrada se despidieron, don Jerónimo le besó la mano y ella lloraba...

—Hija —dijo la abuela, moviendo insistentemente la cabeza—, no todas las cosas que se ven son lo que parecen.

Un rato después la vimos salir desafiando la sombra helada de la tarde para confesarse en una iglesia cercana.

Entré en el cuarto de Angustias y el blando colchón desguarnecido me dio la idea de dormir allí mientras ella estuviera fuera. Sin consultarlo a nadie trasladé mis ropas a aquella cama, no sin cierta inquietud, pues todo el cuarto estaba impregnado del olor a naftalina e incienso que su dueña despedía, y el orden de las tímidas sillas parecía obedecer aún a su voz. Aquel cuarto era duro como el cuerpo de Angustias, pero más limpio y más independiente que ninguno en la casa. Me repelía instintivamente y a la vez atraía a mi deseo de comodidad.

Horas más tarde, cuando la casa estaba en la paz de la noche —corta tregua obligatoria—, ya de madrugada me despertó la luz eléctrica en los ojos.

Me incorporé sobresaltada en la cama y vi a Román.

—¡Ah! —dijo con el ceño fruncido, pero esbozando una sonrisa—, te aprovechas de la ausencia de Angustias para dormir en su alcoba... ¿No tienes miedo a que te ahogue cuando se entere?

Yo no contesté, pero le miré interrogante.

—Nada —dijo él—, nada... no quería nada aquí.

Brusco, apagó otra vez la luz y se fue. Luego le oí salir de la casa.

Durante los primeros días yo tuve la impresión de que esta aparición de Román a altas horas de la noche había sido un sueño; pero la recordé vívidamente poco tiempo después.

Fue una tarde de luz muy triste. Yo me cansé de ver los retratos antiguos que me enseñaba la abuela en su alcoba. Tenía un cajón lleno de fotografías en el más espantoso desorden, algunas con el cartón mordisqueado por los ratones.

—¿Ésta eres tú, abuela?

—Sí...

—¿Éste es el abuelito?

—Sí, es tu padre.

—¿Mi padre?

—Sí, mi marido.

—Entonces no es mi padre, sino mi abuelo...

—¡Ah!... Sí, sí.

—¿Quién es esta niña tan gorda?

—No sé.

Pero detrás de la fotografía había una fecha antigua y un nombre: «Amalia».

—Es mi madre cuando pequeña, abuela.

—Me parece que estás equivocada.

—No, abuela.

De sus antiguos amigos de juventud se acordaba de todos.

—Es mi hermano... es un primo que ha estado en América...

Al final me cansé y fui hacia el cuarto de Angustias. Quería estar allí sola y a oscuras un rato. «Si tengo ganas —pensé con el ligero malestar que siempre me atacaba al reflexionar sobre esto— estudiaré un rato.»

Empujé la puerta con suavidad y de pronto retrocedí, asustada: junto al balcón, aprovechando para leer la última luz de la tarde, estaba Román, con una carta en la mano.

Se volvió con impaciencia, pero al verme esbozó una sonrisa.

—¡Ah!... ¿eres tú, pequeña?... Bueno, ahora no me huyas, haz el favor.

Me quedé quieta y vi que él con gran tranquilidad y destreza doblaba aquella carta y la colocaba sobre un fajo de ellas que había sobre el pequeño escritorio (yo miraba sus ágiles manos, morenas, vivísimas). Abrió uno de los cajones de Angustias. Luego sacó un llavero del bolsillo, encontró en seguida la llavecita que buscaba y cerró el cajón silenciosamente después de haber metido las cartas dentro.

Mientras efectuaba estas operaciones me iba hablando:

—Precisamente tenía yo muchas ganas de charlar esta tarde contigo, pequeña. Tengo arriba un café bonísimo y quería invitarte a una taza. Tengo también cigarrillos y unos bombones que compré ayer

pensando en ti... Y... ¿bien? —dijo al terminar, en
vista de que yo no contestaba.

Se había recostado contra el escritorio de Angustias y la última luz del balcón le daba de espaldas.
Yo estaba enfrente.

—Se te ven brillar los ojos grises como a un gato
—dijo.

Yo descargué mi atontamiento y mi tensión en
algo parecido a un suspiro.

—Bueno, ¿qué me contestas?

—No, Román, gracias. Esta tarde quiero estudiar.

Román frotó una cerilla para encender el cigarrillo; vi un instante, entre las sombras, su cara iluminada por un resplandor rojizo y su singular sonrisa,
luego las doradas hebras ardiendo. En seguida un
punto rojo y alrededor otra vez la luz gris violeta del
crepúsculo.

—No es verdad que tengas ganas de estudiar, Andrea... ¡Anda!—dijo acercándose rápidamente hacia
mí y cogiéndome del brazo—. ¡Vamos!

Me sentí rígida y suavemente empecé a despegar
sus dedos de mi brazo.

—Hoy, no..., gracias.

Me soltó en seguida; pero estábamos muy cerca y
no nos movíamos.

Se encendieron los faroles de la calle, y un reguero
amarillento se reflejó en la vacía silla de Angustias,
corrió sobre los baldosines...

—Puedes hacer lo que quieras, Andrea —dijo él
al fin—, no es cuestión de vida o muerte para mí.

La voz le sonaba profunda, con un tono nuevo.

«Está desesperado», pensé, sin saber a ciencia
cierta por qué encontraba desesperación en su voz.
Él se marchó rápidamente y dio un portazo al salir

del piso, como siempre. Yo me sentía emocionada de una manera desagradable. Me entró un inmediato deseo de seguirle, pero al llegar al recibidor me detuve otra vez. Hacía días que yo rehuía la afectuosidad de Román, me parecía imposible volver a sentirme amiga suya después del desagradable episodio del pañuelo. Pero aún me inspiraba él más interés que los demás de la casa juntos... «Es mezquino, es una persona innoble», pensé en voz alta, allí en la tranquila oscuridad de la casa.

Sin embargo, me decidí a abrir la puerta y subir la escalera. Sitiendo por primera vez, aun sin comprenderlo, que el interés y la estimación que inspire una persona son dos cosas que no siempre van unidas.

Por el camino iba pensando en que la primera noche que dormí en el cuarto de Angustias, después de la aparición de Román y de haber oído el portazo que dio a su marcha y sus pasos en la escalera, oí salir de la casa a Gloria. El cuarto de Angustias recibía directamente los ruidos de la escalera. Era como una gran oreja en la casa... Cuchicheos, portazos, voces, todo resonaba allí. Impresionada como estaba, me había puesto a escuchar. Había cerrado los ojos para oír mejor; me parecía ver a Gloria, con su cara blanca y triangular, rondando por el descansillo sin decidirse. Dio unos cuantos pasos y se detuvo luego vacilante; otra vez comenzó a pasear y a detenerse. Me empezó a latir el corazón de excitación porque estaba segura de que ella no podría resistir el deseo de subir los peldaños que separaban nuestra casa del cuarto de Román. Tal vez no podía resistir la tentación de espiarle... Sin embargo, los pasos de Gloria se decidieron, bruscamente, a lanzarse escalera abajo hacia la calle.

Todo esto resultaba tan asombroso que contribuyó a que yo lo achacara a trastornos de mi imaginación medio dormida.

Ahora era yo quien subía despacio, latiéndome el corazón, al cuarto de Román. En realidad me parecía que le hacía yo verdadera falta, que le hacía verdadera falta hablar, como me había dicho. Tal vez quería confesarse conmigo; arrepentirse delante de mí o justificarse.

Cuando llegué le encontré tumbado, acariciando la cabeza del perro.

—¿Crees que has hecho una gran cosa con venir?

—No... Pero tú querías que viniera.

Román se incorporó mirándome con una expresión de curiosidad en sus ojos brillantes.

—Quisiera saber hasta qué punto puedo contar contigo; hasta qué punto puedes llegar a quererme... ¿Tú me quieres, Andrea?

—Sí, es natural... —dije cohibida—, no sé hasta qué punto las sobrinas corrientes quieren a sus tíos...

Román se echó a reír.

—¿Las sobrinas corrientes? ¿Es que tú te consideras sobrina extraordinaria...? ¡Vamos, Andrea! ¡Mírame!... ¡Tonta! A las sobrinas de todas clases les suelen tener sin cuidado los tíos...

—Sí, a veces pienso que es mejor la amistad que la familia. Puede uno, en ocasiones, unirse más a un extraño a su sangre...

La imagen de Ena, borrada todos aquellos días, se dibujaba en mi imaginación con un vago perfil. Perseguida por esta idea pregunté a Román:

—¿Tú no tienes amigos?

—No —Román me observaba—. Yo no soy un hombre de amigos. Ninguno de esta casa necesita amigos. Aquí nos bastamos a nosotros mismos. Ya te convencerás de ello...

—No lo creo. No estoy tan segura de ello... Hablarías mejor con un hombre de tu edad que conmigo...

Las ideas me apretaban la garganta sin poderlas expresar.

Román tenía un tono irritado, aunque sonreía.

—Si necesitara amigos los tendría, los he tenido y los he dejado perder. Tú también te hartarás de todo... ¿Qué persona hay, en este cochino y bonito mundo, que tenga bastante interés para aguantarla? Tú también mandarás a la gente al diablo dentro de poco, cuando se te pase el romanticismo de colegiala por las amistades.

—Pero tú, Román, te vas al diablo también detrás de esa gente a la que despides... Nunca he hecho tanto caso yo de la gente como tú, ni he tenido tanta curiosidad de sus asuntos íntimos... Ni registro sus cajones, ni me importa lo que tienen en sus maletas los demás.

Me puse encarnada y lo sentí, porque estaba encendida la luz y estaba encendido un claro fuego en la chimenea. Al darme cuenta, me subió una nueva oleada de sangre, pero me atreví a mirar la cara de mi tío.

Román levantaba una ceja.

—¡Ah! ¿Conque es eso lo que motivaba las huidas de estos días?

—Sí.

—Mira —cambió de tono—, no te metas en lo que no puedes comprender, mujer... No sabrías entenderme si te explicara mis acciones. Y, por lo demás, no he soñado en darte a ti explicaciones de mis actos.

—Yo no te las pido.

—Sí... Pero tengo ganas de hablar yo... Tengo ganas de contarte cosas.

Aquella tarde me pareció Román trastornado. Por primera vez tuve frente a él la misma sensación de desequilibrio que me hacía siempre tan desagradable la permanencia junto a Juan. En el curso de aquella conversación que tuvimos hubo momentos en que toda la cara se le iluminaba de malicioso buen humor, otras veces me miraba medio fruncido el ceño, tan intensos los ojos como si realmente fuera apasionante para él lo que me contaba. Como si fuera lo más importante de su vida.

Al principio parecía que no sabía cómo empezar. Manipuló con la cafetera. Apagó la luz y nos quedamos con la claridad única de la chimenea para beber más confortablemente el café. Yo me senté sobre la estera del suelo, junto al fuego, y él estuvo a mi lado un rato, en cuclillas, fumando.

Luego se levantó.

«¿Le pediré que haga un poco de música como siempre?», pensé, al ver que el silencio se hacía tan largo. Parecía que habíamos recobrado nuestro ambiente normal. De pronto me asustó su voz.

—Mira, quería hablar contigo, pero es imposible. Tú eres una criatura... «lo bueno», «lo malo», «lo que me gusta», «lo que me da la gana de hacer»... todo eso es lo que tú tienes metido en tu cabeza con una claridad de niño. Algunas veces creo que te pareces a mí, que me entiendes, que entiendes mi música, la música de esta casa... La primera vez que toqué el violín para ti, yo estaba temblando por dentro de esperanza, de una alegría tan terrible cuando tus ojos cambiaban con la música... Pensaba, pequeña, que tú me ibas a entender hasta sin palabras; que tú eras mi auditorio, el auditorio que me hacía falta... Y tú no te has dado cuenta siquiera de que yo tengo que saber —de que de hecho sé— todo, absolutamente todo, lo que pasa abajo. Todo lo que siente Gloria, todas las ridículas historias de Angustias, todo lo que sufre Juan... ¿Tú no te has dado cuenta de que yo los manejo a todos, de que dispongo de sus nervios, de sus pensamientos...? ¡Si yo te pudiera explicar que a veces estoy a punto de volver loco a Juan!... Pero, ¿tú misma no lo has visto? Tiro de su comprensión, de su cerebro, hasta que casi se rompe... A veces, cuando grita con los ojos abiertos, me llega a emocionar. ¡Si tú sintieras alguna vez esta emoción tan espesa, tan extraña, secándote la lengua, me entenderías! Pienso que con una palabra lo podría calmar, apaciguar, hacerle mío, hacerle sonreír... Tú eso lo sabes, ¿no? Tú sabes muy bien hasta qué punto Juan me pertenece, hasta qué punto se arrastra tras de mí, hasta qué punto le maltrato. No me digas que no te has dado cuenta... Y no quiero hacerle feliz. Y le dejo así, que se hunda solo... Y los demás... Y a toda la familia de la casa, sucia como un río revuelto... Cuando vivas más tiempo aquí, esta casa y su olor, y sus cosas viejas, si eres como yo, te agarrarán la vida. Y tú eres como yo... ¿No eres como yo? Di, ¿no te pareces a mí algo?

Así estábamos; yo sobre la estera del suelo y él de pie. No sabía yo si gozaba asustándome o realmente estaba loco. Había terminado de hablar casi en un susurro al hacerme la última pregunta. Estaba yo, quieta, con muchas ganas de escapar, nerviosa.

Rozó con las puntas de los dedos mi cabeza y me levanté de un salto, ahogando un grito.

Entonces se echó a reír de verdad, entusiasmado, infantil, encantador como siempre.

—¡Qué susto! ¿Verdad, Andrea?

—¿Por qué me has dicho tantos disparates, Román?

—¿Disparates? —pero se reía—. No estoy tan seguro de que lo sean... ¿No te he contado la historia del dios Xochipilli, mi pequeño idolillo acostumbrado a recibir corazones humanos? Algún día se cansará de mis débiles ofrendas de música y entonces...

—Román, ya no me asustas, pero estoy nerviosa... ¿No puedes hablar en otro tono? Si no puedes, me voy...

—Y entonces —Román se reía más, con sus blancos dientes bajo el bigotillo negro—, entonces le ofreceré Juan a Xochipilli, le ofreceré el cerebro de Juan y el corazón de Gloria...

Suspiró.

—Mezquinos ofrecimientos, a pesar de todo. Tu hermoso y ordenado cerebro quizá fuera mejor...

Bajé la escalera hasta la casa, corriendo, perseguida por la risa divertida de Román. Porque de hecho me escapé. Me escapé y los escalones me volaban bajo los pies. La risa de Román me alcanzaba, como la mano huesuda de un diablo que me cogiera la punta de la falda...

No quise cenar para no encontrarme con Román. No porque le tuviera miedo, no; un minuto después de terminada me había parecido absurda la conversación, pero me había trastornado, me sentía enervada y sin ganas de afrontar sus ojos. Ahora y no cuando le vi husmear mezquino, sin respeto a la vida de los demás, ahora y no todos aquellos días anteriores en que me escapaba de él, creyendo despreciarle, era cuando empezaba a sentir contra Román una repulsión indefinible.

Me acosté y no podía dormirme. La luz del comedor ponía una raya brillante debajo de la puerta del cuarto; oía voces. Los ojos de Román estaban sobre los míos: «No necesitarás nada cuando las cosas de la casa te agarren los sentidos»... Me pareció un poco aterrador este continuo rumiar de las ideas que él me había sugerido. Me encontré sola y perdida debajo de mis mantas. Por primera vez sentí un anhelo real de compañía humana. Por primera vez sentía en la palma de las manos el ansia de otra mano que me tranquilizara...

Entonces el timbre del teléfono, allí, en la cabecera de la cama, empezó a sonar. Me había olvidado de que existía ese chisme en la casa, porque sólo Angustias lo utilizaba. Descolgué el auricular sacudida aún por el escalofrío de la impresión de su sonido agudo, y se me entró por los oídos una alegría tan grande (porque era como una respuesta a mi estado de ánimo) que al pronto ni la sentí.

Era Ena, que había encontrado mi número en el listín de Teléfonos y me llamaba.

VIII

Angustias volvió en un tren de medianoche y se encontró a Gloria en la escalera de la casa. A mí me despertó el ruido de voces. Rápidamente me di cuenta de que estaba durmiendo en un cuarto que no era el mío y de que su dueña me lo reclamaría.

Salté de la cama traspasada de frío y de sueño. Tan asustada, que tenía la sensación de no poder moverme aunque, en realidad, no hice otra cosa: en pocos segundos arranqué las ropas de la cama y me envolví en ellas. Tiré la almohada, al pasar, en una silla del comedor y llegué hasta el recibidor envuelta en una manta, descalza sobre las baldosas heladas, en el momento en que Angustias entraba de la calle seguida del chófer con sus maletas y conduciendo a Gloria por un brazo. La abuelita apareció también.

—Vamos, hija, vamos... ¡Corre a mi cuarto! —le dijo.

—No, mamá. No, de ninguna manera.

El chófer miraba de reojo la escena. Angustias le pagó y cerró la puerta. En seguida se volvió a Gloria

—¡Sinvergüenza! ¿Qué hacías a estas horas en la escalera, di?

Gloria estaba reconcentrada como un gato. Su boca pintada resultaba muy obscura.

—Ya te dije, chica, que te había oído llegar y que iba a recibirte.

—¡Qué descaro! —gritó Angustias.

Mi tía presentaba un aspecto lamentable. Llevaba su sombrero inmutable, lo mismo que el día que se fue; pero la pluma, torcida, apuntaba como un cuerno feroz. Se santiguó y empezó a rezar con las manos sobre el pecho.

—¡Dios mío, dame paciencia! ¡Dame paciencia, Dios mío!

Yo sentía el frío quemándome las plantas de los pies y temblaba violentamente debajo de mi manta.

«¿Qué dirá —pensaba yo— cuando sepa que he utilizado su cuarto?»

La abuelita empezó a llorar:

—Angustias, suelta a esta niña, suelta a esta niña...

Parecía una criatura.

—¡Parece mentira, mamá! ¡Parece mentira! —volvió a gritar Angustias—. Ni siquiera le preguntas dónde ha estado... ¿Te hubiera gustado a ti que una hija tuya hiciera eso? ¡Tú, mamá, que ni siquiera nos permitías ir a las fiestas en casa de nuestros amigos cuando éramos jóvenes, proteges las escapadas nocturnas de esta infame!

Se llevó las manos a la cabeza, quitándose el sombrero. Se sentó en la maleta y empezó a gemir:

—¡Me vuelvo loca! ¡Me vuelvo loca!

Gloria se escabulló como una sombra hacia el cuarto de la abuela, en el momento en que Antonia aparecía husmeadora y luego Juan, embutido en su abrigo viejo.

—¿Se puede saber a qué vienen esos gritos? ¡Animal! —dijo dirigiéndose a Angustias—. ¿No te das cuenta de que mañana me tengo yo que levantar a las cinco y me hace falta sueño?

—¡Más valdría que preguntaras a tu mujer qué es lo que hace en la calle a estas horas, en vez de insultarme!

Juan se quedó parado, con la mandíbula apuntada hacia la abuela.

—¿Qué tiene que ver Gloria con esto?

—Gloria está en su cuarto, hijito… quiero decir en mi cuarto con el niño… Salió a recibir a Angustias a la escalera y ella creyó que se iba a la calle. Es un malentendido.

Angustias contemplaba furiosa a la abuela y Juan estaba en medio de todos nosotros, gigantesco. Su reacción no se hizo esperar.

—¿Por qué mientes, mamá? ¡Maldita sea!… Y tú, bruja, ¿por qué te metes en lo que no te importa? ¿Qué tienes que ver tú con mi mujer? ¿Quién eres para impedirle que salga de noche, si le da la gana? Yo soy el único de esta casa a quien ella tiene que pedir permiso, y el que se lo concede… conque ¡métete en tu cuarto y no aúlles más!

Angustias se metió en su cuarto, en efecto, y Juan se quedó mordiéndose las mejillas, como siempre que estaba nervioso. La criada dio un chillido de gozo, ansiosa como estaba, en la puerta de su cubil. Juan se volvió hacia ella con el puño levantado, y luego lo volvió a dejar caer, fláccido, a lo largo del cuerpo.

Yo entré en el salón donde tenía mi alcoba y me sorprendió el olor a aire enmohecido y a polvo. ¡Qué frío hacía! Sobre el colchón de aquella cama turca, fino como una hoja, yo no podía hacer más que tiritar.

Se abrió la puerta en seguida detrás de mí y apareció otra vez ante mis ojos la figura de Angustias.

Gimió al tropezar con un mueble, en la obscuridad.

—¡Andrea! —gritó—. ¡Andrea!

La sentí respirar fuerte.

—Estoy aquí.

—Ofrezco al Señor toda la amargura que me causáis... ¿Se puede saber qué hace tu traje en mi cuarto?

Me reconcentré un momento. En aquel silencio se empezó a oír una discusión en la lejana alcoba de la abuela.

—He dormido estos días allí —dije al fin.

Angustias abrió los brazos como si fuera a caer o a tentar el aire para encontrarme. Yo cerré los ojos, pero ella volvió a tropezar y a gemir.

—Dios te perdone el disgusto que me das... Pareces un cuervo sobre mis ojos... Un cuervo que me quisiera heredar la vida.

En aquel momento cruzó el recibidor un grito de Gloria y luego el golpe de la puerta de la alcoba que compartían ella y Juan, al cerrarse. Angustias se irguió escuchando. Ahora parecía venir un llanto ahogado.

—¡Dios mío! ¡Es para volverse loca! —murmuró mi tía.

Cambió de tono:

—Contigo, señorita, ajustaré las cuentas mañana. En cuanto te levantes ven a mi cuarto. ¿Oyes?

—Sí.

Cerró la puerta y se fue. La casa se quedó llena de ecos, gruñendo como un animal viejo. El perro, detrás de la puerta de la criada, empezó a ulular, a gemir y a su voz se mezcló otro grito de Gloria, y al llanto de ella que siguió, otro llanto más lejano del niño. Luego este lloro del niño fue el que predominó, el que llenó todos los rincones de la casa ya apaciguada. Oí salir a Juan nuevamente de su alcoba, para ir a buscar a su hijo al cuarto de la abuela. Oí después cómo él mismo lo paseaba monótonamente por el recibidor, cómo le hablaba para tranquilizarle y dormirlo.

No era aquella la primera vez que las cantinelas de Juan a su hijo llegaban a mí en las noches frías. Juan tenía para la criatura ternuras insospechadas, íntimas y casi feroces. Sólo una vez cada quince días Gloria se iba a dormir a la alcoba de la abuela con el pequeño, para que el llanto caprichoso de éste no despertara a Juan, que estaba precisado a salir de casa cuando aún no había amanecido y luego habría de pasar la jornada haciendo unos duros trabajos suplementarios de los que volvía rendido a la noche siguiente.

Aquélla tan desgraciada en que llegó Angustias era una de estas noches en que mi tío tenía que madrugar.

Despierta todavía, le oí salir antes de que las sirenas de las fábricas rompieran a pitidos la neblina de la mañana. Todavía estaba el cielo de Barcelona cargado de humedades del mar y de estrellas cuando Juan se fue a la calle.

Me acababa de dormir, encogida y helada, cuando me desperté bajo la impresión de los ojos de Antonia. Aquella mujer respiraba un íntimo regodeo.

Chilló:

—Su tía dice que vaya usted...

Y se quedó en jarras mirándome, mientras yo me restregaba los ojos y me vestía.

Cuando me desperté del todo, sentada en el borde de la cama, me encontré en uno de mis períodos de rebeldía contra Angustias; el más fuerte de todos. Súbitamente me di cuenta de que no la iba a poder sufrir más. De que no la iba a obedecer más, después de aquellos días de completa libertad que había gozado en su ausencia. La noche inquieta me había estropeado los nervios y me sentí histérica yo también, llorosa y desesperada. Me di cuenta de que podía soportarlo todo: el frío que calaba mis ropas gastadas, la tristeza de mi absoluta miseria, el sordo horror de aquella casa sucia. Todo menos su autoridad sobre mí. Era aquello lo que me había ahogado al llegar a Barcelona, lo que me había hecho caer en la abulia, lo que mataba mis iniciativas; aquella mirada de Angustias. Aquella mano que me apretaba los movimientos y la curiosidad de la vida nueva... Angustias, sin embargo, era un ser recto y bueno a su manera entre aquellos locos. Un ser más completo y vigoroso que los demás... Yo no sabía por qué aquella terrible indignación contra ella subía en mí, por qué me tapaba la luz la sola visión de su larga figura y sobre todo de sus inocentes manías de grandezas. Es difícil entenderse con las gentes de otra generación, aun cuando no quieran imponernos su modo de ver las cosas. Y en estos casos en que quieren hacernos ver con sus ojos, para que resulte medianamente bien el experimento se necesita gran tacto y sensibilidad en los mayores y admiración en los jóvenes.

Rebelde, estuve largo rato sin acudir a su llamada. Me lavé y me vestí para ir a la Universidad y ordené mis cuartillas en la cartera antes de decidirme a entrar en su cuarto.

En seguida vi a mi tía sentada frente al escritorio. Tan alta y familiar con su rígido guardapolvo como si nunca —desde nuestra primera conversación en la mañana de mi llegada a la casa— se hubiera movido de aquella silla. Como si la luz que nimbaba sus cabellos entrecanos y abultaba sus labios gruesos fuera aún la misma luz. Como si aún no hubiera retirado los dedos pensativos de su frente.

(Era una imagen demasiado irreal la visión de aquel cuarto con luz de crepúsculo, con la silla vacía y las vivas manos de Román, diabólicas y atractivas, revolviendo aquel pequeño y pudibundo escritorio.)

Noté que Angustias tenía su aire lánguido y desamparado. Los ojos cargados y tristes. Durante tres cuartos de hora había estado proveyendo de dulzura su voz.

—Siéntate, hija. Tengo que hablarte seriamente.

Eran palabras rituales que yo conocía hasta la saciedad. La obedecí resignada y tiesa; pronta a saltar, como otras veces había estado dispuesta a tragar silenciosamente todas las majaderías. Sin embargo, lo que me dijo era extraordinario:

—Estarás contenta, Andrea (porque tú no me quieres...); dentro de unos días me voy de esta casa para siempre. Dentro de unos días podrás dormir en mi cama, que tanto envidias. Mirarte en el espejo de mi armario. Estudiar en esta mesa... Anoche me enfadé contigo porque lo que sucedía era inaguantable... He cometido un pecado de soberbia. Perdóname.

Me observaba de reojo al pedirme un perdón tan poco sincero que me hizo sonreír. Entonces se le quedó la cara tiesa, sembrada de arrugas verticales.

—No tienes corazón, Andrea.

Yo tenía miedo de haber entendido mal su primer discurso. De que no fuera verdad aquel anuncio fantástico de liberación.

—¿Adónde te irás?

Entonces me explicó que volvía al convento donde había pasado aquellos días de intensa preparación espiritual. Era una Orden de clausura para ingresar en la cual hacía muchos años que estaba reuniendo una dote y ya la tenía ahorrada. A mí, mientras tanto, me iba pareciendo un absurdo la idea de Angustias sumergida en un ambiente contemplativo.

—¿Siempre has tenido vocación?

—Cuando seas mayor entenderás por qué una mujer no debe andar sola por el mundo.

—¿Según tú, una mujer, si no puede casarse, no tiene más remedio que entrar en el convento?

—No es esa mi idea.

(Se removió inquieta.)

—Pero es verdad que sólo hay dos caminos para la mujer. Dos únicos caminos honrosos... Yo he escogido el mío, y estoy orgullosa de ello. He procedido como una hija de mi familia debía hacer. Como tu madre hubiera hecho en mi caso. Y Dios sabrá entender mis sacrificio...

Se quedó abstraída.

«¿Dónde se ha ido —pensaba yo— aquella familia que se reunía en las veladas alrededor del piano, protegida del frío de fuera por feas y confortables cortinas de paño verde? ¿Dónde se han ido las hijas pudibundas, cargadas con enormes sombreros, que al pisar —custodiadas por su padre— la acera de la alegre y un poco revuelta calle de Aribau, donde vivían, bajaban los ojos para mirar a escondidas a los transeúntes?» Me estremecí al pensar que una de ellas había muerto y que su larga trenza de pelo negro estaba guardada en un viejo armario de pueblo muy lejos de allí. Otra, la mayor, desaparecía de su silla, de su balcón, llevándose su sombrero —último sombrero de la casa— dentro de poco.

Angustias suspiró al fin y me volvió a los ojos tal como era. Empuñó el lápiz.

—Todos estos días he pensado en ti... Hubo un tiempo (cuando llegaste) en que me pareció que mi obligación era hacerte de madre. Quedarme a tu lado, protegerte. Tú me has fallado, me has decepcionado. Creí encontrar una huerfanita ansiosa de cariño y he visto un demonio de rebeldía, un ser que se ponía rígido si yo lo acariciaba. Tú has sido mi última ilusión y mi último desengaño, hija. Sólo me resta rezar por ti, que ¡bien lo necesitas!, ¡bien lo necesitas!

Luego me dijo:

—¡Si te hubiera cogido más pequeña, te habría matado a palos!

Y en su voz se notaba cierta amarga fruición que me hacía sentirme a salvo de un peligro cierto.

Hice un movimiento para marcharme y me detuvo.

—No importa que hoy pierdas tus clases. Tienes que oírme... Durante quince días he estado pidiendo a Dios tu muerte... o el milagro de tu salvación. Te voy a dejar sola en una casa que no es ya lo que ha sido... porque antes era como el paraíso y ahora —tía Angustias tuvo una llama de inspiración— con la mujer de su tío Juan ha entrado la serpiente maligna. Ella lo ha emponzoñado todo. Ella, únicamente ella, ha vuelto loca a mi madre..., porque tu abuela está loca, hija mía, y lo peor es que la veo precipitarse a los abismos del infierno si no se corrige antes de morir. Tu abuela ha sido una santa, Andrea. En mi juventud, gracias a ella he vivido en el más puro de los sueños, pero ahora ha enloquecido con la edad. Con los sufrimientos de la guerra, que, aparentemente soportaba tan bien, ha enloquecido. Y luego esa mujer, con sus halagos, le ha acabado de trastornar la conciencia. Yo no puedo comprender sus actitudes más que así.

—La abuela intenta entender a cada uno.

(Yo pensaba en sus palabras: «No todas las cosas son lo que parecen», cuando ella intentaba proteger a Angustias... pero ¿podía yo atreverme a hablar a mi tía de don Jerónimo?)

—Sí, hija, sí... Y a ti te viene muy bien. Parece que hayas vivido suelta en zona roja y no en un convento de monjas durante la guerra. Aun Gloria tiene más disculpas que tú en sus ansias de emancipación y desorden. Ella es una golfilla de la calle, mientras que tú has recibido una educación... y no te disculpes con tu curiosidad de conocer Barcelona. Barcelona te la he enseñado.

Miré el reloj instintivamente.

—Me oyes como quien oye llover, ya lo veo... ¡infeliz! ¡Ya te golpeará la vida, ya te triturará, ya te aplastará! Entonces me recordarás... ¡Oh! ¡Hubiera querido matarte cuando pequeña antes de dejarte crecer así! Y no me mires con ese asombro. Ya sé que hasta ahora no has hecho nada malo. Pero lo harás en cuanto yo me vaya... ¡Lo harás! ¡Lo harás! Tú no dominarás tu cuerpo y tu alma. Tú no, tú no... Tú no podrás dominarlos.

Yo veía en el espejo, de refilón, la imagen de mis dieciocho años áridos encerrados en una figura alargada y veía la bella y torneada mano de Angustias crispándose en el respaldo de una silla. Una mano blanca, de palma abultada y suave. Una mano sensual, ahora desgarrada, gritando con la crispación de sus dedos más que la voz de mi tía.

Empecé a sentirme conmovida y un poco asustada, pues el desvarío de Angustias amenazaba abrazarme, arrastrarme también.

Terminó temblorosa, llorando. Pocas veces lloraba Angustias sinceramente. Siempre el llanto la afeaba, pero éste, espantoso, que la sacudía ahora, no me causaba repugnancia, sino cierto placer. Algo así como ver descargar una tormenta.

—Andrea —dijo al fin, suave—, Andrea... Tengo que hablar contigo de *otras cosas* —se secó los ojos y empezó a hacer cuentas—. En adelante recibirás tú misma, directamente, tu pensión. Tú misma le darás a la abuela lo que creas conveniente para contribuir a tu alimentación y tú misma harás equilibrios para comprarte lo más necesario... No te tengo que decir que gastes en ti el mínimo posible. El día que falte mi sueldo, esta casa va a ser un desastre. Tu abuela ha preferido siempre sus hijos varones, pero esos hijos —aquí me pareció que se alegraba— le van a hacer pasar mucha penuria... En esta casa las mujeres hemos sabido conservar mejor la dignidad.

Suspiró.

—Y aún. ¡Si no se hubiese introducido a Gloria!

Gloria, la mujer serpiente, durmió enroscada en su cama hasta el mediodía, rendida y gimiendo en sueños. Por la tarde me enseñó las señales de la paliza que le había dado Juan la noche antes y que empezaban a amoratarse en su cuerpo.

IX

COMO una bandada de cuervos posados en las ramas del árbol del ahorcado, así las amigas de Angustias estaban sentadas, vestidas de negro, en su cuarto, aquellos días. Angustias era el único ser que se conservaba asido desesperadamente a la sociedad, en la casa nuestra.

Las amigas eran las mismas que habían valsado a los compases del piano de la abuelita. Las que los años y los vaivenes habían alejado y que ahora volvían aleteando al enterarse de aquella púdica y bella muerte de Angustias para la vida de ese mundo. Habían llegado de diferentes rincones de Barcelona y estaban en una edad tan extraña de su cuerpo como la adolescencia. Pocas conservaban un aspecto normal. Hinchadas o flacas, las facciones les solían quedar pequeñas o grandes según las ocasiones, como si fueran postizas. Yo me divertía mirándolas. Algunas estaban encanecidas y eso les daba una nobleza de que las otras carecían.

Todas recordaban los tiempos viejos de la casa.

—Tu padre, ¡qué gran señor!, con su barba corrida...

—Tus hermanas, ¡qué traviesas eran!... Señor, Señor, lo que ha cambiado tu casa.

—¡Lo que han cambiado los tiempos!

—Sí, los tiempos...

(Y se miraban azoradas.)

—¿Te acuerdas, Angustias, de aquel traje verde que llevabas el día que cumpliste veinte años? La verdad es que nos reunimos aquella tarde una caterva de buenas mozas... ¿Y aquel pretendiente tuyo, aquel Jerónimo Sanz, por el que estabas tan loca? ¿Qué se hizo de él?

Alguien pisa el pie de la charlatana, que se calla asustada. Pasan unos segundos angustiosos y luego todas rompen a hablar a la vez.

(La verdad es que eran como pájaros envejecidos y obscuros, con las pechugas palpitantes de haber volado mucho en un trozo de cielo muy pequeño.)

—Yo no sé, chica —decía Gloria—, por qué Angustias no se ha marchado con don Jerónimo, ni por qué se mete a monja, si ella no sirve para rezar...

Gloria estaba tumbada en su cama, por donde gateaba el niño, y se esforzaba en pensar, quizá por primera vez en su vida.

—¿Por qué crees que no sirve Angustias para rezar? —le pregunté admirada—. Ya sabes cuánto le gusta ir a la iglesia.

—Porque la comparo con tu abuelita, que sí que es buena rezadora, y veo la diferencia... Mamá se queda toda traspasada como si le vinieran músicas del cielo a los oídos. Por las noches habla con Dios y con la Virgen. Dice que Dios es capaz de bendecir todos los sufrimientos y que por eso Dios me bendice a mí, aunque yo no rezo tanto como debiera... ¡Y qué buena es! Nunca ha salido de su casa y, sin embargo, entiende todas las locuras y las perdona. A Angustias no le da Dios ninguna calidad de com-

prensión, y cuando reza en la iglesia no oye música
del cielo, sino que mira a los lados para ver quién ha
entrado en el templo con mangas cortas y sin medias...
Yo creo que en el fondo el rezo le importa tan poco
como a mí, que no sirvo para rezar... Pero la verdad
—concluía—, ¡qué bien que se marche!... La otra
noche me pegó Juan por su culpa. Por su culpa nada
más...

—¿Adónde ibas, Gloria?

—¡Ay, chica! A nada malo. A ver a mi hermana, ya
ves tú... Ya sé que no me crees, pero a eso iba y te lo
puedo jurar. Es que Juan no me deja ir, y de día me
vigila. Pero no me mires así, no me mires así, Andrea,
que me da muchas ganas de reír esa cara que pones.

—¡Bah! —dijo Román—. Me alegro de que se
vaya Angustias, porque ahora es un trozo viviente del
pasado que estorba la marcha de las cosas... De mis
cosas. Que nos molesta a todos, que nos recuerda a
todos que no somos seres maduros, redondos, parados,
como ella; sino aguas ciegas que vamos golpeando como podemos la tierra para salir a algo inesperado...
Por todo eso me alegro. Cuando se vaya la querré,
Andrea, ¿sabes? Y me conmoverá el recuerdo de su
feísimo gorro de fieltro con la pluma erguida, hasta
el último momento, como un pabellón... indicando
que aún late el corazón de un hogar que fue y que
nosotros, los demás, hemos perdido... —se volvió
hacia mí sonriendo como si compartiéramos los dos
un secreto—. Al mismo tiempo siento que se vaya,
porque ya no podré leer las cartas de amor que recibe,
ni su diario tan masoquista. Sastifacía todos mis instintos de crueldad leerlo.

Y Román se pasó la lengua por los labios rojos.

Juan y yo parecíamos ser los únicos sin opinión ante el desarrollo de los acontecimientos. Yo estaba demasiado maravillada, pues el único deseo de mi vida ha sido que me dejen en paz hacer mi capricho y en aquel momento parecía que había llegado la hora de conseguirlo sin el menor trabajo por mi parte. Recordaba la lucha sorda que tuve durante dos años con mi prima Isabel para que al fin me permitiera marchar de su lado y seguir una carrera universitaria. Cuando llegué a Barcelona venía disparada por mi primer triunfo, pero en seguida encontré otros ojos vigilantes sobre mí y me acostumbré al juego de esconderme, de resistirme... Ahora, de pronto, me iba a encontrar sin enemigo.

Me volví humilde con Angustias aquellos días. Hubiera besado sus manos si ella lo hubiera querido. La alegría espantosa parecía socavarme el pecho algunos ratos. En los demás no pensaba en Angustias, no pensaba: sólo en mí.

Me extrañó, sin embargo, la falta de don Jerónimo en aquel interminable desfilar de amistades. Todas eran mujeres, exceptuando algún raro marido tripudo que aparecía alguna vez.

—Parecen días de entierro, ¿eh? —gritó Antonia desde su cocina.

A todos se nos vinieron a la imaginación pensamientos macabros en aquellas horas.

Gloria me dijo que don Jerónimo y Angustias se veían todas las mañanas en la iglesia, que ella lo sabía bien... Toda la historia de Angustias resultaba como una novela del siglo pasado.

El día en que se marchó tía Angustias recuerdo que los diferentes personajes de la familia nos encontramos levantados casi con el alba. Nos tropezábamos por la casa poseídos de nerviosismo. Juan empezó a rugir palabrotas por cualquier cosa. A última hora decidimos ir todos a la estación, menos Román. Román fue el único que no apareció en todo el día. Luego, mucho más tarde, me contó que había estado muy de mañana en la iglesia siguiendo a Angustias y viendo cómo se confesaba. Yo me imaginé a Román con las orejas tendidas hacia aquella larga confesión, envidiando al pobre cura, viejo y cansado, que derramaba desapasionadamente la absolución sobre la cabeza de mi tía.

El taxi que nos condujo estaba repleto. Con nosotros venían tres amigas de Angustias, las tres más íntimas.

El niño, espantadizo, se agarraba al cuello de Juan. No le sacaban de paseo casi nunca, y aunque estaba gordo, su piel tenía un tono triste al darle el sol.

En el andén estábamos agrupados alrededor de Angustias, que nos besaba y nos abrazaba. La abuelita apareció llorosa después del último abrazo.

Formábamos un conjunto tan grotesco que algunas gentes volvían la cabeza a mirarnos.

Cuando faltaban unos minutos para salir el tren, Angustias subió al vagón y desde la ventanilla nos miraba hierática, llorosa y triste, casi bendiciéndonos como una santa.

Juan estaba nervioso; lanzando muecas irónicas a todos lados, espantando a las amigas de Angustias —que se agruparon lo más distantes posibles— con el girar de sus ojos. Las piernas le empezaron a temblar en los pantalones. No podía contenerse.

—¡No te hagas la mártir, Angustias, que no se la pegas a nadie! Estás sintiendo más placer que un ladrón con los bolsillos llenos... ¡Que a mí no me la pegas con esa comedia de tu santidad!

El tren empezó a alejarse y Angustias se santiguó y se tapó los oídos porque la voz de Juan se levantaba sobre todo el andén.

Gloria agarró a su marido por la americana, aterrada. Y él se revolvió con sus ojos de loco, furioso, temblando como si le fuera a dar un ataque epiléptico. Luego echó a correr detrás de la ventanilla, dando gritos que Angustias ya no podía oír.

—¡Eres una mezquina! ¿Me oyes? No te casaste con él porque a tu padre se le ocurrió decirte que era poco el hijo de un tendero para ti... ¡Por esooo! Y cuando volvió casado y rico de América lo has estado entreteniendo, se lo has robado a su mujer durante veinte años... y ahora no te atreves a irte con él porque crees que toda la calle de Aribau y toda Barcelona están pendientes de ti... ¡Y desprecias a mi mujer! ¡Malvada! ¡Y te vas con tu aureola de santa!

La gente empezó a reírse y a seguirle hasta la punta del andén, donde, cuando el tren se había marchado, seguía gritando. Le corrían las lágrimas por las mejillas y se reía, satisfecho. La vuelta a casa fue una calamidad.

SEGUNDA   PARTE

X

Salí de casa de Ena aturdida, con la impresión de que debía ser muy tarde. Todos los portales estaban cerrados y el cielo se descargaba en una apretada lluvia de estrellas sobre las azoteas.

Por primera vez me sentía suelta y libre en la ciudad, sin miedo al fantasma del tiempo. Había tomado algunos licores aquella tarde. El calor y la excitación brotaban de mi cuerpo de tal modo que no sentía el frío ni tan siquiera —a momentos— la fuerza de la gravedad bajo mis pies.

Me detuve en medio de la Vía Layetana y miré hacia el alto edificio en cuyo último piso vivía mi amiga. No se traslucía la luz detrás de las persianas cerradas, aunque aún quedaban, cuando yo salí, algunas personas reunidas, y, dentro, las confortables habitaciones estarían iluminadas. Tal vez la madre de Ena había vuelto a sentarse al piano y a cantar. Me corrió un estremecimiento al recordar aquella voz ardorosa que al salir parecía quemar y envolver en resplandores el cuerpo desmedrado de su dueña.

Aquella voz había despertado todos los posos de sentimentalismo y de desbocado romanticismo de mis dieciocho años. Desde que ella había callado yo

estuve inquieta, con ganas de escapar a todo lo demás que me rodeaba. Me parecía imposible que los
otros siguieran fumando y comiendo golosinas. Ena
misma, aunque ya había escuchado a su madre con
una sombría y reconcentrada atención, volvía a ex-
pandirse, a reír y a brillar entre sus amigos, como
si aquella reunión comenzada a última hora de la
tarde, improvisadamente, no fuese a tener fin. Yo,
de pronto me encontré en la calle. Casi había huido
impelida por una inquietud tan fuerte y tan incon-
creta como todas las que me atormentaban en aquella edad.

No sabía si tenía necesidad de caminar entre las
casas silenciosas de algún barrio adormecido, respirando el viento negro del mar o de sentir las oleadas
de luces de los anuncios de colores que teñían con
sus focos el ambiente del centro de la ciudad. Aún
no estaba segura de lo que podría calmar mejor
aquella casi angustiosa sed de belleza que me había
dejado el escuchar a la madre de Ena. La misma Vía
Layetana, con su suave declive desde la Plaza de
Urquinaona, donde el cielo se deslustraba, con el color rojo de la luz artificial, hasta el gran edificio de
Correos y el puerto, bañado en sombras, argentados
por la luz estelar sobre las llamas blancas de los faroles, aumentaba mi perplejidad.

Oí, gravemente, sobre el aire libre de invierno, las
campanadas de las once formando un concierto que
venía de las torres de las iglesias antiguas.

La Vía Layetana, tan ancha, grande y nueva, cruzaba el corazón del barrio viejo. Entonces supe lo
que deseaba: quería ver la Catedral envuelta en el
encanto y el misterio de la noche. Sin pensarlo más
me lancé hacia la oscuridad de las callejas que la

rodean. Nada podía calmar y maravillar mi imaginación como aquella ciudad gótica naufragando entre húmedas casas construidas sin estilo en medio de
sus venerables sillares, pero a los que los años habían
patinado también de un modo especial, como si se
hubieran contagiado de belleza.

El frío parecía más intenso encajonado en las calles torcidas. Y el firmamento se convertía en tiras
abrillantadas entre las azoteas casi juntas. Había una
soledad impresionante, como si todos los habitantes
de la ciudad hubiesen muerto. Algún quejido del aire
en las puertas palpitaba allí. Nada más.

Al llegar al ábside de la Catedral me fijé en el
baile de luces que hacían los faroles contra sus mil
rincones, volviéndose románticos y tenebrosos. Oí un
áspero carraspeo, como si a alguien se le desgarrara
el pecho entre la maraña de callejuelas. Era un sonido
siniestro, cortejado por los ecos, que se iba acercan-
do. Pasé unos momentos de miedo. Vi salir a un
viejo grande, con un aspecto miserable, de entre la
negrura. Me apreté contra el muro. Él me miró
con desconfianza y pasó de largo. Llevaba una gran
barba canosa que se le partía con el viento. Me empezó a latir el corazón con inusitada fuerza y, llevada por aquel impulso emotivo que me arrastraba,
corrí tras él y le toqué en el brazo. Luego empecé
a buscar en mi cartera, nerviosa, mientras el viejo me
miraba. Le di dos pesetas. Vi lucir en sus ojos una
buena chispa de ironía. Se las guardó en su bolsillo
sin decirme una palabra y se fue arrastrando la bron-
ca tos que me había alterado. Este contacto humano
entre el concierto silencioso de las piedras calmó un
poco mi excitación. Pensé que obraba como una necia
aquella noche actuando sin voluntad, como una hoja

de papel en el viento. Sin embargo, apreté el paso hasta llegar a la fachada principal de la Catedral, y al levantar mis ojos hacia ella encontré al final el cumplimiento de lo que deseaba.

Una fuerza más grande que la que el vino y la música habían puesto en mí, me vino al mirar el gran corro de sombras de piedra fervorosa. La Catedral se levantaba en una armonía severa, estilizada en formas casi vegetales, hasta la altura del limpio cielo mediterráneo. Una paz, una imponente claridad se derramaba de la arquitectura maravillosa. En derredor de sus trazos oscuros resaltaba la noche brillante, rondando lentamente al compás de las horas. Dejé que aquel profundo hechizo de las formas me penetrara durante unos minutos. Luego di la vuelta para marcharme.

Al hacerlo me di cuenta de que no estaba sola en la plaza. Una silueta que me pareció algo diabólica se alargaba en la parte más oscura. Confieso ingenuamente que me sentí poseída por todos los terrores de mi niñez y que me santigüé. El bulto se movía hacia mí y vi que era un hombre embutido en un buen gabán y con un sombrero hasta los ojos. Me alcanzó cuando yo me lanzaba hacia la escalera de piedra.

—¡Andrea! ¿No te llamas tú Andrea?

Había algo insultante que me molestó en ese modo de llamar, pero me detuve asombrada. Él se reía ante mí con unos dientes sólidos, de grandes encías.

—Estos sustos los pasan las niñas por andar solas a deshoras... ¿No me recuerdas de casa de Ena?

—¡Ah!... Sí, sí —dije, hosca.

«¡Maldito! —pensé—; me has quitado toda la felicidad que me iba a llevar de aquí.»

—Pues sí —continuó, satisfecho—; yo soy Gerardo.

Estaba inmóvil con las manos en los bolsillos, mirándome. Yo di un paso para bajar el primer escalón, pero me sujetó del brazo.

—¡Mira! —me ordenó.

Yo vi, al pie de la escalinata, apretándose contra ella, un conjunto de casas viejas que la guerra había convertido en ruinas, iluminadas por los faroles.

—Todo esto desaparecerá. Por aquí pasará una gran avenida y habrá espacio y amplitud para ver la Catedral.

No me dijo nada más por entonces y empezamos a descender juntos los peldaños de piedra. Ya habíamos recorrido un buen trecho, cuando insistió:

—¿No te da miedo andar tan solita por las calles? ¿Y si viene el lobito y te come?...

No le contesté.

—¿Eres muda?

—Prefiero ir sola —confesé con aspereza.

—No, eso sí que no, niña... Hoy te acompaño yo a tu casa... En serio, Andrea, si yo fuese tu padre no te dejaría tan suelta.

Me desahogué insultándole interiormente. Desde que le había visto en casa de Ena me había parecido necio y feo aquel muchacho.

Cruzamos las Ramblas, conmovidas de animación y de luces, subimos por la calle de Pelayo hasta la Plaza de Universidad. Allí me despedí.

—No, no; hasta tu casa.

—Eres un imbécil —le dije sin contemplaciones—; vete en seguida.

—Quisiera ser amigo tuyo. Eres una «peque» muy original. Si me prometes que algún día me llamarás

por teléfono para salir conmigo, te dejo aquí. A mí
también me gustan mucho las calles viejas y sé todos
los rincones pintorescos de la ciudad. Conque, ¿prometido?

—Sí —dije, nerviosa.

Me alargó su tarjeta y se fue.

Entrar en la calle de Aribau era como entrar ya
en mi casa. El mismo vigilante del día de mi llegada
a la ciudad me abrió la puerta. Y la abuelita, como
entonces, salió a recibirme helada de frío. Todos los
demás se habían acostado.

Entré en el cuarto de Angustias, que desde unos
días atrás había heredado yo, y al encender la luz
encontré que habían colocado sobre el armario una
pila de sillas de las que sobraban en todas partes
de la casa y que allí amenazaban caerse, sombrías.
También habían instalado en el cuarto el mueble que
servía para guardar la ropa del niño y un gran cos-
turero con patas que antes estaba arrinconado en la
alcoba de la abuela. La cama, deshecha, conservaba
las huellas de una siesta de Gloria. Comprendí en
seguida que mis sueños de independencia, aislada
de la casa en aquel refugio heredado, se venían al
suelo. Suspiré y empecé a desnudarme. Sobre la mesilla de noche había un papel con una nota de Juan:
«Sobrina, haz el favor de no encerrarte con llave. En
todo momento debe estar libre tu habitación para
acudir al teléfono.» Obediente, volví a cruzar el suelo
frío para abrir la puerta, luego me tendí en la cama,
envolviéndome voluptuosamente en la manta.

Oí en la calle palmadas llamando al vigilante.
Mucho después el pitido de un tren al pasar por la
calle de Aragón, lejano y nostálgico. El día me había
traído el comienzo de una vida nueva; comprendía

que Juan había querido estropeármela en lo posible al darme a entender que, si bien se me cedía una cama en la casa, era sólo eso lo que se me daba...

La misma noche en que se marchó Angustias, yo había dicho que no quería comer en la casa y que, por lo tanto, sólo pagaría una mensualidad por mi habitación. Había cogido la ocasión por los pelos cuando Juan, todavía borracho y excitado por las emociones del día aquél, se había encarado conmigo.

—Y a ver, sobrina, con lo que tú contribuyes a la casa... porque yo, la verdad te digo, no estoy para mantener a nadie...

—No, lo que yo puedo dar es tan poco que no valdría la pena —dije diplomática—. Ya me las arreglaré comiendo por mi cuenta. Sólo pagaré mi racionamiento de pan y mi habitación.

Juan se encogió de hombros.

—Haz lo que quieras —dijo de mal humor.

La abuelita escuchó moviendo la cabeza con aire de reprobación, pendiente de los labios de Juan. Luego empezó a llorar.

—No, no, que no pague la habitación... que mi nieta no pague la habitación en casa de su abuela.

Pero así quedó decidido. Yo no tendría que pagar más que mi pan diario.

Había cobrado aquel día mi paga de febrero y poseída de las delicias de poderla gastar, me lancé a la calle y adquirí en seguida aquellas fruslerías que tanto deseaba... jabón bueno, perfume y también una blusa nueva para presentarme en casa de Ena, que me había invitado a comer. Además, unas rosas para su madre. Comprar las rosas me emocionó especialmente. Eran magníficas flores, caras en aquella época. Se podía decir que eran inasequibles para mí. Y, sin embargo, yo las tuve entre mis brazos y las regalé. Este placer, en el que encontraba el gusto de rebeldía que ha sido el vicio —por otra parte vulgar— de mi juventud, se convirtió más tarde en una obsesión.

Me acordaba —tumbada en mi cama— de la cordial acogida que me hicieron en casa de Ena sus parientes y de cómo, acostumbrada a las caras morenas con las facciones bien marcadas de las gentes de mi casa, me empezó a marear la cantidad de cabezas rubias que me rodeaban en la mesa.

Los padres de Ena y sus cinco hermanos eran rubios. Estos cinco hermanos, todos varones y más pequeños que mi amiga, se confundían en mi imaginación con sus rostros afables, risueños y vulgares. Ni siquiera el benjamín, de siete años, a quien el cambio de los dientes daba una expresión cómica cuando se reía, y que se llamaba Ramón Berenguer como si fuera un antiguo conde de Barcelona, se distinguía de sus hermanos más que en estas dos particularidades.

El padre parecía participar de las mismas condiciones de buen carácter de su prole y era además un hombre realmente guapo, a quien Ena se parecía. Tenía, como ella, los ojos verdes, aunque sin la extraña y magnífica luz que animaba los de su hija. En él todo parecía sencillo y abierto, sin malicia de ninguna clase. Durante la comida lo recuerdo riéndose al contarme anécdotas de sus viajes, pues habían vivido todos, durante muchos años, en diferentes sitios de Europa. Parecía que me conocía de toda la vida, que sólo por el hecho de tenerme en su mesa me agregaba a la patriarcal familia.

La madre de Ena, por el contrario, daba la impresión de ser reservada, aunque contribuía sonriendo al ambiente agradable que se había formado. Entre su marido y sus hijos —todos altos y bien hechos— ella parecía un pájaro extraño y raquítico. Era pequeñita y yo encontraba asombro que su cuerpo estrecho hubiera soportado seis veces el peso de un hijo. La primera impresión que me hizo fue de extraña fealdad. Luego resaltaban en ella dos o tres toques de belleza casi portentosa: un cabello más claro que el de Ena, sedoso, abundantísimo; unos ojos largos, dorados, y su voz magnífica.

—Ahí donde la ve usted, Andrea —dijo el jefe de familia—, mi mujer tiene algo de vagabundo. No puede estar tranquila en ningún sitio y nos arrastra a todos.

—No exageres, Luis —la señora se sonreía con suavidad.

—En el fondo es cierto. Claro que tu padre es el que me destina para representar y dirigir sus negocios en los sitios más extraños..., mi suegro es al mismo tiempo mi jefe comercial, ¿sabe usted, Andrea?...; pero tú estás en el fondo de todos los manejos. Si quisieras no me negarías que tu padre te haría vivir tranquila en Barcelona. Bien se vio la influencia que tienes sobre él en aquel asunto de Londres... Claro que yo estoy encantado con tus gustos, mi niña; no soy yo quien te los reprocha —y la envolvió con una sonrisa cariñosa—. Toda mi vida me ha gustado viajar y ver cosas nuevas. Yo tampoco puedo dominar una especie de fiebre de actividad que casi es un placer cuando entro en un nuevo ambiente comercial, con gente de psicología tan desconocida. Es como empezar otra vez la lucha y se siente uno rejuvenecido...

—Pero a mamá —afirmó Ena— le gusta más Barcelona que ningún sitio del mundo. Ya lo sé.

La madre le dirigió una sonrisa especial que me pareció soñadora y divertida al mismo tiempo.

—En cualquier sitio en que estéis vosotros me encuentro siempre bien. Y tiene razón tu padre en esto de que a veces siento la inquietud de viajar; claro que de ahí a manejar a mi padre —sonrió más acentuadamente— va mucha distancia...

—Y ya que estamos hablando de estas cosas, Margarita —continuó su marido—, ¿sabes lo que me ha dicho tu padre ayer? Pues que es posible que la temporada que viene seamos necesarios en Madrid... ¿Qué te parece? La verdad es que en estos momentos yo prefiero estar en Barcelona que en ningún otro sitio, sobre todo teniendo en cuenta que tu hermano...

—Sí, Luis, creo que tenemos que hablar de eso. Pero ahora estamos aburriendo a esta niña. Andrea, tiene que perdonarnos usted. Al fin y al cabo somos una familia de comerciantes que acaba todas sus conversaciones en asuntos de negocios...

Ena había escuchado la última parte de la conversación con extraordinario interés.

—¡Bah! El abuelo está un poco chiflado, me parece. Tan emocionado y lloroso cuando vuelve a ver a mamá después de tenerla lejos, y en seguida ideando que nos marchemos. Yo no quiero irme de Barcelona por ahora... ¡Es una cosa tonta!... Al fin y al cabo, Barcelona es mi pueblo y se puede decir que sólo la conozco desde que se terminó la guerra.

(Me miró rápidamente y yo recogí su mirada, porque sabía que ella se había enamorado por aquellos tiempos y que éste era su argumento supremo y secreto para no querer salir de la ciudad.)

Entre mis sábanas, en la calle de Aribau, yo evocaba esta conversación con todos sus detalles y me sacudió la alarma a la idea de separarme de mi amiga cuando me había encariñado con ella. Pensé que los planes de aquel viejo importante —aquel rico abuelo de Ena— movían a demasiada gente y herían demasiados afectos.

En la agradable confusión de ideas que precede al sueño se fueron calmando mis temores para ser sustituidos por vagas imágenes de calles libres en la noche. El alto sueño de la Catedral volvió a invadirme.

Me dormí agitada con la visión final de los ojos de la madre de Ena, que cuando ya nos despedíamos se habían levantado hacia mí, fugazmente, con una extraña mirada de angustia y temor.

Aquellos ojos se metieron en lo profundo de mi sueño y levantaron pesadillas.

XI

—No seas tozuda, sobrina —me dijo Juan—. Te vas a morir de hambre.

Y me puso las manos en el hombro con una torpe caricia.

—No, gracias; me las arreglo muy bien...

Mientras tanto eché una mirada de reojo a mi tío y vi que tampoco a él parecían irle bien las cosas. Me había cogido bebiendo el agua que sobraba de cocer la verdura y que estaba fría y olvidada en un rincón de la cocina, dispuesta a ser tirada.

Antonia había gritado con asco:

—¿Qué porquerías hace usted?

Me puse encarnada.

—Es que a mí este caldo me gusta. Y como veía que lo iban a tirar...

A los gritos de Antonia acudieron los demás de la casa. Juan me propuso una conciliación de nuestros intereses económicos. Yo me negué.

La verdad es que me sentía más feliz desde que estaba desligada de aquel mundo de las comidas en la casa. No importaba que aquel mes hubiera gastado demasiado y apenas me alcanzara el presupuesto de una peseta diaria para comer: la hora del mediodía es la más hermosa en invierno. Una hora buena para pasarla al sol en un parque o en la Plaza de Cataluña. A veces se me ocurría pensar, con delicia, en lo que sucedería en casa. Los oídos se me llenaban con los chillidos del loro y las palabrotas de Juan. Prefería mi vagabundeo libre.

Aprendí a conocer excelencias y sabores en los que antes no había pensado; por ejemplo, la fruta seca fue para mí un descubrimiento. Las almendras tostadas, o mejor, los cacahuetes, cuya delicia dura más tiempo porque hay que desprenderlos de su cáscara, me producían fruición.

La verdad es que no tuve paciencia para distribuir las treinta pesetas que me quedaron el primer día, en los treinta días del mes. Descubrí en la calle de Tallers un restaurante barato y cometí la locura de comer allí dos o tres veces. Me pareció aquella comida más buena que ninguna de las que había probado en mi vida, infinitamente mejor que la que preparaba Antonia en la calle de Aribau. Era un restaurante curioso. Oscuro, con unas mesas tristes. Un camarero abstraído me servía. La gente comía de prisa, mirándose unos a otros, y no hablaban ni una palabra. Todos los restaurantes y comedores de fondas en los que yo había entrado hasta entonces eran bulliciosos menos aquél. Daban una sopa que me parecía buena, hecha con agua hirviente y migas de pan. Esta sopa era siempre la misma, coloreada de amarillo por el azafrán o de rojo por el pimentón; pero en la «carta» cambiaba de nombre con frecuencia. Yo salía de allí satisfecha y no me hacía falta más.

Por la mañana cogía el pan —apenas Antonia subía las raciones de la panadería— y me lo comía entero, tan caliente y apetitoso estaba. Por las noches,

no cenaba, a no ser que la madre de Ena insistiese
en que me quedase en su casa alguna vez. Yo había
tomado la costumbre de ir a estudiar con Ena muchas tardes y la familia empezaba a considerarme
como cosa suya.

Pensé que realmente estaba comenzando para mí
un nuevo renacer, que era aquella la época más
feliz de mi vida, ya que nunca había tenido una amiga con quien me compenetrara tanto, ni esta magnífica independencia de que disfrutaba. Los últimos
días del mes los pasé alimentándome exclusivamente
del panecillo de racionamiento que devoraba por las
mañanas —por esta época fue cuando me cogió Antonia bebiendo al agua de hervir la verdura— pero
empezaba a acostumbrarme y la prueba es que en
cuanto recibí mi paga del mes de marzo la gasté exactamente igual. Me acuerdo que sentía un hambre extraordinaria cuando tuve de nuevo dinero en mis manos, y que era una sensación punzante y deliciosa
pensar que podría satisfacerla en seguida. Más que
cualquier clase de alimento, deseaba dulces. Compré
una bandeja y me fui a un cine caro. Tenía tal impaciencia que antes de que se apagara la luz corté un
trocito de papel para comer un trozo de crema, aunque miraba de reojo a todo el mundo poseída de vergüenza. En cuanto se iluminó la pantalla y quedó la
sala en penumbra, yo abrí el paquete y fui tragan-
do los dulces uno a uno. Hasta entonces no había sos-
pechado que la comida pudiera ser algo tan bueno,
tan extraordinario… Cuando se volvió a encender la
luz no quedaba nada de la bandeja. Vi que una señora, a mi lado, me miraba de soslayo y cuchicheaba
con su compañero. Los dos se reían.

En la calle de Aribau también pasaban hambre

sin las compensaciones que a mí me reportaba. No me refiero a Antonia y a «Trueno». Supongo que estos dos tenían el sustento asegurado gracias a la munificencia de Román. El perro estaba reluciente y muchas veces le vi comer sabrosos huesos. También la criada se cocinaba su comida aparte. Pero pasaban hambre Juan y Gloria y también la abuela y hasta a veces el niño.

Román estuvo otra vez de viaje cerca de dos meses. Antes de marcharse dejó algunas provisiones para la abuela, leche condensada y otras golosinas difíciles de conseguir en aquellos tiempos. Nunca vi que la viejecilla las probara. Desaparecían misteriosamente y aparecían sus huellas en la boca del niño.

El día mismo en que Juan me invitó a unirme otra vez a la familia, tuvo una terrible discusión con Gloria. Todos oímos los gritos que daban en el estudio. Salí al recibidor y vi que el pasillo estaba interceptado por la silueta de la criada que aplicaba el oído.

—Estoy harto de tanta majadería —gritó Juan—, ¿entiendes? ¡Ni siquiera puedo renovar los pinceles! Esa gente nos debe mucho dinero aún. Lo que no comprendo es que no quieras que vaya yo a reclamárselo.

—Pues, chico, si me diste palabra que no te meterías en nada y que me dejarías hacer, ahora no te puedes volver atrás. Y ya sabes que estabas muy contento cuando pudiste vender esa porquería de cuadro a plazos...

—¡Te voy a estrangular! ¡Maldita!

La criada suspiró con deleite, y yo me marché a la calle a respirar su aire frío, cargado de olores de las tiendas. Las aceras, teñidas de la humedad crepuscular, reflejaban las luces de los faroles recién encendidos.

Cuando volví, la abuela y Juan estaban cenando. Juan comía distraído, y la abuela, sosteniendo al niño en sus rodillas, llevaba una conversación incoherente desmenuzando pan en el tazón de malta que iba bebiendo, sin leche ni azúcar. Gloria no estaba. Había salido poco después que yo a la calle.

Aún no había llegado ella cuando, con el estómago angustiado y vacío, me metí en la cama. En seguida caí en un sueño pesado en el que el mundo se movía como un barco en alta mar... Tal vez estaba en el comedor de un barco y comía algún buen postre de fruta. Me despertaron unos gritos pidiendo socorro.

En seguida me di cuenta de que era Gloria la que gritaba y de que Juan le debería estar pegando una paliza bárbara. Me senté en la cama pensando en si valdría la pena de acudir. Pero los gritos continuaban, seguidos de las maldiciones y blasfemias más atroces de nuestro rico vocabulario español. Allí, en su furia, Juan empleaba los dos idiomas, castellano y catalán, con pasmosa facilidad y abundancia.

Me detuve a ponerme el abrigo y me asomé por fin a la oscuridad de la casa. En la cerrada puerta del cuarto de Juan golpeaban la abuela y la criada.

—¡Juan! ¡Juan! ¡Hijo mío, abre!

—Señorito Juan, ¡abra!, ¡abra usted!

Oíamos dentro tacos, insultos. Carreras y tropezones con los muebles. El niño comenzó a llorar allí encerrado también y la abuela se desesperó. Alzó las manos para golpear la puerta y vi sus brazos esqueléticos.

—¡Juan! ¡Juan! ¡Ese niño!

De pronto se abrió la puerta de una patada de Juan, y Gloria salió despedida, medio desnuda y chillando. Juan la alcanzó y aunque ella trataba de arañarle y morderle, la cogió debajo del brazo y la arrastró al cuarto de baño...

—¡Pobrecito mío!

Gritó la abuela corriendo hacia al niño, que se había puesto en pie en la cuna, agarrándose a la barandilla y gimoteando... Luego, cargada con el nieto, acudió a la refriega.

Juan metió a Gloria en la bañera y, sin quitarle las ropas, soltó la ducha helada sobre ella. Le agarraba brutalmente la cabeza, de modo que si abría la boca no tenía más remedio que tragar agua. Mientras tanto, gritó, volviéndose a nosotras:

—¡Y vosotras a la cama! ¡Aquí no tiene que hacer nada nadie!

Pero no nos movíamos. La abuelita suplicaba:

—¡Por tu hijo, por tu niño! ¡Vuelve en ti, Juanito!

De pronto soltó a Gloria —cuando ella ya no se resistía— y vino hacia nosotras con tal rabia que Antonia se escabulló inmediatamente, seguida del perro, que iba gruñendo con el rabo entre las piernas.

—¡Y tú, mamá! ¡Llévate inmediatamente a ese niño donde no le vea o lo estrello!

Gloria, de rodillas en el fondo de la bañera, empezó a llorar con la cabeza apoyada en el borde, ahogándose, con grandes sollozos.

Yo estaba encogida en un rincón del oscuro pasillo. No sabía qué hacer. Juan me descubrió. Estaba ahora más calmado.

—¡A ver si sirves para algo en tu vida! —me dijo—. ¡Trae una toalla!

Las costillas se le destacaban debajo de la camiseta que llevaba, y le palpitaban violentamente.

Yo no tenía idea de dónde se guardaba la ropa en aquella casa. Traje mi toalla y además una sábana de mi cama, por si hacía falta. Me daba miedo de que Gloria pudiera atrapar una pulmonía. Yo misma sentí un frío espantoso.

Juan intentó sacar a Gloria de la bañera de un solo tirón, pero ella le mordió la mano. Él soltó una blasfemia y le empezó a dar puñetazos en la cabeza. Luego se quedó otra vez quieto y jadeante.

—Por mí puedes morirte, ¡bestia! —dijo al fin.

Y se fue, dando un portazo y dejándonos a las dos.

—¡Vamos! ¡Sal en seguida, mujer!

Ella continuaba temblando, sin moverse, y, al sentir mi voz, empezó a llorar insultando a su marido. No opuso resistencia cuando empecé a sacudirla y a tratar de que saliera de la bañera. Ella misma se quitó las ropas chorreantes, aunque sus dedos le obedecían con dificultad. Frotando su cuerpo lo mejor que pude, entré yo en calor. Luego me sobrevino un cansancio tan espantoso que me temblaban las rodillas.

—Ven a mi cuarto, si quieres —le dije, pareciéndome imposible volver a dejarla en manos de Juan.

Me siguió envuelta en la sábana y castañeteándole los dientes. Nos acostamos juntas, envueltas en mis mantas. El cuerpo de Gloria estaba helado y me enfriaba, pero no era posible huir de él; sus cabellos mojados resultaban oscuros y viscosos como sangre sobre la almohada y me rozaban la cara a veces. Gloria hablaba continuamente. A pesar de todo esto mi necesidad de sueño era tan grande que se me cerraban los ojos.

—El bruto... El animal... Después de todo lo que hago por él. Porque yo soy bonísima, chica, bonísima... ¿Me escuchas, Andrea? Está loco. Me da miedo. Un día me va a matar... No te duermas, Andreíta... ¿Qué te parece si me escapara de esta casa? ¿Verdad que tú lo harías, Andrea? ¿Verdad que tú en mi caso no te dejarías pegar?... Y yo que soy tan joven, chica... Román me dijo un día que yo era una de las mujeres más lindas que había visto. A ti te diré la verdad, Andrea. Román me pintó en el Parque del Castillo... Yo misma me quedé asombrada de ver lo guapa que era cuando me enseñó el retrato... ¡Ay, chica! ¿Verdad que soy muy desgraciada?

El sueño me volvía a pesar en las sienes. De cuando en cuando me espabilaba, sobresaltaba, para atender a un sollozo o a una palabra más fuerte de Gloria.

—Yo soy bonísima, bonísima... Tu abuelita mismo lo dice. Me gusta pintarme un poco y divertirme un poquito, chica, pero es natural a mi edad... ¿Y qué te parece eso de no dejarme ver a mi propia hermana? Una hermana que me ha servido de madre... Todo porque es de condición humilde y no tiene tantas pamplinas... Pero en su casa se come bien. Hay pan blanco, chica, y buenas butifarras... ¡Ay, Andrea! Más me valdría haberme casado con un obrero. Los obreros viven mejor que los señores, Andrea; llevan alpargatas, pero no les falta su buena comida y su buen jornal. Ya quisiera Juan tener el buen jornal de un obrero de fábrica... ¿Quieres que te diga un secreto? Mi hermana me proporciona a veces dinero cuando estamos apurados. Pero si Juan lo supiera me mataría. Yo sé que me mataría con la pistola de Román... Yo misma le oí a Román decírselo: «Cuando quieras saltarte la tapa de los sesos o saltársela a la

imbécil de tu mujer, puedes utilizar mi pistola»...
¿Tú sabes, Andrea, que tener armas está prohibido?
Román va contra la ley...

El perfil de Gloria se inclinaba para acechar mi
sueño. Su perfil de rata mojada.

—...¡Ay, Andrea! A veces voy a casa de mi hermana sólo para comer bien, porque ella tiene un buen
establecimiento, chica, y gana dinero. Allí hay de todo
lo que se quiere... Mantequilla fresca, aceite, patatas,
jamón... Un día te llevaré.

Suspiré completamente despierta ya al oír hablar
de comida. Mi estómago empezó a esperar con ansia
mientras escuchaba la enumeración de los tesoros
que guardaba en su despensa la hermana de Gloria. Me sentí hambrienta como nunca lo he estado.
Allí, en la cama, estaba unida a Gloria por el feroz
deseo de mi organismo que sus palabras habían despertado, con los mismos vínculos que me unían a Román cuando evocaba en su música los deseos impo-
tentes de mi alma.

Algo así como una locura se posesionó de mi bestialidad al sentir tan cerca el latido de aquel cuello
de Gloria, que hablaba y hablaba. Ganas de morder en la carne palpitante, masticar. Tragar la buena sangre tibia... Me retorcí sacudida de risa de mis
propios espantosos desvaríos, procurando que Gloria
no sorprendiera aquel estremecimiento de mi cuerpo.

Fuera, el frío se empezó a deshacer en gotas de
agua que golpearon los cristales. Yo pensé que, siempre que hablaba Gloria conmigo largamente, llovía.
Parecía que aquella noche no iba a acabarse nunca.
El sueño había huido. Gloria cuchicheó de pronto
poniéndome una mano en el hombro:

—¿No oyes?... ¿No oyes?

Se sentían los pasos de Juan. Debía de estar nervioso. Los pasos llegaban hasta nuestra puerta. Se separaban, retrocedían. Al fin volvieron otra vez y entró Juan en el cuarto, encendiendo la luz, que nos hizo parpadear deslumbradas. Sobre la camiseta de algodón y los pantalones que llevaba anteriormente se había puesto su abrigo nuevo. Estaba despeinado y unas sombras tremendas le comían los ojos y las mejillas. Tenía un tipo algo cómico. Se quedó en el centro de la habitación con las manos puestas en los bolsillos, moviendo la cabeza y sonriendo con una especie de ironía feroz.

—Bueno. ¿Qué hacéis que no continuáis hablando?... ¿Qué importa que esté yo aquí?... No te asustes, mujer, que no te voy a comer... Andrea, sé perfectamente lo que te está diciendo mi mujer. Sé perfectamente que me cree un loco porque pido por mis cuadros el justo valor... ¿Crees tú que el desnudo que he pintado a Gloria vale sólo diez duros? ¡Sólo en tubos y en pinceles he gastado más en él!... ¡Esta bestia se cree que mi arte es igual que el de un pintor de brocha gorda!

—¡Vete a la cama, chico, y no fastidies! Éstas no son horas de molestar a nadie con tus dichosos cuadro... He visto otros que pintaban mejor que tú y no se envanecían tanto. Me has pintado demasiado fea para poder gustar a nadie...

—No me acabes la paciencia. ¡Maldita! O...

Gloria, debajo de la manta, se volvió de espaldas y se echó a llorar.

—Yo no puedo vivir así, no puedo.

—Pues te vas a tener que aguantar, ¡sinvergüenza!, y cualquier día te mataré como te vuelvas a meter con mis cuadros. Mis cuadros desde hoy no los venderá nadie más que yo... ¿Entiendes? ¿Entiendes lo que te digo? ¡Cómo te vuelvas a meter en el estudio te abriré la cabeza! Prefiero que se muera de hambre todo dios a...

Empezó a pasearse por la habitación con una rabia tan grande que sólo podía mover los labios y lanzar sonidos incoherentes.

Gloria tuvo una buena idea. Se levantó de la cama, erizada de frío, se acercó a su marido y le empujó por la espalda.

—¡Vamos, chico! ¡Bastante hemos molestado a Andrea!

Juan la rechazó con dureza.

—¡Que se aguante Andrea! ¡Que se aguante todo el mundo! También yo los soporto a todos.

—Anda, vamos a dormir...

Juan empezó a mirar a todos lados, nervioso. Cuando ya salía dijo:

—Apaga la luz para que pueda dormir la sobrina...

XII

L<small>A</small> temprana primavera mediterránea comenzó a
enviar sus ráfagas entre las ramas aún heladas de
los árboles. Había una alegría deshilvanada en el aire,
casi tan visible como las nubes transparentes que a
veces se enganchan en el cielo.

—Tengo ganas de ir al campo y de ver árboles
—dijo Ena, y se le dilataron un poco las aletas de la
nariz...—. Tengo ganas de ver pinos (no estos plátanos de la ciudad que huelen a triste y a podridos
desde una legua) o quizá lo que más deseo es ver el
mar... El domingo que viene iré al campo de Jaime
y tú también vendrás, Andrea... ¿No te parece?

Yo sabía casi tan bien como Ena la manera de ser
de Jaime: sus gustos, su pereza, sus melancolías —que
desesperaban y encantaban a mi amiga—, su aguda
inteligencia, aunque no le había visto nunca. Muchas
tardes, inclinadas sobre el diccionario griego, inte-
rrumpíamos la traducción para hablar de él. Ena se
ponía más bonita, con los ojos dulcificados por la alegría. Cuando su madre aparecía en la puerta nos ca-
llábamos rápidamente porque Jaime era el gran secreto de mi amiga.

—Creo que me moría si lo supieran en casa. Tú no

sabes... Yo soy muy orgullosa. Mi madre me conoce
sólo en un aspecto: como persona burlona y malin-
tencionada y así le gusto. A todos los de casa les hago
reír con los desplantes que doy a mis pretendientes...
A todos menos al abuelo, naturalmente; el abuelo casi
tuvo un ataque de apoplejía cuando rechacé este verano a un señor respetable y riquísimo con quien estuve coqueteando... Porque a mí me gusta mirarlos
por dentro. Pensar... ¿De qué clase de ideas están
compuestos sus pensamientos? ¿Qué sienten ellos al
enamorarse de mí? La verdad es que razonándolo re-
sulta un juego un poco aburrido, porque ellos tienen
sus añagazas infantiles, siempre las mismas. Sin embargo, para mí es una delicia tenerles entre mis manos, enredarlos con sus propias madejas y jugar como
los gatos con los ratones... Bueno, el caso es que tengo a menudo las ocasiones para divertirme porque los
hombres son idiotas y les gusto yo mucho... En mi
casa están seguros de que nunca me enamoraré. Yo
no puedo aparecer ahora ilusionada como una tonta
y presentar a Jaime... Además, intervendrían todos:
tíos, tías..., habría que enseñárselo al abuelo como
un bicho raro..., luego lo aprobarían porque es rico,
pero se quedarían desesperados porque no entiende
una palabra de administrar sus riquezas. Sé lo que
diría cada uno. Querrían que viniera a casa cada
día... Tú me entiendes, ¿verdad, Andrea? Acabaría
por no poder soportar a Jaime. Si alguna vez nos casamos, entonces no habrá más remedio que decirlo,
pero no todavía. De ninguna manera.

—¿Por qué quieres que vaya con vosotros al campo? —dije asombrada.

—Le diré a mamá que me voy contigo para todo
el día... y siempre es más agradable que sea ver-

dad. Tú no me estorbas nunca y Jaime estará encantado de conocerte. Ya verás. Le he hablado mucho de ti.

Yo sabía que Jaime se parecía al san Jorge pintado en la tabla central del retablo de Jaime Huguet. El san Jorge que se cree que es un retrato del príncipe de Viana. Me lo había dicho Ena muchas veces, y juntas estuvimos viendo una fotografía de la pintura que ella había puesto en su mesilla de noche. Cuando vi a Jaime noté efectivamente el parecido y me impresionó la misma fina melancolía de la cara. Cuando se reía, la semejanza se esfumaba de un modo desconcertante, quedando él mucho más guapo y vigoroso que el cuadro. Parecía feliz con la idea de llevarnos a las dos a la orilla del mar, en aquella época del año en que no iba nadie. Tenía un auto muy grande. Ena frunció el ceño.

—Has estropeado el coche poniéndole gasógeno.

—Bueno, pero gracias a eso puedo llevaros adonde queráis.

Salimos los cuatros domingos de marzo y alguno más de abril. Íbamos a la playa más que a la montaña. Me acuerdo de que la arena estaba sucia de algas de los temporales de invierno. Ena y yo corríamos descalzas por la orilla del agua, que estaba helada, y gritábamos al sentirla rozarnos. El último día hacía ya casi calor y nos bañamos en el mar. Ena bailó una danza de su invención para reaccionar. Yo estaba tumbada en la arena, junto a Jaime, y los dos veíamos su figura graciosa recortada contra el Mediterráneo, cabrilleante y azul. Vino hacia nosotros luego, riéndose, y Jaime la besó. La vi apoyada contra él cerrando un momento sus doradas pestañas.

—¡Cómo te quiero!

Lo dijo asombrada, como si hiciera un gran descubrimiento. Jaime me miró sonriéndose, emocionado y confuso a la vez. Ena me miró también y me tendió la mano.

—Y a ti también, queridísima... Tú eres mi hermana. De veras, Andrea. Ya ves... ¡He besado a Jaime delante de ti!

Volvimos de noche, por la carretera junto al mar. Yo veía el encaje fantástico que formaban las olas en la negrura y las misteriosas lucecitas lejanas de las barcas...

—Sólo hay una persona a quien quiera tanto como a vosotros dos. Quizá más que a vosotros dos juntos... o quizá no, Jaime, quizá no la quiera tanto como a ti... Yo no sé. No me mires así, que va a volcar el auto. A veces me atormenta la duda de a quién quiero más, si a ti o...

Yo escuchaba atentamente.

—¿Sabes, querida —dijo Jaime con un tono en el que se traslucía una ironía tan rabiosa que llegaba al despecho infantil—, que es ya hora de que empieces a decirnos su nombre?

—No puedo —estuvo callada unos momentos—. No os lo diré por nada del mundo. También para vosotros puedo tener un secreto.

¡Qué días incomparables! Toda la semana parecía estar alboreada por ellos. Salíamos muy temprano y ya nos esperaba Jaime con el auto en cualquier sitio convenido. La ciudad se quedaba atrás y cruzábamos sus arrabales tristes, con la sombría potencia de las fábricas a las que se arrimaban altas casas de pisos, ennegrecidas por el humo. Bajo el primer sol los cristales de estas casas negruzcas despedían destellos diamantinos. De los alambres de telégrafos salían chillando bandadas de pájaros espantados por la bocina insistente y enronquecida...

Ena iba al lado de Jaime. Yo, detrás, me ponía de rodillas, vuelta de espaldas en el asiento, para ver la masa informe y portentosa que era Barcelona y que se levantaba y esparcía al alejarnos, como un rebaño de monstruos. A veces Ena dejaba a Jaime y saltaba a mi lado para mirar también, para comentar conmigo aquella dicha.

Ningún día de la semana se parecía Ena a esta muchacha alocada, casi infantil de puro alegre, en que se convertía los domingos. A mí —que venía del campo— me hizo ella ver un nuevo sentido de la Naturaleza en el que ni siquiera había pensado. Me hizo conocer el latido del barro húmedo cargado de jugos vitales, la misteriosa emoción de los brotes aún cerrados, el encanto melancólico de las algas desmadejadas en la arena, la potencia, el ardor, el encanto esplendoroso del mar.

—¡No hagas historia! —me gritaba desesperada cuando yo veía en el mar latino el recuerdo de los fenicios y de los griegos. Y lo imaginaba surcado (tan quieto, esplendente y azul) de naves extrañas.

Ena nadaba con el deleite de quien abrazaba a un ser amado. Yo gozaba una dicha concedida a pocos seres humanos: la de sentirse arrastrada en ese halo casi palpable que irradia una pareja de enamorados jóvenes y que hace que el mundo vibre más, huela y resuene con más palpitaciones y sea más infinito y más profundo.

Comíamos en fondas a lo largo de la costa o en merenderos entre pinos, al aire libre. A veces llovía. Entonces Ena y yo nos refugiábamos bajo el impermeable de Jaime, quien se mojaba tranquilamente...

Muchas tardes me he puesto algún chaleco de lana, o un jersey suyo. Él tenía una pila de estas cosas en el automóvil en previsión de la traidora primavera. Aquel año, por otra parte, hizo un tiempo maravilloso. Me acuerdo de que en marzo volvíamos cargadas de ramas de almendro florecidas y en seguida empezó la mimosa a amarillear y a temblar sobre las tapias de los jardines.

Estos chorros de luz que recibía mi vida gracias a Ena, estaban amargados por el sombrío tinte con que se teñía mi espíritu otros días de la semana. No me refiero a los sucesos de la calle de Aribau, que apenas influían ya en mi vida, sino a la visión desenfocada de mis nervios demasiado afilados por un hambre que a fuerza de ser crónica llegué casi a no sentirla. A veces me enfadaba con Ena por una nadería. Salía de su casa desesperada. Luego regresaba sin decirle una palabra y me ponía a estudiar junto a ella. Ena se hacía la desentendida y seguíamos como si tal cosa. El recuerdo de estas escenas me hacía llorar de terror algunas veces cuando las razonaba en mis paseos por las calles de los arrabales, o por la noche, cuando el dolor de cabeza no me dejaba dormir y tenía que quitar la almohada para que se disipara. Pensaba en Juan y me encontraba semejante a él en muchas cosas. Ni siquiera se me ocurría pensar que estaba histérica por la falta de alimento. Cuando recibía mi mensualidad iba a casa de Ena cargada de flores, compraba dulces a mi abuela y también me acostumbré a comprar cigarrillos, que ahorraba para las épocas de escasez de comida, ya que me aliviaban y me ayudaban a soñar proyectos deshilvanados. Cuando Román volvió de su viaje, estos cigarrillos me los proporcionaba él, regalándome-

los. Me seguía con una sonrisa especial cuando yo
andaba por la casa, cuando me paraba en la puerta
de la cocina, olfateando, o cuando me tumbaba horas
enteras en la cama, con los ojos abiertos.

Una de esas tardes en que me enfadé con Ena,
la indignación me duró más tiempo. Caminaba con
el ceño fruncido, llevada de un monólogo interior
exaltado y largo. «No volveré a su casa.» «Estoy
harta de sus sonrisas de superioridad.» «Me ha seguido con los ojos, divertida, convencida de que voy
a volver a los dos minutos otra vez.» «Cree que no
puedo prescindir de su amistad. ¡Qué equivocación!»
«Juega conmigo como todo el mundo lo hace —pensé
injustamente—, como con sus padres, con sus hermanos, como con los pobres muchachos que le hacen el
amor, a los que ella alienta para luego gozarse en
verlos sufrir»... Cada vez se me hacía más evidente
el carácter maquiavélico de mi amiga. Casi me parecía despreciable... Llegué a mi casa más pronto
que nunca. Me puse a ordenar los apuntes de clase,
nerviosa y casi llorando porque no entendía mi propia letra. Del fondo de mi cartera de estudiante cayó
la tarjeta que me había dado Gerardo aquella primera noche de la liberación de mi vida, cuando lo
había encontrado entre las sombras que rodeaban la
Catedral.

El recuerdo de Gerardo me distrajo un momento.
Recordé que le había prometido llamarle para salir
con él y recorrer los rincones pintorescos de Barcelona. Pensé que tal vez esto podría distraerme de mis
ideas y, sin reflexionar más, marqué su número de
teléfono. Se acordó en seguida de mí y quedamos
citados para salir a la tarde siguiente. Luego, aunque era aún muy temprano, me acosté y me dormí

viendo alborear las luces de la calle en el recuadro del balcón, con un sueño pesado, como si descansara de las fatigas de un trabajo.

Cuando desperté me pareció que algo marchaba mal en el curso de las cosas. Tenía una sensación parecida a la que hubiera sentido de decirme alguien que Angustias iba a volver. Aquél iba a ser un día de esos que en apariencia son iguales a los otros, inofensivos como todos, pero en los que, de pronto, una ligerísima raya hace torcer el curso de nuestra vida en una época nueva.

No fui a la Universidad por la mañana, poseída de la estúpida tozudez de no ver a Ena, aunque a cada hora que pasaba se me hacía más penoso estar enfadada con mi amiga y recordaba sus mejores cualidades y su cariño sincero por mí. El único espontáneo y desinteresado que yo había encontrado hasta entonces.

Por la tarde vino a buscarme Gerardo. Le reconocí porque esperaba delante de la portería de casa, e inmediatamente se volvió hacía mí, sin sacar las manos de los bolsillos, según su costumbre. Sus gruesas facciones se habían borrado de mi memoria por completo. Ahora no llevaba gabán ni sombrero. Iba metido en un bien cortado traje gris. Resultaba alto y robusto y su cabello se parecía al de los negros.

—¡Hola, bonita!

Me dijo. Y luego, con un movimiento de cabeza como si yo fuera un perro:

—¡Vamos!

Me quedé un poco intimidada.

Echamos a andar uno al lado del otro. Gerardo hablaba tanto como el día en que le conocí. Me fijé que hablaba como un libro, citando a cada paso trozos de obras que había leído. Me dijo que yo era inteligente, que él lo era también. Luego, que él no creía en la inteligencia femenina. Más tarde, que Schopenhauer había dicho...

Me preguntó que si prefería ir al Puerto o al Parque de Montjuich. A mí me daba igual un sitio que otro. Iba callada a su lado. Cuando cruzábamos las calles él me cogía del brazo. Caminamos por las calle de Cortes hasta los jardines de la Exposición. Una vez allí me empecé a distraer porque la tarde estaba azul y resplandecía en las cúpulas del palacio y en las blancas cascadas de las fuentes. Multitud de flores primaverales cabeceaban al viento, lo invadían todo con su llama de colores. Nos perdimos por los senderos del Parque inmenso. En una plazoleta —verde oscura por los recortados cipreses— vimos la estatua blanca de Venus reflejándose en el agua. Alguien le había pintado los labios de rojo groseramente. Gerardo y yo nos miramos, indignados, y en aquel momento me fue simpático. Mojó su pañuelo y con un impulso de su fuerte cuerpo subió a la estatua y estuvo frotando los labios de mármol hasta que quedaron limpios.

Desde aquel momento pudimos charlar con más cordialidad. Dimos un paseo larguísimo. Gerardo me habló abundantemente de él mismo y luego quiso informarse de mi situación en Barcelona.

—Conque solita, ¿eh? ¿De modo que no tienes padres?

Otra vez me empezaba a parecer fastidioso.

Fuimos hacia Miramar y nos acodamos en la terraza del Restaurante para ver el Mediterráneo, que en el crepúsculo tenía reflejos de color de vino. El gran puerto parecía pequeño bajo nuestras miradas, que lo abarcaban a vista de pájaro. En las dársenas salían a la superficie los esqueletos oxidados de los buques hundidos en la guerra. A nuestra derecha yo adivinaba los cipreses del Cementerio del Sudoeste y casi el olor de melancolía frente al horizonte abierto del mar.

Cerca de nosotros, en las mesitas de la terraza, merendaban algunas personas. El paseo y el aire salino habían despertado aquella cavernosa sensación de hambre que tenía siempre adormecida. Además, estaba cansada. Contemplé las mesas y las apetitosas meriendas con ojos ávidos. Gerardo siguió la dirección de mi mirada y dijo en tono despectivo, como si el contestarle afirmativamente fuera una barbaridad:

—Tú no querrás tomar nada, ¿verdad?

Y me cogió del brazo, arrastrándome fuera del lugar peligroso, con el pretexto de enseñarme otra vista espléndida. En aquel momento me pareció aborrecible.

Un poco después, de espaldas al mar, veíamos toda la ciudad imponente debajo de nosotros.

Gerardo estaba mirándola.

—¡Barcelona! Tan soberbia y tan rica y sin embargo, ¡qué dura llega a ser la vida ahí! —dijo pensativo.

Me lo decía como una confesión y me sentí súbitamente conmovida, porque creía que se refería a su grosería de un momento antes. Una de las pocas cosas que en aquel tiempo estaba yo capacitada para entender era la miseria en cualquier aspecto que se presentase: aun bajo la buena tela y la camisa de hilo de Gerardo... Puse, en un gesto impulsivo, mi mano sobre la suya y él me la estrechó comunicándo-

me su calor. En aquel momento tuve ganas de llorar,
sin saber por qué. Él me besó el cabello.

Súbitamente me quedé rígida, aunque seguíamos
unidos. Yo era neciamente ingenua en aquel tiempo
—a pesar de mi pretendido cinismo— en estas cues-
tiones. Nunca me había besado un hombre y tenía
la seguridad de que el primero que lo hiciera sería
escogido por mi entre todos. Gerardo apenas había
rozado mi cabello. Me pareció que era una consecuencia de aquella emoción que habíamos sentido
juntos y que no podía hacer el ridículo de rechazarle,
indignada. En aquel momento me volvió a besar con
suavidad. Tuve la sensación absurda de que me corrían sombras por la cara como en un crepúsculo y
el corazón me empezó a latir furiosamente en una
estúpida indecisión, como si tuviera la obligación de
soportar aquellas caricias. Me parecía que a él le
sucedía algo extraordinario, que súbitamente se había
enamorado de mí. Porque entonces era lo suficiente-
mente atontada para no darme cuenta de que aquél
era uno de los infinitos hombres que nacen sólo para
sementales y junto a una mujer no entienden otra
actitud que ésta. Su cerebro y su corazón no llegan
a más. Gerardo súbitamente me atrajo hacia él y me
besó en la boca. Sobresaltada le di un empujón, y
me subió una oleada de asco por la saliva y el calor
de sus labios gordos. Le empujé con todas mis fuerzas
y eché a correr. Él me siguió. Me encontró un poco
temblorosa, tratando de reflexionar. Se me ocurrió
pensar que quizás habría tomado mi apretón de manos como una prueba de amor.

—Perdóname, Gerardo —le dije con la mayor in-
genuidad—, pero, ¿sabes?..., es que yo no te quiero.
No estoy enamorada de ti.

10

Y me quedé aliviada de haberle explicado todo satisfactoriamente.

Él me cogió del brazo como quien recobra algo suyo y me miró de una manera tan grosera y despectiva que me dejó helada.

Luego, en el tranvía que tomamos para la vuelta, me fue dando paternales consejos sobre mi conducta en lo sucesivo y sobre la conveniencia de no andar suelta y loca y de no salir sola con los muchachos. En aquellos momentos, casi me pareció estar oyendo a tía Angustias.

Le prometí que no volvería a salir con él y se quedó un poco aturdido.

—No, «peque», no, conmigo es distinto. Ya ves que te aconsejo bien... Yo soy tu mejor amigo.

Estaba muy satisfecho de sí mismo.

Yo me encontraba desalentada, como el día que una buena monja de mi colegio, un poco ruborizada, me explicó que había dejado de ser una niña, que me había convertido en mujer. Inoportunamente recordaba las palabras de la monjita: «No hay que asustarse, no es una enfermedad, es algo natural que Dios manda»... Yo pensaba: «De modo que este hombre estúpido es quien me ha besado por primera vez... Es muy posible que esto tampoco tenga importancia»...

Subí la escalera de mi casa desmadejada. Ya era completamente de noche. Antonia me abrió la puerta con cierta zalamería.

—Ha venido una señorita rubia a preguntar por usted.

Debilitada y triste como me encontraba, casi tuve ganas de llorar. Ena, que era mejor que yo, había venido a buscarme.

—Está en la sala, con el señorito Román —añadió la criada—. Han estado allí toda la tarde...

Me quedé reflexionando un momento. «Por fin ha conocido a Román como ella quería —pensé—. ¿Qué le habrá parecido?» Pero sin saber bien por qué, una profunda irritación sucedió a mi curiosidad. En aquel momento oí que Román empezaba a tocar el piano. Rápida, fui a la puerta de la sala, di en ella dos golpes y entré. Román dejó de tocar inmediatamente, con el ceño fruncido. Ena estaba recostada en el brazo de uno de los derrengados sillones y parecía despertar de un largo ensueño.

Sobre el piano, un cabo de vela —recuerdo de las noches en que yo dormía en aquella habitación— ardía, y su llama alargada y llena de inquietudes era la única luz del cuarto.

Los tres estuvimos mirándonos durante un segundo. Luego, Ena corrió hacia mí y me abrazó. Román me sonrió con afecto y se levantó.

—Os dejo, pequeñas.

Ena le tendió la mano y los dos se estuvieron mirando, callados. Los ojos de Ena fosforescían como los de un felino. Me empezó a entrar miedo. Era algo helado sobre la piel. Entonces fue cuando tuve la sensación de que una raya, fina como un cabello, partía mi vida y, que como a un vaso, la quebrada. Cuando levanté los ojos del suelo, Román se había ido. Ena me dijo:

—Yo también me voy. Es muy tarde... Quería esperarte porque a veces haces cosas de loca y no puede ser... Bueno, adiós, Andrea...

Yo estaba nerviosísima.

XIII

A<small>L</small> día siguiente fue Ena la que me rehuyó en la Universidad. Me había acostumbrado tanto a estar con ella entre clase y clase que estaba desorientada y no sabía qué hacer. A última hora se acercó a mí.

—No vengas esta tarde a casa, Andrea. Tendré que salir... Lo mejor es que no vengas estos días hasta que yo te avise. Yo te avisaré. Tengo un asunto entre manos... Puedes venir a buscar los diccionarios... (porque yo, que carecía de textos, no tenía tampoco diccionario griego, y el de latín, que conservaba del Bachillerato, era pequeño y malo: las traducciones las hacía siempre con Ena). Lo siento —continuó al cabo de un momento, con una sonrisa mortificada—, tampoco voy a poder prestarte los diccionarios... ¡Qué fastidio! Pero como se acercan los exámenes, no puedo dejar de hacer las traducciones por la noche... Tendrás que venir a estudiar a la Biblioteca... Créeme que lo siento, Andrea.

—No te preocupes, mujer.

Me sentía envuelta en la misma opresión que la tarde anterior. Pero ahora no era un presentimiento, sino la certeza de que algo malo había sucedido. Resultaba de todas maneras menos angustioso que aquel primer escalofrío de los nervios sentido cuando vi a Ena mirar a Román.

—Bueno... me voy de prisa, Andrea. No puedo esperarte, porque le he prometido a Bonet... ¡Ah! Ahí veo a Bonet que me hace señas. Adiós, querida.

Me besó en las mejillas, contra su costumbre, aunque muy fugazmente, y se fue después de volver a advertirme:

—No vengas a casa hasta que yo te lo diga... Es que no me ibas a encontrar, ¿sabes? No quiero que te molestes.

—Descuida.

La vi salir acompañada de uno de sus enamorados menos favorecidos, que aquel día aparecía radiante.

Desde entonces tuve ya que pasarme sin Ena. Llegó el domingo, y ella, que no me había dado el célebre aviso y que se había limitado a sonreírme y a saludarme desde lejos en la Universidad, tampoco me habló nada de nuestra excursión con Jaime. La vida volvía a ser solitaria para mí. Como era algo que parecía no tener remedio, lo tomé con resignación. Entonces fue cuando empecé a darme cuenta de que se aguantan mucho mejor las contrariedades grandes que las pequeñas nimiedades de cada día.

En casa, Gloria recibía a la primavera —cada vez más cargada de efluvios —con una gran nerviosidad que nunca había visto en ella. Estaba llorosa a menudo. La abuela me dijo, con un gran secreto, que tenía miedo de que estuviese embarazada otra vez.

—En otros tiempos no te lo hubiera dicho... porque tú eras una niña. Pero ahora, después de la guerra...

La pobre vieja no sabía a quién confiar sus inquietudes.

Sin embargo, no sucedía nada de eso. El aire de abril y mayo es irritante, excita y quema más que el de plena canícula, sólo esto sucedía. Los árboles de la calle de Aribau —aquellos árboles ciudadanos, que, según Ena, olían a podrido, a cementerio de plantas— estaban llenos de delicadas hojitas casi transparentes. Gloria, ceñuda en la ventana, miraba toda esta sonrisa y suspiraba. Un día la vi lavando su traje nuevo y queriendo cambiarle el cuello. Lo tiró al suelo, desesperada.

—¡Yo no sé hacer estas cosas! —dijo—. ¡No sirvo!

Nadie le había mandado que lo hiciera. Se encerró en su cuarto.

Román parecía de excelente humor. Algunos días hasta se dignaba hablar con Juan. La actitud de Juan conmovía entonces; se reía por cualquier cosa. Daba palmaditas en la espalda a su hermano. Luego tenía terribles broncas con su mujer, como consecuencia de todo esto.

Un día oí tocar el piano a Román. Tocaba algo que yo conocía. Su canción de primavera, compuesta en honor del dios Xochipilli. Aquella canción que, según él, le daba mala suerte. Gloria estaba en un rincón oscuro del recibidor esforzándose en escuchar. Yo entré y empecé a mirar sus manos sobre el teclado. Al final, dejó la música con cierta irritación.

—¿Quieres algo, pequeña?

También Román parecía haber cambiado respecto a mí.

—¿Qué hablasteis el otro día Ena y tú, Román?

Pareció sorprenderse.

—Nada de particular, creo yo; ¿qué te ha dicho?

—No me ha dicho nada. Desde ese día ya no somos amigas.

—Bueno, pequeña... Yo no tengo nada que ver con vuestras tontas historias de colegialas... Hasta ese punto no he llegado.

Y se marchó.

Las tardes se me hacían particularmente largas. Estaba acostumbrada a pasarlas arreglando mis apuntes, luego solía dar un paseo y antes de las siete ya estaba en casa de Ena. Ella veía a Jaime todos los días después de comer, pero volvía a esa hora para hacer conmigo la traducción. Algunos días se quedaba toda la tarde en su casa y era entonces cuando nos reuníamos allí la pandilla de la Universidad. Los chicos, que pasaban el sarampión literario, nos leían sus poesías. Al final, la madre de Ena cantaba algo. Eran los días en que yo me quedaba a cenar allí. Todo esto pertenecía ya al pasado (alguna vez me aterraba pensar en cómo los elementos de mi vida aparecían y se disolvían para siempre apenas empezaba a considerarlos como inmutables). Las reuniones de amigos en casa de Ena dejaron de hacerse en virtud de la sombra amenazadora del final de curso que se nos venía encima. Y ya no se habló más entre Ena y yo de la cuestión de que yo volviera a su casa.

Una tarde encontré a Pons en la biblioteca de la Universidad. Se puso muy contento al verme.

—¿Vienes mucho por aquí? Antes no te veía.

—Sí, vengo a estudiar... Es que no tengo libros...

—¿De veras? Yo te puedo prestar los míos. Mañana te los traeré.

—¿Y tú?

—Ya te los pediré cuando me hagan falta.

Al día siguiente, Pons llegó a la Universidad con unos libros nuevos, sin abrir.

—Puedes conservarlos... Este año han comprado en casa los textos por partida doble.

Yo estaba tan avergonzada que tenía ganas de llorar. Pero ¿qué le iba a decir a Pons? Él estaba entusiasmado.

—¿Ya no eres amiga de Ena? —me preguntó.

—Sí, es que la veo menos, por los exámenes.

Pons era un muchacho muy infantil. Pequeño y delgado, con unos ojos a los que daban dulzura sus pestañas, muy largas. Un día lo encontré en la Universidad terriblemente excitado.

—Oye, Andrea, escucha... No te lo había dicho antes porque no teníamos permiso para llevar a chicas. Pero yo he hablado tanto de ti, he dicho que eras distinta... en fin, se trata de mi amigo Guíxols y él ha dicho que sí, ¿entiendes?

Yo no había oído hablar nunca de Guíxols.

—No, ¿cómo voy a entender?

—¡Ah! Es verdad. Ni siquiera te he hablado nunca de mis amigos... Estos de aquí, de la Universidad, no son realmente mis amigos. Se trata de Guíxols, de Iturdiaga principalmente..., en fin, ya los conocerás. Todos son artistas, escritores, pintores..., un mundo completamente bohemio. Completamente pintoresco. Allí no existen convencionalismos sociales... Pujol, un amigo de Guíxols... y mío también, claro..., lleva chalina y el cabello largo. Es un tipo estupendo... Nos reunimos en el estudio de Guíxols, que es pintor..., un muchacho muy joven..., vamos, quiero decir joven como artista; por lo demás tiene ya veinte años... pero con un talento enorme. Hasta ahora no ha ido ninguna muchacha allí. Tiene miedo a que se asusten del polvo y que digan tonterías de esas que suelen decir todas. Pero les llamó la atención lo que yo les dije de que tú no te pintabas en absoluto y que tienes la tez muy oscura y los ojos claros. Y, en fin, me han dicho que te lleve esta tarde. El estudio está en el barrio antiguo...

Ni siquiera había soñado que yo pudiera rechazar la tentadora invitación. Naturalmente, lo acompañé.

Fuimos andando, dando un largo paseo, por las calles antiguas. Pons parecía muy feliz. A mí me había sido siempre extraordinariamente simpático.

—¿Conoces la iglesia de Santa María del Mar? —me dijo Pons.

—No.

—Vamos a entrar un momento si quieres. La ponen como ejemplo del puro gótico catalán. A mí me parece una maravilla. Cuando la guerra la quemaron...

Santa María del Mar apareció a mis ojos adornada de un singular encanto, con sus peculiares torres y su pequeña plaza, amazacotada de casas viejas enfrente.

Pons me dejó su sombrero, sonriendo al ver que lo torcía para ponérmelo. Luego entramos. La nave resultaba grande y fresca y rezaban en ella unas cuantas beatas. Levanté los ojos y vi los vitrales rotos de las ventanas, entre las piedras que habían ennegrecido las llamas. Esta desolación colmaba de poesía y espiritualizaba aún más el recinto. Estuvimos allí un rato y luego salimos por una puerta lateral junto a la que había vendedoras de claveles y de retama. Pons compró para mí pequeños manojos de claveles bien olientes, rojos y blancos. Veía mi entusiasmo con ojos cargados de alegría. Luego me guió hasta la calle de Montcada, donde tenía su estudio Guíxols.

Entramos por un portalón ancho donde campeaba

un escudo de piedra. En el patio, un caballo comía tranquilamente, uncido a un carro, y picoteaban gallinas produciendo una impresión de paz. De allí partía la señorial y ruinosa escalera de piedra, que subimos. En el último piso, Pons llamó tirando de una cuerdecita que colgaba en la puerta. Se oyó una campanilla muy lejos. Nos abrió un muchacho a quien Pons llegaba más abajo del sombrero. Creí que sería Guíxols. Pons y él se abrazaron con efusión. Pons me dijo:

—Aquí tienes a Iturdiaga, Andrea... Este hombre acaba de llegar del Monasterio de Veruela, donde ha pasado una semana siguiendo las huellas de Bécquer...

Iturdiaga me estudió desde su altura. Sujetaba una pipa entre los largos dedos y vi que, a pesar de su aspecto imponente, era tan joven como nosotros.

Le seguimos, atravesando un largo dédalo de habitaciones destartaladas y completamente vacías, hasta el cuarto donde Guíxols tenía su estudio. Un cuarto grande, lleno de luz, con varios muebles enfundados —sillas y sillones—, un gran canapé y una mesita donde, en un vaso —como un ramo de flores—, habían colocado un manojo de pinceles.

Por todos lados se veían las obras de Guíxols: en los caballetes, en la pared, arrimadas a los muebles o en el suelo...

Allí estaban reunidos dos o tres muchachos que se levantaron al verme. Guíxols era un chico con tipo de deportista. Fuerte y muy jovial, completamente tranquilo, casi la antítesis de Pons. Entre los otros vi al célebre Pujol que, con su chalina y todo, era terriblemente tímido. Más tarde llegué a conocer sus cuadros, que hacía imitando punto por punto los defectos de Picasso —la genialidad no es susceptible de imitarse, naturalmente. No era esto culpa de Pujol ni de sus diecisiete años ocupados en calcar al maestro—. El más notable de todos parecía ser Iturdiaga. Hablaba con gestos ampulosos y casi siempre gritando. Luego me enteré de que tenía escrita una novela de cuatro tomos, pero no encontraba editor para ella.

—¡Qué belleza, amigos míos! ¡Qué belleza! —decía hablando del Monasterio de Veruela—. ¡Comprendí la vocación religiosa, la exaltación mística, el encierro perpetuo en la soledad!... Sólo me faltabais vosotros y el amor... Yo sería libre como el aire si el amor no me enganchara en su carro continuamente, Andrea —añadió, dirigiéndose a mí.

Luego se puso serio.

—Pasado mañana me bato con Martorell, no hay remedio. Tú, Guíxols, serás mi padrino.

—No, ya lo arreglaremos antes de que llegue el caso —dijo Guíxols, ofreciéndome un cigarrillo—. Puedes estar seguro de que lo arreglaré... Es una estupidez el que te batas porque Martorell haya dicho una grosería a una florista de la Rambla.

—¡Una florista de la Rambla es una dama como cualquier mujer!

—No lo dudo, pero tú no la habías visto hasta entonces, y en cambio Martorell es nuestro amigo. Quizás un poco aturdido, pero un chico excelente. Te advierto que él toma todo esto a broma. Tenéis que reconciliaros.

—¡No, señor! —gritó Iturdiaga—. Martorell dejó de ser amigo cuando...

—Bueno. Ahora vamos a merendar si Andrea tiene la bondad de hacernos unos bocadillos con el pan y el jamón que encontrará escondido detrás de la puerta...

Pons observaba continuamente el efecto que me producían sus amigos y buscaba mis ojos para sonreírme. Hice café y lo tomamos en tazas de diferentes tamaños y formas, pero todas de porcelana fina y antigua, que Guíxols guardaba en una vitrina. Pons me informó que Guíxols las adquiría en los Encantes.

Yo observaba los cuadros de Guíxols: marinas sobre todo. Me interesó un dibujo de la cabeza de Pons. Al parecer, Guíxols tenía suerte y vendía bien sus cuadros, aunque aún no había hecho ninguna exposición. Sin querer comparé su pintura con la de Juan. La de Guíxols era mejor, indudablemente. Al oír hablar de miles de pesetas, me pasó como un rayo de crueldad la voz de Juan por mis orejas... «¿Crees tú que el desnudo que he pintado a Gloria vale sólo diez duros?»

A mí aquel ambiente de «bohemia» me pareció muy confortable. El único mal vestido y con las orejas sucias era Pujol, que comía con gran apetito y gran silencio. A pesar de esto, me enteré de que era rico. Guíxols mismo era hijo de un fabricante riquísimo. Iturdiaga y Pons pertenecían también a familias conocidas en la industria catalana. Pons, además, era hijo único, y muy mimado, según me enteré mientras él enrojecía hasta las orejas.

—A mí, mi padre no me comprende —gritó Iturdiaga—. ¿Cómo me va a comprender si sólo sabe almacenar millones? De ninguna manera ha querido costearme la edición de la novela. ¡Dice que es negocio perdido!... Y lo peor es que desde la última jugarreta me ata corto y me tiene sin un céntimo.

—Es que fue buena —dijo Guíxols, con una sonrisa.

—¡No! ¡Yo no le mentí!... Un día me llamó a su cuarto: «Gaspar, hijo mío..., ¿he oído bien? Me has dicho que ya no te queda nada de las dos mil pesetas que te di como aguinaldo de Navidad» (esto era quince días después de Navidad). Yo le dije: «Sí, papá, ni un céntimo»... Entonces entornó los ojos como una fiera y me dijo:

«—Pues ahora mismo me vas a decir en lo que te lo has gastado.»

Yo le conté lo contable a un padre como el mío y no se quedaba satisfecho.

Luego se me ocurrió decir:

—Lo demás se lo di a López Soler, se lo presté al pobre... Entonces hubierais visto a mi padre rugir como un tigre:

«—¡Prestar dinero a un sinvergüenza semejante que no te lo devolverá jamás! Estoy por darte una paliza... Si no me traes ese dinero antes de veinticuatro horas, meto a López Soler en la cárcel y a ti te tengo un mes a pan y agua... Ya te enseñaré a ser derrochador...»

—Nada de eso puede ser, padre mío; López Soler está en Bilbao.

Mi padre dejó caer los brazos, desalentado, y luego recobró otra vez las fuerzas.

«—Esta misma noche te vas a Bilbao, acompañado de tu hermano mayor, ¡botarate! Ya te enseñaré yo a derrochar el dinero...»

Y por la noche estábamos mi hermano y yo en el coche-cama. Ya sabéis cómo es mi hermano, un tío serio como hay pocos y con una cabezota de piedra. En Bilbao visitó él a todos los parientes de mi padre y me hizo acompañarle. López Soler se había marchado a Madrid. Mi hermano puso una conferencia con Barcelona: «Id a Madrid —dijo mi padre—. Ya sabes que confío en ti, Ignacio... Estoy decidido a educar a Gaspar a la fuerza»... Otra vez al coche-cama y a Madrid. Allí encontré a López Soler en el Café Castilla y me abrió los brazos llorando de alegría. Cuando se enteró a lo que iba me llamó asesino y me dijo que antes me mataría que devolverme el dinero. Luego, en vista de que estaba detrás mi hermano Ignacio con sus puños de boxeador, entre todos sus amigos reunieron la cantidad y me la entregaron. Ignacio mismo la guardó, satisfecho, en su cartera, quedando yo enemigo de López Soler...

Volvimos a casa. Mi padre me hizo un discurso solemne y me dijo luego que en castigo se quedaría él con la cantidad recuperada, y que no me daría dinero en ocho días para cobrarse los gastos de nuestro viaje. Entonces, Ignacio, con su cara tranquila, sacó el billete de veinticinco pesetas que me había devuelto López Soler y se lo tendió a mi padre. El pobre hombre se quedó como un castillo que se derrumba.

«—¿Qué es esto?» —gritó.

—El dinero que había prestado a López Soler, padre mío —contesté yo. Y de ahí viene la catástrofe de mi vida, amigos míos... Ahora que yo pensaba ahorrar para editar el libro por mi cuenta...

Yo estaba muy divertida y contenta.

—¡Ah! —dijo Iturdiaga, mirando hacia un cuadro que estaba vuelto hacia la pared—. ¿Qué hace de espaldas el cuadro de la Verdad?

—Es que ha estado antes Romances, el crítico, y, como tiene cincuenta años, no me pareció delicado...

Pujol se levantó rápidamente y dio la vuelta al cuadrito. Sobre fondo negro habían pintado en blanco, con grandes letras:

«Demos gracias al cielo de que valemos infinitamente más que nuestros antepasados.— Homero.»

La firma era imponente. Tuve que reírme. Me encontraba muy bien allí; la inconsciencia absoluta, la descuidada felicidad de aquel ambiente me acariciaban el espíritu.

XIV

Los exámenes de aquel curso eran fáciles, pero yo tenía miedo y estudiaba todo lo que podía.

—Te vas a poner enferma —me dijo Pons—. Yo no me preocupo. El curso que viene será otra cosa, cuando tengamos que hacer la reválida.

La verdad es que yo estaba empezando a perder la memoria. A menudo me dolía la cabeza.

Gloria me dijo que Ena había venido a ver a Román a su cuarto y que Román había estado tocando sus composiciones de violín para ella. Gloria, de estas cosas, estaba bien informada.

—¿Tú crees que se casará con ella? —me preguntó de improviso, con aquella especie de ardor que le comunicaba la primavera.

—¡Ena casarse con Román! ¡Qué estupidez más grande!

—Lo digo, chica, porque ella parece bien vestida, como de buena familia... Tal vez Román quiere casarse.

—No digas necedades. No hay nada entre ellos en ese sentido... ¡Vamos! ¡No seas tonta, mujer! Si Ena ha venido, puedes estar segura de que ha sido sólo por oír la música.

—¿Y por qué no ha entrado a saludarte a ti?

El corazón parecía que se me iba a saltar del pecho, tanto me interesaba todo aquello.

Veía a Ena en la Universidad todos los días. A veces cambiábamos algunas palabras. Pero, ¿cómo íbamos a hablar de nada íntimo? Ella me había alejado por completo de su vida. Un día le pregunté cortésmente por Jaime.

—Está bien —me dijo—… Ahora ya no salimos los domingos. (Evitaba mirarme, quizá para que yo no notara en sus ojos la tristeza. ¿Quién podía comprenderla?)

—Román está de viaje —le dije de improviso.

—Ya lo sé —me contestó.

—¡Ah!…

Nos quedamos calladas.

—¿Y tu familia? —aventuré (parecía que no nos hubiéramos visto en muchos años).

—Mamá ha estado enferma.

—Le enviaré flores cuando pueda…

Ena me miró de un modo especial.

—Tú tienes también cara de enferma, Andrea… ¿Quieres venir a dar un paseo conmigo esta tarde? Te sentará bien tomar el aire. Podemos ir al Tibidabo. Me gustaría que merendaras allí conmigo…

—¿Ya has terminado el asunto ése tan importante que tenías entre manos?

—No, aún no; no seas irónica… Pero esta tarde me voy a tomar unas vacaciones, si tú quieres dedicármela.

Yo no estaba contenta ni triste. Me parecía que mi amistad con Ena había perdido mucho de su encanto con la ruptura. Al mismo tiempo yo quería a mi amiga sinceramente.

—Sí, iremos... si algo más importante no te lo impide.

Me cogió una mano y me abrió los dedos, para ver la confusa red de rayas de la palma.

—¡Qué manos tan delgadas!... Andrea, quiero que me perdones si me he portado algo mal contigo estos días... No es solamente contigo con quien me porto mal... Pero esta tarde será como antes. Ya verás. Correremos entre los pinos. Lo pasaremos bien.

Efectivamente, lo pasamos bien y nos reímos mucho. Con Ena cualquier asunto cobraba interés y animación. Yo le conté las historias de Iturdiaga y de mis nuevos amigos. Desde el Tibidabo, detrás de Barcelona, se veía el mar. Los pinos corrían en una manada espesa y fragante, montaña abajo, extendiéndose en grandes bosques hasta que la ciudad empezaba. Lo verde la envolvía, abrazándola.

—El otro día fui a tu casa —dijo Ena—; quería verte. Te estuve esperando cuatro horas.

—No me dijeron nada.

—Es que subí al cuarto de Román para entretenerme. Fue muy amable conmigo. Hizo música. De cuando en cuando llamaba por teléfono a la criada a ver si habías llegado.

Yo me quedé triste tan de repente, que Ena lo notó y se puso de mal humor también.

—Hay cosas en ti que no me gustan, Andrea. Te avergüenzas de tu familia... Y, sin embargo, Román es un hombre tan original y tan artista como hay pocos... Si yo te presentara a mis tíos, podrías buscar con un candil, que no encontrarías la menor chispa de espíritu. Mi padre mismo es un hombre vulgar, sin la menor sensibilidad... Lo cual no quiere decir que no sea bueno y, además, es guapo, ya le conoces, pero yo hubiera comprendido mucho mejor que mi madre se hubiera casado con Román o con alguien que se le pareciese... Esto es un ejemplo como otro cualquiera... Tu tío es una personalidad. Sólo con la manera de mirar sabe decir lo que quiere. Entender... parece algo trastornado a veces. Pero tú también, Andrea, lo pareces. Por eso precisamente quise ser tu amiga en la Universidad. Tenías los ojos brillante y andabas torpe, abstraída, sin fijarte en nada... Nos reíamos de ti; pero yo, secretamente, deseaba conocerte. Una mañana te vi salir de la Universidad bajo una lluvia torrencial... Era en los primeros días del curso (tú no te acordarás de esto). La mayoría de los chicos estaban cobijados en la puerta y yo misma, aunque llevaba impermeable y paraguas, no me atrevía a desafiar aquella furia torrencial. De pronto te veo salir a ti, con el mismo paso de siempre, sin bufanda, con la cabeza descubierta... Me acuerdo de que el viento y la lluvia te alborotaban y luego te pegaban los rizos del cabello a las mejillas. Yo salí detrás de ti y el agua caía a chorros. Parpadeaste un momento, como extrañada, y luego, como a un gran refugio, te arrimaste a la verja del jardín. Estuviste allí dos minutos lo menos hasta que te diste cuenta de que te mojabas lo mismo. El caso era espléndido. Me conmovías y me hacías morir de risa al mismo tiempo. Creo que entonces te empecé a tomar cariño... Luego te pusiste enferma...

—Sí, me acuerdo.

—Sé que te molesta que yo sea amiga de Román. Ya te había pedido que me lo presentaras hace tiempo... Comprendí que si quería ser tu amiga no había ni que pensar en tal cosa... Y el día en que fui a buscarte a tu casa, cuando nos encontraste juntos no podías disimular tu irritación y tu disgusto. Al día siguiente vi que venías dispuesta a hablar de aquello... A pedirme cuantas, quizá. No sé... No me apetecía verte. Tienes que comprender que yo puedo escoger mis propios amigos, y Román (yo no lo niego) me interesa muchísimo, por razones particulares y por su genialidad y...

—Es una persona mezquina y mala.

—Yo no busco en las personas ni la bondad ni la buena educación siquiera... aunque creo que esto último es imprescindible para vivir con ellas. Me gustan las gentes que ven la vida con ojos distintos que los demás, que consideran las cosas de otro modo que la mayoría... Quizá me ocurra esto porque he vivido siempre con seres demasiado normales y satisfechos de ellos mismos... Estoy segura de que mi padre y mis hermanos tienen la certeza de su utilidad indiscutible en este mundo, que saben en todo momento lo que quieren, lo que les parece mal y lo que les parece bien... Y que han sufrido muy poca angustia ante ningún hecho.

—¿Tú no quieres a tu padre?

—Claro que sí. Esto es aparte... Y estoy agradecida a la Providencia de que sea tan guapo, ya que me parezco a él... Pero nunca he acabado de comprender por qué se ha casado con él mi madre. Mi madre ha sido la pasión de toda mi infancia. He notado desde muy pequeña que ella es distinta de todos los demás... Yo la acechaba. Me parecía que tenía que ser desgraciada. Cuando me fui dando cuenta de que quería a mi padre y de que era feliz me entró una especie de decepción...

Ena estaba seria.

—Yo no lo puedo remediar. Toda mi vida he

estado huyendo de mis simples y respetables parientes... Simples pero inteligentes a la vez, en su género, que es lo que les hace tan insoportables... Me gusta la gente con ese átomo de locura que hace que la existencia no sea monótoma, aunque sean personas desgraciadas y estén siempre en las nubes, como tú... Personas que, según mi familia, son calamidades indeseables...

Yo la miré.

—Prescindiendo de mi madre... con mamá no se sabe nunca lo que va a pasar y éste es uno de sus atractivos..., ¿qué crees que dirían mi padre o mi abuelo de ti misma si supieran tu modo real de ser? Si supieran, como yo sé, que te quedas sin comer y que no te compras la ropa que necesitas por el placer de tener con tus amigos delicadezas de millonaria durante tres días... Si supieran que te gusta vagabundear sola por la noche. Que nunca has sabido lo que quieres y que siempre estás queriendo algo... ¡Bah! Andrea, creo que se santiguarían al verte, como si fueras el diablo.

Se acercó a mí y se quedó enfrente. Me puso sus dos manos en los hombros, mirándome.

—Y tú, querida, esta tarde y siempre que se trata de tu tío o de tu casa eres igual que mis parientes... Te horrorizas sólo de pensar que yo estoy allí. Te crees que no sé lo que es ese mundo tuyo, cuando lo que sucede es que me ha absorbido desde el primer momento y que quiero descubrirlo completamente.

—Estás equivocada. Román y los demás de allí no tienen ningún mérito más que el de ser peores que las otras personas que tú conoces y vivir entre cosas torpes y sucias.

Yo hablaba con brusquedad, dándome cuenta de que no podría convencerla.

—Cuando llegué a tu casa el otro día, ¡qué mundo tan extraño apareció a mis ojos! Me quedé hechizada. Jamás hubiera podido soñar, en plena calle de Aribau, un cuadro semejante al que ofrecía Román tocando para mí, a la luz de las velas, en aquella madriguera de antigüedades... No sabes cuánto pensaba en ti. Cuánto me interesabas por vivir en aquel sitio inverosímil. Te comprendía mejor... Te quería. Hasta que llegaste... Sin darte cuenta me mirabas de un modo que estropeabas mi entusiasmo. De modo que no me guardes rencor por querer entrar yo sola en tu casa y conocerlo todo. Porque no hay nada que no me interese... Desde esa especie de bruja que tenéis por criada, hasta el loro de Román...

»En cuanto a Román, no me dirás que sólo tiene el mérito de estar metido en ese ambiente. Es una persona extraordinaria. Si lo has oído interpretar sus composiciones, tendrás que reconocerlo.

Bajamos a la ciudad en el tranvía. El aire tibio de la tarde levantaba los cabellos de Ena. Estaba muy guapa. Me dijo aún:

—Ven a casa cuando quieras... Perdóname por haberte dicho que no vinieras. Eso es otro asunto. Ya sabes que eres mi única amiga. Mi madre me preguntaba por ti y parece alarmada... Estaba contenta de que al fin simpatice con una chica; desde que tengo uso de razón me ha visto rodeada de muchachos únicamente...

XV

Llegué a casa con dolor de cabeza y me extrañó el gran silencio que había a la hora de la cena. La criada se movía con desacostumbrada ligereza. En la cocina la vi acariciando al perro, que apoyaba la cabezota sobre su regazo. De cuando en cuando recorrían a aquella mujer sacudidas nerviosas como descargas eléctricas y se reía enseñando los dientes verdes.

—Va a haber entierro —me dijo.

—¿Cómo?

—Se va a morir el crío...

Me fijé que en la alcoba del matrimonio había luz.

—Ha venido el médico. He ido a la farmacia a buscar las medicinas, pero no me han querido fiar, porque ya saben en el barrio cómo andan las cosas en la casa desde que murió el pobre señor... ¿Verdad, «Trueno»?

Entré en la alcoba. Juan había hecho una pantalla a la luz para que no molestara al niño, que parecía insensible, encarnado de fiebre. Juan lo tenía entre los brazos, porque el pequeño de ninguna manera soportaba estar en la cuna sin llorar continuamente... La abuela parecía atontada. Vi que le acariciaba los pies metiendo sus manos por debajo de la manta que le envolvía. Rezaba el rosario mientras tanto y me extrañó que no llorase. La abuela y Juan estaban sentados en el borde de la gran cama de matrimonio, y en el fondo, sobre la cama también, pero apoyada contra la esquina de la pared, vi a Gloria jugando a las cartas muy preocupada. Estaba sentada a la manera moruna, desgreñada y sucia como de costumbre. Pensé que estaría haciendo solitarios. A veces los hacía.

—¿Qué tiene el niño? —pregunté.

—No se sabe —contestó rápidamente la abuela. Juan la miró y dijo:

—El médico opina que es un principio de pulmonía, pero yo creo que es del estómago.

—¡Ah!

—No tiene ninguna importancia. El nene está perfectamente constituido y soportará bien las fiebres —siguió diciendo Juan, mientras sujetaba con gran delicadeza la cabecita del pequeño, apoyándola en su pecho.

—¡Juan! —chilló Gloria—. ¡Ya es hora de que te vayas!

Él miró al niño con una preocupación que me habría parecido extraña si yo hubiera tenido en cuenta sus palabras anteriores.

Dulcificó un poco la voz.

—No sé si ir, Gloria… ¿Qué te parece? Ese pequeño únicamente quiere estar conmigo.

—Me parece, chico, que no estamos para pensarlo. Te ha caído del cielo esa oportunidad de poder ganar unas pesetas tranquilamente. Ya nos quedamos la mamá y yo. Además, en el almacén hay teléfono, ¿no? Te podríamos avisar si se pusiera peor… Y como no eres tú solo en que haces la guardia, podrías venirte. Todo sería que no cobraras al día siguiente...

Juan se levantó. El niño empezó a gemir. Juan sonrió con una rara mueca, indeciso...

—¡Anda, chico, anda! Dáselo a la mamá.

Juan lo puso en brazos de la abuela y el niño empezó a llorar.

—¡A ver! Dámelo a mí.

En brazos de su madre parecía estar mejor el pequeño.

—¡Qué pícaro! —dijo su abuela con tristeza—. Cuando está bueno sólo quiere que lo tenga yo, y ahora...

Juan se metía el abrigo, pensativo, mirando al niño.

—Come algo antes de marcharte. Hay sopa en la cocina y queda un pan en el aparador.

—Sí, beberé sopa caliente. La pondré en una taza...

Antes de marcharse volvió aún a la alcoba.

—Voy a dejar este abrigo. Me pondré el viejo —dijo cogiendo cuidadosamente uno muy astroso y manchado que colgaba de la percha—. Ya no hace frío y en una noche de guardia se estropea mucho...

Se veía que no se decidía a irse. Gloria volvió a gritar:

—¡Que se hace tarde, chico!

Al fin se fue.

Gloria acunaba al niño, impaciente. Cuando sintió que la puerta se cerraba, estuvo aún un rato con el cuello tenso, escuchando. Luego gritó:

—¡Mamá!

La abuela había ido a cenar a su vez y estaba tomando la sopa con pan, pero lo dejó a medias y acudió en seguida.

—¡Vamos, mamá, vamos! ¡De prisa!

Puso al niño en el regazo de la abuela sin hacer caso de su llanto. Luego se empezó a vestir con lo mejor que tenía: un traje estampado al que aún colgaba el cuello sin terminar de coser y que estaba arrugado sobre la silla y un collar de cuentas azules. Con el collar hacían juego dos pendientes panzudos, azules también. Se empolvó mucho la cara, según su costumbre, para ocultar las pecas, y se pintó los labios y los ojos con manos temblorosas.

—Ha sido una suerte muy grande que Juan tuviera ese trabajo esta noche, mamá —dijo, al ver que la abuela movía la cabeza disgustada, paseando al niño, muy grande ya para sus brazos demasiado viejos—. Voy a casa de mi hermana, mamá; rece por mí. Voy a ver si me da algún dinero para las medicinas del niño… Rece por mí, mamá, pobrecita, y no se disguste… Andrea la acompañará a usted.

—Sí, me voy a quedar estudiando.

—¿No cenas antes de marcharte, niña?

Gloria lo pensó medio minuto y luego se decidió a tragarse la cena en un santiamén. La sopa de la abuela, en el plato, se enfriaba y se ponía viscosa. Nadie volvió a reparar en ella.

Cuando Gloria se fue, la criada y «Trueno» entraron a dormir en su alcoba. Yo encendí la luz del comedor —que era la mejor de la casa— y abrí los libros. No podía con ellos aquella noche, no me interesaban y no los entendía. Pero así pasaron dos o tres horas. Era aquél uno de los últimos días de mayo y tenía que hacer un esfuerzo en mi trabajo. Recuerdo que me empezó a obsesionar el plato de sopa medio lleno que estaba abandonado frente a mí. El trozo de pan mordido.

Escuché algo así como el sonido de un moscardón.

Era la abuela que se acercaba canturreando al niño que llevaba cargado. Sin dejar el tono de la cantinela me dijo:

—Andrea, hija mía… Andrea, hija mía… Ven a rezar el rosario conmigo.

Me costó trabajo entenderla. Luego la seguí a la alcoba.

—¿Quieres que te sostenga un poquito al pequeño?

La abuela movió enérgicamente la cabeza en sentido negativo. Se sentó otra vez en la cama. El niño parecía dormir.

—Sácame el rosario del bolsillo.

—¿No te duelen los brazos?

—No…, no. ¡Anda, anda!

Empecé a recitar las bellas palabras del Avemaría. Las palabras del Avemaría, que siempre me han parecido azules. Oímos la llave de la cerradura en la puerta. Yo creí que sería Gloria y me volví rápidamente. Me llevé un susto enorme al ver a Juan. Al parecer no había podido dominar su inquietud y había regresado antes de la mañana. La cara de la abuelita expresó un terror tal, que Juan se dio cuenta en seguida. Se inclinó rápidamente hacia el niño que dormía, enrojecido, con la boca entreabierta. Pero luego se enderezó.

—¿Qué ha hecho Gloria? ¿Dónde está?

—Gloria descansa un poco… o tal vez no… ¡No! ¿Verdad que no, Andrea? Salió a buscar algo en la farmacia… Ya no me acuerdo. Díselo tú, Andrea, hija mía.

—¡No me mientas, mamá! ¡No me hagas maldecir!

Otra vez estaba exasperado. El niño se despertó y empezó a hacer pucheros. Él lo cogió en brazos un momento, canturreándole sin quitarse el abrigo, hú-

medo de la calle. A veces blasfemaba entre dientes.
Cada vez se excitaba más. Al fin dejó a la criatura
en la falda de su abuela.

—¡Juan! ¿Adónde vas, hijo? El niño va a llorar…

—Voy a traer a Gloria, mamá, a traerla arrastrando por los pelos si es necesario, junto a su hijo.

Temblaba todo su cuerpo. Dio un portazo. La
abuela empezó a llorar, por fin.

—¡Vete con él, Andrea! ¡Vete con él, hija, que
la matará! ¡Vete!

Sin pensarlo, me puse el abrigo y eché a correr escalera abajo detrás de Juan.

Corrí en su persecución como si en ello me fuera
la vida. Asustada. Viendo acercarse los faroles y las
gentes a mis ojos como estampas confusas. La noche
era tibia, pero cargada de humedad. Una luz blanca
iluminaba mágicamente las ramas cargadas de verde
tierno del último árbol de la calle de Aribau.

Juan caminaba de prisa, casi corriendo. En los primeros momentos más que verlo lo adiviné a lo lejos.
Pensé angustiada que si se le ocurriera tomar un tranvía yo no tendría dinero para perseguirlo.

Llegamos a la Plaza de la Universidad cuando el
reloj del edificio daba las doce y media. Juan cruzó
la plaza y se quedó parado enfrente de la esquina
donde desemboca la Ronda de San Antonio y donde
comienza, obscura, la calle de Tallers. Un río de luces
corría calle Pelayo abajo. Los anuncios guiñaban sus
ojos en un juego pesado. Delante de Juan pasaban
tranvías. Él miraba a todos lados como para orientarse. Estaba demasiado flaco y el abrigo le colgaba, se
le hinchaba con el viento, jugaba con sus piernas. Yo

estaba allí, casi a su lado; sin atreverme a llamarle.
¿De qué hubiese servido que le llamara yo?

El corazón me latía con el esfuerzo de la carrera.
Le vi dar unos pasos hacia la Ronda de San Antonio y le seguí. De pronto dio la vuelta tan de prisa
que nos quedamos frente a frente. Sin embargo, él
pareció no darse cuenta, sino que pasó a mi lado en
dirección contraria a la que antes había llevado, sin
verme. Otra vez llegó a la Plaza de la Universidad y
ahora se metió por la calle de Tallers. Por allí no
encontrábamos a nadie. Los faroles parecían más mor-
tecinos y el pavimento era malo. Juan se volvió a dete-
ner en la bifurcación de la calle. Recuerdo que había
una fuente pública allí, con el grifo mal cerrado y
que en el empedrado se formaban charcos. Juan miró
un momento hacia el ruido del cuadro de luz que en-
marcaba la desembocadura de la calle en las Ramblas.
Luego volvió la espalda y torció por la calle de Ra-
malleras, igualmente estrecha y tortuosa. Yo corría
para seguirle. De un almacén cerrado vino olor a
paja y fruta. Sobre una tapia aparecía la luna. Toda
mi sangre corría conmigo, a grandes golpes, en mi
cuerpo.

Cada vez que por una bocacalle veíamos las Ramblas, Juan se sobresaltaba. Movía los ojos hundidos en
todas direcciones. Se mordía las mejillas. En la esquina de la calle del Carmen —más iluminada que las
otras— le vi quedarse parado, con el codo derecho
apoyado en la palma de la mano izquierda y acari-
ciándose pensativo los pómulos, como presa de un
gran trabajo mental.

El recorrido que hacíamos parecía no tener fin.
Yo no tenía idea de dónde quería ir él, ni casi me
importaba. Se me estaba metiendo en la cabeza la

obsesión de seguirle y esta idea me tenía cogida de tal modo, que ni siquiera sabía ya para qué. Luego me enteré de que podíamos haber hecho un camino dos veces más corto. Cruzamos, atravesándolo en parte, el mercado de San José. Allí nuestros pasos resonaban bajo el alto techo. En el recinto enorme, multitud de puestos cerrados ofrecían un aspecto muerto y había una gran tristeza en las débiles luces amarillentas diseminadas de cuando en cuando. Ratas grandes, con los ojos brillantes, como gatos, huían ruidosamente a nuestros pasos. Algunas se detenían en su camino, gordísimas, pensando tal vez hacernos cara. Olía indefiniblemente a fruta podrida, a restos de carne y pescado... Un vigilante nos miró pasar con aire de sospecha al salir nosotros a las callejuelas de detrás, corriendo como íbamos uno detrás de otro.

Al llegar a la calle del Hospital, Juan se lanzó a las luces de las Ramblas, de las que hasta entonces parecía haber huido. Nos encontrábamos en la Rambla del Centro. Yo, casi al lado de Juan. Él parecía olfatearme desde la subconsciencia, porque a cada instante volvía la cabeza hacia atrás. Pero aunque sus ojos pasaron sobre mí a menudo, no me veía. Parecía un tipo sospechoso, un ladrón que huyera tropezando con la gente. Creo que alguien me dijo una bestialidad. Ni siquiera estoy segura, aunque es probable que se metieran conmigo y se rieran de mí muchas veces. Yo no pensé ni un momento adónde podría conducirme esta aventura, ni tampoco en qué iba a hacer para calmar a un hombre cuyos furiosos arrebatos conocía tan bien. Sé que me tranquilizaba pensar en que no llevaba armas. Por lo demás, mis pensamientos temblaban en la misma excitación que me oprimía la garganta hasta casi sentir dolor.

Juan entró por la calle del Conde del Asalto, hormigueante de gente y de luz a aquella hora. Me di cuenta de que esto era el principio del barrio chino. «El brillo del diablo», de que me había hablado Angustias, aparecía empobrecido y chillón, en una gran abundancia de carteles con retratos de bailarinas y bailadoras, barracas de feria. La música aturdía en oleadas agrias, saliendo de todas partes, mezclándose y desarmonizando. Pasando de prisa entre una ola humana que a veces me desesperaba porque me impedía ver a Juan, me llegó el recuerdo vivísimo de un carnaval que había visto cuando pequeña. La gente, en verdad, era grotesca: un hombre pasó a mi lado con los ojos cargados de rimel bajo un sombrero ancho. Sus mejillas estaban sonrosadas. Todo el mundo me parecía disfrazado con mal gusto y me rozaba el ruido y el olor a vino. Ni siquiera estaba asustada, como aquel día en que, encogida junto a la falda de mi madre, escuché las carcajadas y las ridículas contorsiones de las máscaras. Todo aquello no era más que un marco de pesadilla, irreal como todo lo externo a mi persecución.

Perdí de vista a Juan y me quedé aterrada. Alguien me empujó. Levanté los ojos y vi en el fondo de la calle la montaña de Montjuich envuelta, con sus jardines, en la pureza de la noche...

Encontré a Juan por fin. Estaba, el pobre, parado. Mirando el escaparate iluminado de una lechería, en el que aparecía una fila de flanes apetitosos. Movía los labios y con la mano se cogía la barba pensativo. «Este es el momento —pensé— de poner mi mano sobre su brazo. De hacerle entrar en razón. De decirle que Gloria seguramente estará en casa...» No hice nada.

Juan reanudó su marcha, metiéndose —después de mirar para orientarse— en una de aquellas callejuelas oscuras y fétidas que abren allí sus bocas. Otra vez la peregrinación se convirtió en una caza entre las sombras cada vez más oscuras. Las casas se apretaban, altas, rezumando humedad. Detrás de algunas puertas se oía música. Nos cruzamos con una pareja abrazada groseramente y metí el pie en un charco enlodado. Me parecía que algunas calles tenían, diluido en la oscuridad, un vaho rojizo. Otras, una luz azulina... Pasaban algunos hombres y su voces resultaban broncas en aquel silencio. Se me despejaba la cabeza por algunos momentos y me acercaba a Juan para que se viera que iba en su compañía. Cuando otra vez Juan y yo nos quedábamos solos me tranquilizaba, atenta solamente al ruido de sus pasos.

Me acuerdo de que íbamos por una calleja negra, completamente silenciosa, cuando se abrió una puerta por la que salió despedido un hombre borracho, con tan mala suerte, que cayó sobre Juan, haciéndolo vacilar. Pareció que a Juan le corría una descarga eléctrica por la espalda. En un abrir y cerrar de ojos le propinó un puñetazo en la mandíbula, y se quedó quieto, aguardando a que el otro se repusiera. Al cabo de unos segundos estaban enzarzados en una lucha bestial. Yo apenas podía verles. Oía sus jadeos y sus blasfemias. Una voz rasposa rompió el aire encima de nosotros, desde alguna ventana invisible: «¿Qué pasa aquí?»

Luego me encontré sorprendida por la animación que súbitamente llenó la calle. Dos o tres hombres y algunos chillidos, que parecían brotados de la tierra, rodearon a los que luchaban. Una puerta entreabierta lanzaba a la calle un chorro de luz que me cegaba.

Yo estaba llena de terror y procuraba permanecer invisible. No tenía idea de lo que podría pasar unos minutos después. Encima de aquel infierno —como si sobre el cielo de la calle cabalgaran brujas— oímos voces ásperas, como desgarradas. Voces de mujeres animando a los luchadores con sus pullas y sus risas. Alucinada, me pareció que caras gordas flotaban en el aire, como los globos que a veces dejan escapar los niños.

Oí un rugido y vi que Juan y su enemigo habían caído revolcándose sobre el barro de la calle. Nadie tenía intención de separarlos. Un hombre les enfocó con su linterna, y entonces vi que Juan se tiraba al cuello del otro para morder. Uno de los mirones dio un botellazo a Juan con buen tino, haciéndole dar vueltas y quedar caído en el fango. A los pocos segundos se incorporó.

En aquel momento alguien dio un chillido de alarma parecido a la campanilla de los bomberos o al especial claxon del coche de la Policía, que tanto impresiona en las películas. En un instante nos quedamo solos Juan y yo. Incluso el contrincante borracho había desaparecido. Juan se levantó tambaleándose. Oímos en lo alto risitas ahogadas. Yo, que estaba pasmada en una extraña inactividad, reaccioné de pronto, saltando, con una prisa febril, como de locura, hacia Juan. Le ayudé a ponerse completamente de pie y toqué sus ropas mojadas de sangre y de vino. Jadeaba.

Yo oía, en mi cerebro, repercutir los latidos de mi corazón. Me ensordecía su ruido.

—¡Vamos! —quise decir—. ¡Vamos!

No me salió la voz y empecé a dar empujones a Juan. Hubiera querido volar. Sabía o creía que iba a llegar gente de la Policía poco después y metí a Juan por otra calle. Antes de torcer la segunda esquina oímos pasos. Juan había reaccionado bastante, pero se dejaba guiar por mí. Me apreté contra su hombro y él me abrazó. Pasó un grupo. Eran individuos que pisaban fuertemente y charlaban haciendo bromas. No nos dijeron nada. Un rato después estábamos separados. Mi tío apoyado en la pared, con las manos en los bolsillos, y cayéndonos a los dos la luz de un farol.

Me miró dándose cuenta de quién era yo. Pero no me dijo nada porque, sin duda, encontraba natural que yo estuviese aquella noche en el corazón del barrio chino. Le saqué un pañuelo del bolsillo para que se limpiara la sangre que le goteaba sobre el ojo. Se lo até y luego se apoyó en mi hombro, volviendo la cabeza y tratando de orientarse. Yo empecé a sentirme tan cansada como en aquellos tiempos me sucedía con frecuencia. Las rodillas me temblaron hasta el punto de que caminar se me hacía difícil. Los ojos los tenía llenos de lágrimas.

—¡Vamos a casa, Juan!... ¡Vamos!

—¿Crees que me han vuelto loco con el golpe, sobrina? Sé muy bien a lo que he venido aquí...

Otra vez se enfureció y le temblaba la mandíbula.

—Gloria debe de estar en casa a estas horas. Sólo fue a ver a su hermana para pedir que le prestase dinero para las medicinas.

—¡Mentiras! ¡Sinvergüenza! ¿Quién te manda meterte en lo que no te importa? —Se tranquilizó un poco—. Gloria no tiene que pedir dinero a la bruja ésta. Hoy mismo le han prometido por teléfono que mañana a las ocho tendríamos en casa cien pesetas que aún me deben por un cuadro... ¿Conque a pedir dinero? ¡Como si yo no supiera que la hermanita no da ni las buenas noches!... ¡Pero ella no sabe que hoy le rompo la cabeza! Conmigo puede portarse mal, pero que sea peor que los animales con sus cachorros, eso no se lo consiento. ¡Prefiero que se muera de una vez la maldita!... Lo que a ella le gusta es beber y divertirse en casa de su hermana. La conozco bien. Pero si tiene sesos de conejo... ¡como tú!, ¡como todas las mujeres!... por lo menos ¡que sea madre, la muy...!

Todo esto estaba sembrado de palabrotas que recuerdo bien, pero ¿para qué las voy a repetir?

Iba hablando mientras caminábamos. Apoyado él en mi hombro y empujándome al mismo tiempo. En aquellos dedos que me agarraban sentía yo clavarse toda la enegía de los nervios. Y a cada paso, a cada palabra, su fuerza se agudizaba.

Sé que volvimos a pasar otra vez por la misma calle de la pelea, envuelta ya en silencio. Allí Juan olfateó como un perro en busca del rastro. Como uno de los perros sarnosos que encontrábamos a veces husmeando en la inmundicia... Por encima de aquel cansancio y de aquella podredumbre se levantaba la luz de la luna. No había más que mirar al cielo para verla. Abajo, en los callejones, se olvidaba una de ella...

Juan empezó a aporrear una puerta. Le contestaron los ecos de sus golpes. Juan siguió pegando patadas y puñetazos un buen rato, hasta que le abrieron. Entonces me apartó de un empujón y entró dejándome en la calle. Oí algo como un grito sofocado allá dentro. Luego nada. La puerta se cerró en mis narices.

Al pronto, estaba tan cansada, que me senté en el umbral, con la cabeza entre las manos, sin reflexionar. Más tarde me empezó a entrar risa. Me tapé la

boca con las manos que me temblaban porque la risa
era más fuerte que yo. ¡Para esto toda la carrera, la
persecución agotadora!... ¿Qué pasaría si no salían
de allí en toda la noche? Creo que después estuve
llorando. Pasó mucho rato, una hora quizá. Del suelo
reblandecido se levantaba humedad. La luna iluminaba el pico de una casa con un baño plateado. Lo
demás lo dejaba a oscuras. Me empezó a entrar frío
a pesar de la noche primaveral. Frío y miedo indefi-
nido. Empecé a temblar. Se abrió la puerta a mi espalda y una cabeza de mujer asomó cautelosa, lla-
mándome:

—*Pobreta!... Entra, entra.*

Me encontré en el local cerrado de una tienda de
comestibles y bebidas, iluminado únicamente por una
bombilla de pocas bujías. Junto al mostrador estaba
Juan, dando vueltas entre sus dedos a un vaso lleno.
De otra habitación venía un ruido animado y un chorro de luz se filtraba bajo una cortina. Indudablemente se jugaba a las cartas. «¿Dónde estará Gloria?»,
pensé. La mujer que me había abierto era gordísima
y tenía el cabello teñido. Mojó la punta de un lápiz
en su lengua y apuntó algo en un libro.

—De modo que ya es hora de que te vayas ente-
rando de tus asuntos, Juan. Ya es hora de que sepas
que Gloria te mantiene... Eso de venir dispuesto a
matar es muy bonito... y la sopa boba de mi hermana aguantando todo antes que decirte que los cuadros
no los quieren más que los traperos... Y tú con tus
ínfulas de señor de la calle de Aribau...

Se volvió a mí:

—*Vols una mica d'aiguardent, nena?*

—No, gracias.

—*Què delicadeta ets, noia!*

Y empezó a reír.

Juan escuchaba el rapapolvo, sombrío. Yo ni siquiera pude imaginarme lo que sucedió mientras estuve en la calle. Juan no llevaba ya el pañuelo en la cabeza. Me fijé que su camisa estaba rasgada. La mujer siguió:

—Y puedes dar gracias a Dios, Joanet, de que tu mujer te quiera. Con el cuerpo que tiene podría ponerte buenos cuernos y sin pasar tantos sustos como pasa la *pobreta* para poder venir a jugar a las cartas. Todo para que el señorón se crea que es un pintor famoso...

Se empezó a reír, moviendo la cabeza. Juan dijo:

—¡Si no te callas, te estrangulo! ¡Cochina!

Ella se irguió amenazadora... Pero en aquel momento cambió de expresión para sonreír a Gloria que aparecía, saliendo de una puerta lateral. Juan la sintió llegar también, pero aparentó no verla mirando hacia el vaso. Gloria parecía cansada. Dijo:

—¡Vamos, chico!

Y cogió el brazo de Juan. Indudablemente le había visto antes. Dios sabe lo que había pasado entre ellos.

Salimos a la calle. Cuando la puerta se cerró detrás de nosotros, Juan echó un brazo por la espalda de Gloria, apoyándose en sus hombros. Caminaron un rato callados.

—¿Se ha muerto el niño? —preguntó Gloria.

Juan dijo que no con la cabeza y empezó a llorar. Gloria estaba espantada. Él la abrazó, la apretó contra su pecho y siguió llorando, todo sacudido por espasmos, hasta que la hizo llorar también.

XVI

Román entró impetuoso, como rejuvenecido, en la casa.

—¿Han traído mi traje nuevo? —preguntó a la criada.

—Sí, señorito Román. Se lo he subido arriba...

«Trueno» se empezó a levantar, perezoso y gordo, para saludar a Román.

—Este «Trueno» —dijo mi tío, frunciendo el ceño— se está volviendo demasiado decadente... Amigo mío, si sigues así te degollaré como a un cerdo...

La sonrisa se quedó quieta en la cara de la criada. Sus ojos se volvieron brillantes.

—¡No diga bromas, señorito Román! ¡Pobre «Trueno»! ¡Si cada día está más guapo!... ¿Verdad, «Trueno»? ¿Verdad, hijito?

Se puso en cuclillas la mujer y el perro le plantó sus patas en los hombros y lamió la cara oscura. Román miraba con curiosidad la escena y se le curvaban los labios en una expresión indefinible.

—De todas maneras, si este perro sigue así le mataré... No me gusta tanta felicidad y tanto abotagamiento.

Román dio media vuelta y se marchó. Al pasar me acarició las mejillas. Tenía brillantes los ojos negros. La piel de su cara era morena y dura, había allí multitud de pequeñas arrugas hondas, como hechas a cortaplumas. En el brillante y rizoso pelo negro, algunas canas. Por primera vez pensé en la edad de Román. Precisamente lo pensé aquel día, en que parecía más joven.

—¿Necesitas dinero, pequeña? Te quiero hacer un regalo. He hecho un buen negocio.

No se qué me impulsó a contestar:

—No necesito nada. Gracias, Román...

Se quedó medio sonriente, confuso.

—Bueno. Te daré cigarrillos. Tengo algunos estupendos...

Parecía que quería decir algo más. Se detuvo cuando se marchaba.

—Ya sé que ahora tienen una buena temporada «esos» —y señaló, irónico, el cuarto de Juan—. No puedo estar tanto tiempo fuera de casa...

Yo no le dije nada. Se marchó al fin.

—¿Has oído? —me dijo Gloria—. Román se compra un traje nuevo... y camisas de seda, chica... ¿A ti qué te parece?

—Me parece bien —me encogí de hombros.

—Román nunca se ha preocupado de sus vestidos. Dime la verdad, Andrea. ¿A ti te parece que está enamorado? ¡Román se enamora muy fácilmente, chica!

Gloria se estaba poniendo más fea. La cara se le había consumido aquel mes de mayo y sus ojillos aparecían hundidos.

—Tú también le gustabas a Román al principio, ¿no? Ahora ya no le gustas. Ahora le gusta tu amiguita Ena.

La idea de que yo pudiera haber gustado como mujer a mi tío era tan idiota que me quedé absorta. «¿Cómo serán nuestros actos y nuestras palabras interpretados por cerebros así?», pensé, asombrada, mirando la blanca frente de Gloria.

Me marché a la calle pensando aún en estas cosas. Caminaba de prisa y distraída, pero me di cuenta de que un viejo de nariz colorada atravesaba la calle para venir hacia mí. Y poseída del mismo malestar de siempre crucé a mi vez a la otra acera, no pudiendo evitar, sin embargo, que nos encontráramos en medio. Él llegó sin alientos para pasar justamente a mi lado, quitarse la vieja gorra y saludarme.

—¡Buenos días, señorita!

El pícaro aquel tenía los ojos brillantes de ansiedad. Le saludé con una inclinación de cabeza y hui.

Le conocía bien. Era un viejo «pobre» que nunca pedía nada. Apoyado en una esquina de la calle de Aribau, vestido con cierta decencia, permanecía horas de pie, apoyándose en su bastón y atisbando. No importaba que hiciera frío o calor: él estaba allí sin plañir ni gritar, como esos otros mendigos expuestos siempre a que los recojan y lleven al asilo. Él sólo saludaba con respetuosa cortesía a los transeúntes, que a veces se compadecían y ponían en sus manos una limosna. Nada se le podía reprochar. Yo le tenía una antipatía especial que con el tiempo iba creciendo, enconándose. Era mi protegido forzoso, y por eso creo yo que le odiaba tanto. No se me ocurría pensarlo entonces, pero me sentía obligada a darle una limosna y a avergonzarme cuando no tenía dinero para ello. Yo había heredado al viejo de tía Angustias. Me acuerdo de que cada vez que salíamos ella y yo a la calle, la tía depositaba cinco céntimos en aquella mano enrojecida que se alzaba en un buen saludo. Además, se paraba a hablarle en tono autoritario, obligándole a contarle mentiras o verdades de su vida. Él contestaba a todas sus preguntas con la mansedumbre apetecida por Angustias... A veces los ojos se le escapaban en dirección de algún «cliente» a quien ardía en ganas de saludar y cuya vista estorbábamos mi tía y yo paradas en la acera. Pero Angustias seguía interrogando:

—¡Conteste! ¡No se distraiga! ¿...Y es verdad que su nietecillo no puede ingresar en el orfelinato? ¿Y su hija murió al fin?... ¿Y...?

Al fin terminaba:

—Conste que me enteraré de lo que hay de verdad en todo esto. Le puede costar muy caro a usted el engañarme.

Desde aquellos tiempos ya nos habíamos quedado unidos él y yo por un lazo forzoso; porque estoy segura de que adivinó mi antipatía por Angustias. Una sonrisa mansurrona le vagaba por los labios entre las decentes barbas plateadas, y mientras tanto sus ojos se disparaban hacia mí a momentos, bailándole de inteligencia. Yo le miraba desesperada.

«¿Por qué no la manda usted a paseo?», le preguntaba yo sin hablar.

Los ojos suyos seguían chispeando.

—Sí, señorita. ¡Dios la bendiga, señorita! ¡Ay, señorita, lo que pasamos los pobres! ¡Dios y la Virgen de Montserrat, señorita, y la Virgen del Pilar la acompañen!

Al final recibía su paga de cinco céntimos con toda humildad y zalamería. Angustias respiraba con el orgullo hinchado.

—Hay que ser caritativa, hija...

Desde entonces yo le tenía antipatía al viejo. El primer día que tuve dinero en mis manos le di cinco pesetas, para que él se sintiera también liberado de la estrechez de tía Angustias y tan alegre como yo; aquel día yo había querido repartirme, fundirme con todos los seres de la Creación. Cuando empezó su sarta de alabanzas me fastidió de tal modo que se lo dije antes de echar a correr para no oírle:

—¡Cállese, hombre!

Al día siguiente yo no tuve dinero para darle, ni al otro. Pero su saludo y sus ojos bailarines me perseguían, me obsesionaban en aquel trocito de la calle de Aribau. Inventé mil trampas para escabullirme, para burlarle. Algunas veces di un rodeo subiendo hacia la calle Muntaner. Por entonces fue cuando tomé la costumbre de comer fruta seca por la calle. Algunas noches, hambrienta, compraba un cucurucho de almendras en el puesto de la esquina. Me era imposible esperar a llegar a casa para comérmelas… Entonces me seguían siempre dos o tres chicos descalzos.

—¡Una almendrita! ¡Mire que tenemos hambre!

—¡No tenga mal corazón!

(¡Ah! ¡Malditos!, pensaba yo. Vosotros habéis comido caliente en algún comedor de Auxilio Social. Vosotros no tenéis el estómago vacío.) Les miraba furiosa. Daba codazos para librarme de ellos. Un día, uno me escupió… Pero si pasaba delante del viejo, si tenía la mala suerte de tropezarme con sus ojos, yo le daba el cucurucho entero que llevaba en la mano, a veces casi lleno. Yo no sé por qué lo hacía. No me inspiraba la más mínima compasión, pero me crispaba los nervios con sus ojos pacíficos. Le ponía las almendras en la mano como si se las tirase a la cara y luego me quedaba casi temblorosa de ira y de apetito insatisfecho. No lo podía soportar. En cuanto cobraba mi paga pensaba en él y el viejo tenía un sueldo de cinco pesetas mensuales que representaban un día menos de comida para mí. Era tan psicólogo, el muy ladino, que ya no me daba las gracias. Eso sí, no podía prescindir de su saludo. Sin su saludo yo me hubiera olvidado de él. Era su arma de combate.

Aquel día fue de los primeros de mis vacaciones. Se habían terminado los exámenes y me encontré con un curso de la carrera acabado. Pons me preguntó:

—¿Qué piensas hacer este verano?

—Nada, no sé...

—¿Y cuando termines la carrera?

—No sé tampoco. Daré clases, supongo.

(Pons tenía la habilidad de estremecerme con sus preguntas. Mientras le decía que iba a dar clases comprendía con claridad que nunca podría ser yo una buena profesora.)

—¿No te gustaría más casarte?

Yo no le contesté.

Había salido aquella tarde a la calle atraída por el día caliente y vagaba sin ninguna dirección determinada. Pensaba ir a última hora hacia el estudio de Guíxols.

Apenas me había cruzado con el viejo mendigo, vi a Jaime tan distraído como yo. Estaba sentado en su coche, que había parado allí, junto a una acera de la calle de Aribau. La figura de Jaime me trajo muchos recuerdos, entre ellos el de mi deseo de volver a ver a Ena. Jaime estaba fumando, apoyado contra el volante. Recordé que hasta entonces no le había visto fumar nunca. Por una casualidad levantó los ojos y me vio. Tenía unos movimientos muy ligeros; saltó del coche y me cogió las manos.

—Llegas oportunamente, Andrea. Tenía muchas ganas de verte... ¿Está Ena en tu casa?

—No.

—Pero, ¿va a venir?

—Yo no sé, Jaime.

Parecía despistado.

—¿Quieres venir a dar un paseo conmigo?

—Sí, con mucho gusto.

Me senté en el coche, a su lado, miré su cara y me pareció bañada de pensamientos ajenos por completo a mí. Salimos de Barcelona por la carretera de Vallvidrera. En seguida nos envolvieron los pinos con su cálido olor.

—¿Ya sabes que Ena y yo no nos vemos ahora? —me preguntó Jaime.

—No. Tampoco yo la veo mucho durante esta temporada.

—Sin embargo, va a tu casa.

Me puse un poco encarnada.

—No es para verme a mí.

—Sí, ya lo sé; ya me lo supongo... pero creí que la veías, que hablabas con ella.

—No.

—Quería que le dijeras, si la ves, una cosa de mi parte.

—¿Sí?

—Quiero que sepa que yo tengo confianza en ella.

—Bueno, se lo diré.

Jaime hizo parar el automóvil y nos paseamos al borde de la carretera entre los troncos rojizos y dorados. Aquel día estaba yo en una disposición de ánimo especial al mirar a la gente. Me pregunté, como antes había hecho con Román, qué edad podría tener Jaime. Estaba de pie a mi lado, muy esbelto, mirando el espléndido panorama. En la frente se le formaban arrugas verticales. Se volvió hacia mí y me dijo:

—Hoy he cumplido veintinueve años… ¿Qué te pasa?

Mi asombro venía porque él había contestado a mí pregunta interior. Me miraba y se reía sin saber a qué atribuir mi expresión. Yo se lo dije.

Estuvimos un rato allí, casi sin hablar nada, en perfecta armonía, y luego, de común acuerdo, volvimos al auto. Cuando puso en marcha el motor me preguntó:

—¿Quieres mucho a Ena?

—Muchísimo. No hay otra persona a quien yo quiera más.

Me miró rápidamente.

—Bueno… Te debería decir como a los pobres… ¡Que Dios te bendiga!… Pero no es eso lo que te voy a decir, sino que no la dejes sola esta temporada, que la acompañes… A ella le pasa algo extraño. Estoy seguro. Creo que es desgraciada.

—Pero, ¿por qué?

—Si yo lo supiera, Andrea, no habríamos reñido ni tendría que pedirte a ti que la acompañes, sino que lo haría yo mismo. Creo que me he portado mal con Ena, no la he querido entender… Ahora he reflexionado, la sigo por la calle, hago las tonterías más grandes para verla y no me quiere ni escuchar. Huye de mí en cuanto me ve aparecer. Anoche mismo le escribí una carta… No la he leído, porque sé que la rompería, y no la he echado al correo porque me parece que me voy haciendo viejo para escribir cartas de amor de doce pliegos. Sin embargo, hubiera acabado mandándosela a su casa si no hubieras aparecido tú. Yo prefiero que tú se lo digas. ¿Querrás? Dile que

tengo confianza en ella y que no le preguntaré nunca
nada. Pero que necesito verla.

—Sí, se lo diré.

Después de esto no hablamos más A mí la charla
de Jaime me había parecido confusa y al mismo tiempo me emocionaba con su vaguedad.

—¿Adónde quieres que te lleve? —me preguntó
al entrar en Barcelona.

—A la calle de Montcada, si haces el favor.

Me condujo hasta allí, silencioso. En la puerta del
viejo palacio donde tenía su estudio Guíxols nos despedimos. En aquel momento llegaba también Iturdiaga. Noté que Jaime y él se hacían un frío saludo

—¿Sabéis que esta señorita ha venido en auto?
—dijo Iturdiaga cuando estuvimos en el estudio.

—Tenemos que prevenirla contra Jaime —añadió
después.

—¡Ah! ¿Sí? Y ¿por qué?

Pons me miró un poco dolorido.

Iturdiaga opinó que Jaime era una calamidad. Su
padre había sido un célebre arquitecto y era de una
familia rica.

—Un niño mimado, en fin —dijo Iturdiaga—;
una persona sin iniciativas a la que en la vida se le
ha ocurrido hacer nada.

Jaime era hijo único y había empezado a estudiar
la misma carrera de su padre. La guerra partió por la
mitas sus estudios, y cuando concluyó Jaime se había
encontrado huérfano y con una fortuna bastante grande. Le bastaban dos cursos para hacerse arquitecto,
pero no se había preocupado de continuar estudiando.
Se dedicaba a divertirse y a no hacer nada en todo el
día. En opinión de Iturdiaga, era un ser despreciable.
Me acuerdo de Iturdiaga, mientras decía estas cosas:

estaba sentado con las piernas cruzadas, con cara de ángel de la justicia, casi inflamado de indignación.

—Y ¿cuándo vas a empezar a estudiar para el examen de Estado, Iturdiaga? —le dije en una pausa, sonriendo.

Iturdiaga me miró altivo. Abrió los brazos... Luego continuó su diatriba contra Jaime.

Pons me observaba mucho y empezó a fastidiarme.

—Anoche, por más señas, vi a este Jaime en un cabaret del Paralelo —dijo Iturdiaga—, iba solo y estaba más aburrido que una mona en su rincón.

—Y tú, ¿qué hacías?

—Yo me inspiraba. Tomaba tipos para mis novelas... Tengo, además, un camarero que me proporciona absenta legítima.

—¡Bah!¡Bah!... Agua teñida de verde será —dijo Guíxols.

—¡No, señor!... Pero, escuchadme. He querido contaros mi nueva aventura desde que llegué y me he distraído. Anoche mismo encontré mi alma gemela, la mujer ideal. Nos hemos enamorado sin decirnos una sola palabra. Ella es extranjera. Debe ser rusa o noruega. Tiene pómulos eslavos y los ojos más soñadores y misteriosos que he visto. Estaba en aquel mismo cabaret donde vi a Jaime, pero parecía descentrada allí. Iba elegantísima y la acompañaba un tipo extraño que se la comía con los ojos. Ella le hacía muy poco caso. Estaba aburrida, parecía nerviosa... En ese momento me miró... Fue un segundo solamente, amigos, pero ¡qué mirada! Me lo decía todo con ella: sus sueños, sus esperanzas... Porque he de advertiros que no es una aventura, se trata de una muchacha tan joven como Andrea, delicada, purísima...

—Te conozco, Iturdiaga. Ya tendrá cuarenta

años, llevará el pelo teñido y habrá nacido en la
Barceloneta...

—¡Guíxols! —gritó Iturdiaga.

—Perdona, *noi*, pero sé cómo las gastas...

—Bueno, pues, no termina ahí la aventura. En
aquel momento el tipo que la acompañaba volvió porque había ido a pagar la cuenta y los dos se levantaron.
Yo no sabía qué hacer. Cuando llegaban a la puerta,
la muchacha se volvió a mirar hacia dentro del cabaret, como buscándome... ¡Amigos! Salté de la silla,
dejé el café sin pagar...

—Luego era café y no absenta.

—Dejé el café sin pagar y corrí tras ellos. En aquel
momento mi rubia desconocida y su acompañante
subían a un taxi... No sé lo que sentí. No hay palabras para expresar aquel desgarramiento... Porque
ella cuando me miró la última vez lo hizo con verdadera tristeza. Era casi una llamada de socorro. Hoy
he pasado todo el día medio loco buscándola. Es necesario que la encuentre, amigos míos. Una cosa así,
tan fuerte, no pasa más que una vez en la vida.

—A ti (que eres un ser privilegiado), te sucede
cada semana, Iturdiaga...

Iturdiaga se levantó y empezó a pasear por el
estudio dando chupadas a su pipa. Un rato después
llegó Pujol con una gitana sucísima que quería pro-
poner como modelo a Guíxols. Era una muchachilla
con la boca enorme, llena de dientes blancos. Pujol
se pavoneaba con ella y la llevaba del brazo. Quería
darnos a entender que era su amante. Yo sabía que
mi presencia le estorbaba mucho para su conversación y que por eso me guardaba rencor aquel día que
él hubiese querido lucirse entre sus amigos. Pons había traído vino y pasteles y se manifestaba, por el

contrario, encantado. Quería celebrar el éxito de final de curso. Lo pasamos muy bien. Hicieron bailar a la gitana, que resultaba muy graciosa.

Salimos del estudio bastante tarde. Yo quise ir andando hasta casa y me acompañaron Iturdiaga y Pons. La noche se presentaba espléndida, con su aliento tibio y rosado como la sangre de una vena, abierta dulcemente sobre la calle.

Cuando subíamos por la Vía Layetana, yo no tuve más remedio que mirar hacia la casa de Ena, recordando a mi amiga y las extrañas palabras que me había dicho Jaime para ella. Estaba pensando así, cuando la vi aparecer realmente delante de mis ojos. Iba cogida del brazo de su padre. Hacían los dos una pareja espléndida, tan guapos y elegantes resultaban. Ella también me había visto y me sonreía. Sin duda volvía hacia su casa.

—Esperad un momento —dije a los chicos, interrumpiendo un párrafo de Iturdiaga. Crucé la calle y fui hacia mi amiga. La alcancé en el momento en que ella y su padre entraban en el portal.

—¿Puedo decirte dos palabras?

—Claro que sí. No sabes cuánto me alegro de verte. ¿Quieres subir?

Esto equivalía a una invitación a cenar.

—No puedo, me esperan mis amigos...

El padre de Ena sonrió:

—Yo me voy arriba, mis niñas. Ya subirás, Ena.

Nos saludó con la mano. El padre de Ena era canario, y aunque había pasado la mayor parte de su vida fuera de sus islas conservaba la costumbre de hablar de la manera especial, cariñosa, propia de su tierra.

—He visto a Jaime —dije rápidamente en cuanto

desapareció—. He estado paseando hoy con él y me
ha dado un recado para ti.

Ena me miró con expresión cerrada.

—Me ha dicho que tiene confianza en ti, que no te
preguntará nada y que necesita verte.

—¡Ah! Bueno, está bien, Andrea. Gracias, querida.

Estrechó mi mano y se marchó dejándome parada
con cierta decepción. Ni siquiera me había permitido
ver sus ojos.

Al volverme encontré a Iturdiaga que había cruzado la calle saltando, con sus largas zancas, entre
una oleada de coches...

Miró como atontado hacia el fondo de la portería,
donde ya subía el ascensor con Ena dentro.

—¡Es ella! ¡La princesa eslava!... Soy un imbécil ¡Me he dado cuenta en el mismo momento
en que se despedía de ti! ¡Por Dios! ¿Cómo es posible
que tú la conozcas? ¡Habla, por tu vida! ¿En qué
país ha nacido? ¿Es rusa, sueca, polaca quizá?

—Catalana.

Iturdiaga se quedó atontado.

—Entonces, ¿cómo es posible que estuviera en un
cabaret anoche? ¿De qué la conoces tú?

—Es compañera de clase... —expliqué vagamente, mientras me cogía del brazo Iturdiaga para
cruzar la calle.

—¿Y todos esos hombres que la acompañan?

—El de hoy era su padre. El de ayer, como com-
prenderás, no sé...

(Y mientras tanto le decía esto a Iturdiaga, se me
representaba nítidamente la imagen de Román...)

Fui distraída todo el camino, pensando en que
siempre se mueve uno en el mismo círculo de personas por más vueltas que parezca dar.

XVII

El mes de junio iba subiendo y el calor aumentaba.
De los rincones llenos de polvo y del mugriento
empapelado de las habitaciones empezó a salir un rebaño de chinches hambrientas. Empecé contra ellas
una lucha feroz, que todas las mañanas agotaba mis
fuerzas. Espantada veía que los demás habitantes de
la casa no parecían advertir ninguna molestia. El primer día en que me metí a hacer limpieza en mi cuarto, a fondo, con desinfectante y agua caliente, la abuelita asomó la cabeza moviéndola con desagrado.

—¡Niña! ¡Niña! ¡Que haga eso la muchacha!

—Déjala, mamá. A la sobrina le pasa eso por ser
más sucia que los demás... —dijo Juan.

Me ponía el traje de baño para hacer esa tarea
que me repugnaba. Era el mismo traje de baño
azul que me había servido en el pueblo para entrar en
el río el verano anterior. El río aquel, que junto a la
huerta de mi prima pasaba profundo, doblándose en
deliciosos recodos, con las orillas llenas de juncos y
de fango... En primavera corría turbio, cargado de semillas de árboles y de imágenes de frutales florecidos.
En verano se llenaba de sombras verdes que temblaban entre mis brazos al nadar... Si me dejaba arras-

trar por la corriente, aquellas sombras se cargaban de reflejos sobre mis ojos abiertos. En los crepúsculos el agua tomaba un color rojo y ocre.

Con el mismo traje de baño descolorido, que ahora se me ensuciaba de jabón, me había extendido en la playa, junto a Ena y Jaime, aquella primavera y había nadado en el mar frío y azul bajo la cruda luz de abril.

Mientras baldeaba con agua hirviente mi cama y sentía despellejárseme los dedos al contacto del estropajo, el recuerdo de Ena se me aparecía envuelto en tanta oscuridad y tristeza que llegaba a oprimirme más que todo aquello que me rodeaba. A veces tenía ganas de llorar como si fuese a mí y no a Jaime a quien ella hubiese burlado y traicionado. Me era imposible creer en la belleza y la verdad de los sentimientos humanos —tal como entonces con mis dieciocho años lo concebía yo— al pensar que todo aquello que reflejaban los ojos de Ena —hasta volverse radiantes y al mismo tiempo cargados de dulzura, en una mirada que sólo tenía cuando estaba con Jaime— se hubiera desvanecido en un momento, sin dejar rastro.

Ella y Jaime me habían parecido aquella primavera distintos de todos los seres humanos, como divinizados por un secreto que a mí se me antojaba alto y maravilloso. El amor de ellos me había iluminado el sentido de la existencia, sólo por el hecho de existir. Ahora me consideraba amargamente desfraudada. Ena me huía continuamente, nunca estaba para mí en su casa, si la llamaba por teléfono, y no me atrevía a ir a verla.

Desde el día en que le transmití el recado de Jaime no había vuelto a saber de mi amiga. Una tarde, oprimida por este silencio que me rodeaba, se me ocurrió

telefonear a Jaime y me dijeron que había salido de
Barcelona. Esto me hizo comprender que de nada
había servido aquel intento de acercamiento que él
tuvo.

Yo hubiera querido meterme en los pensamientos
de Ena, abrirle el alma de par en par y comprender
al fin su modo de ser extraño, el porqué de su obstina-
ción. Al mismo tiempo que me desesperaba, me con-
vencía de que la quería muchísimo, ya que no se me
ocurría otra actitud frente a ella que la de procurar
entenderla cuando me parecía imposible hacerlo.

Cuando veía a Román en casa, el corazón me palpitaba locamente en mi afán de hacerle preguntas.
Hubiera querido seguir a aquel hombre, espiarle, ver
sus encuentros con Ena. Algunas veces subí, llevada
por este afán incontenible, varios tramos de la escalera que me separaba de su cuarto, cuando había sos-
pechado que Ena estaba allí. La imagen de Gloria,
cazada por un foco de luz en aquella misma escalera,
me hacía avergonzarme y desistir de mi propósito.

Román era cariñoso e irónico conmigo. Me seguía
haciendo pequeños regalos y dándome palmaditas en
las mejillas, según su costumbre, pero jamás me invitaba ahora a subir a su cuarto.

En una ocasión me vio en plena faena de baldeo y
pareció ponerse muy contento. Yo le miré de una manera crítica, un poco tirante, como solía hacerlo aquellos días y —como siempre— pareció no advertirlo.
Sus dientes blancos brillaban.

—¡Bien, Andrea! Veo que estás hecha una mujercita... Me gusta pensar que tengo una sobrina que
cuando se case sabrá hacer feliz a un hombre. Tu marido no tendrá que zurcirse él mismo sus calcetines,
ni darle de comer a sus críos, ¿verdad?

«¿A qué viene eso?», pensé yo. Me encogí de hombros.

La puerta del comedor estaba abierta detrás de Román. En aquel momento vi que él se volvía hacia allí.

—¡Eh! ¿Qué dices a esto, Juan? ¿No te gustaría tener una mujercita trabajadora como la sobrinita?

Entonces me di cuenta de que Juan estaba en el comedor, haciendo tomar al niño —que después de la enfermedad se había quedado mimoso— su tazón de leche. Dio un puñetazo en la mesa y la taza saltó por el aire. Se puso de pie.

—Tengo bastante con mi mujer, ¿lo oyes? Y la sobrina no es buena para lamer el suelo que ella pisa. ¿Lo oyes bien? Yo no sé si te haces el desentendido de todas las sinvergonzonadas de tu sobrina para adularla; pero no hay zorra como ella... ¡No sirve más que para hacer comedias y para querer humillar a los demás, para eso sirve y para juntarse contigo!

Aterrada comprendí el porqué de la actitud hostil de Juan hacia mí aquellos días. Él, que ordenaba siempre inútilmente la limpieza de su cuarto, al verme a mí el primer día con el jabón de cocina en la mano, vino a quitármelo casi con brutalidad diciendo que «lo necesitaba» y se lo llevó al estudio, donde, por aquellos tiempos, no pintaba ya, sino que se pasaba horas con la cabeza entre las manos mirando al suelo con los ojos abiertos. Así lo vi yo un rato después, cuando encontré a la criada acechándole, por la rendija de la puerta entornada. Al oír mis pasos, Antonia se enderezó rápidamente; luego se llevó el dedo a los labios, sonriéndome, y me obligó —bajo la amenaza latente de tocarme con sus sucias manos— a mirar a mi vez. Antonia tenía en su casa la alegría idiota de los chicos que apedrean al tonto. A mí me encogió el corazón aquel hombre tan grande en su silla, entre la desolación de los trastos inútiles, abrumado bajo una carga de desvarío.

Por eso aquella temporada en que el calor parecía aguijonearle y excitarle hasta el paroxismo, yo no contestaba nunca a sus impertinencias. A la provocación de Román había saltado exasperado, respondiendo a un buen golpe. Román se reía.

Juan seguía gritando.

—¡La sobrina! ¡Valiente ejemplo!... Cargada de amantes, suelta por Barcelona como un perro... La conozco bien. Sí, te conozco, ¡hipócrita! —vino a chillarme a la puerta, mientras Román se marchaba.

Yo recogía el agua derramada en el suelo y, sin querer, las manos se me ponían temblorosas... Hacía un esfuerzo por ver el lado cómico del asunto, aunque sólo fuera imaginando a mis hipotéticos amantes, y no lo conseguía bien. Cogí el cubo de agua sucia y salí del cuarto para volcarlo.

—¿No ves cómo se calla la muy tal? —gritó Juan—. ¿No veis cómo no puede contestar?

Nadie le hacía caso. Antonia cantaba en la cocina machacando algo en el mortero. Entonces él, en uno de sus arrebatos geniales, cruzó el vestíbulo y fue a aporrear la puerta de su propio cuarto. Gloria —que ya no se ocultaba para ir a jugar —dormía allí, cansada de haberse acostado tarde. La puerta cedió a su empuje y oí los gritos asustados de Gloria cuando Juan se abalanzó sobre ella para darle una paliza. El niño, que estaba calladito en el comedor, empezó a llorar también con grandes lagrimones.

Egoístamente yo entré en el cuarto de baño. El agua, que se volcaba a chorros sobre mi cuerpo, me parecía tibia, incapaz de refrescar mi carne ni de limpiarla.

La ciudad, cuando empieza a envolverse en el calor del verano, tiene una belleza sofocante, un poco triste. A mí me parecía triste Barcelona, mirándola desde la ventana del estudio de mis amigos, en el atardecer. Desde allí un panorama de azoteas y tejados se veía envuelto en vapores rojizos y las torres de las iglesias antiguas parecían navegar entre olas. Por encima, el cielo sin nubes cambiaba sus colores lisos. De un polvoriento azul pasaba a rojo sangre, oro, amatista. Luego llegó la noche.

Pons estaba conmigo en el hueco de la ventana.

—Mi madre quiere conocerte. Siempre le estoy hablando de ti. Quiere invitarte a pasar el verano con nosotros en la Costa Brava.

Detrás se oían voces de nuestros amigos. Estaban todos. La voz de Iturdiaga dominaba.

Pons se mordía las uñas a mi lado. Tan nervioso e infantil como era me cansaba un poco y al mismo tiempo yo le tenía mucho cariño.

Aquella tarde celebrábamos la última de nuestras reuniones de la temporada, porque Guíxols se iba de veraneo. A Iturdiaga su padre había querido mandarlo a Sitges con toda la familia, pero él se había negado rotundamente a ir. Como el padre de Iturdiaga no se tomaba más que unos días de vacaciones a final de verano, estaba, en el fondo, satisfecho de que Gaspar le acompañase durante las comidas.

—¡Ya le estoy convenciendo! ¡Ya le estoy convenciendo! —gritaba Iturdiaga—. Lejos de la influencia perniciosa de mamá y mis hermanas, mi padre se vuelve más razonable… Está haciendo cálculos de lo que le costaría editar mi libro… Además se ha puesto orgulloso de que me hayan hecho crítico de Arte…

Yo me volví.

—¿Te han hecho crítico de Arte?

—De un periódico conocido.

Me parecía un poco asombroso.

—¿Qué clase de estudios de Arte has hecho tú?

—Yo, ninguno. Para ser crítico se necesita solamente sensibilidad, y yo la tengo. Y, además, amigos… Yo los tengo también. En la primera exposición que haga Guíxols pienso decir que ha llegado a la culminación de su estilo. En cambio, me meteré con los consagrados, con los que nadie se atreve… Mi éxito será seguro.

—¿No crees que es avejentarme un poco eso de decir que he llegado a la culminación de mi arte? Después de esa afirmación, ya sólo tendría que guardar mis pinceles y dormir sobre la gloria dorada —dijo Guíxols.

Pero Iturdiaga estaba demasiado entusiasmado para atender a razones.

—¡Mirad! ¡Empiezan a encenderse las hogueras! —gritó Pujol, con voz llena de notas falsas…

Era la víspera de San Juan. Pons me dijo:

—Piénsalo cinco días, Andrea. Piénsalo hasta el día de San Pedro. Ese día es mi santo y el de mi padre. Daremos una fiesta en casa y tú vendrás. Bailarás conmigo. Te presentaré a mi madre y ella sabrá convencerte mejor que yo. Piensa que si tú no vienes, ese día estará vacío de significado para mí… Luego nos marcharemos de veraneo. ¿Vendrás a casa, Andrea, el día de San Pedro? Y ¿te dejarás convencer por mi madre para que vengas a la playa?

—Tú mismo has dicho que tengo cinco días para contestar.

Sentí al mismo tiempo que le decía esto a Pons como un anhelo y un deseo rabioso de despreocupación. De poder libertarme. De aceptar su invitación y poder tumbarme en las playas que él me ofrecía sintiendo pasar las horas como en un cuento de niños, fugada de aquel mundo abrumador que me rodeaba. Pero aún estaba detenida por la sensación molesta que el enamoramiento de Pons me producía. Creía yo que una contestación afirmativa a su ofrecimiento me ligaba a él por otros lazos que me inquietaban, porque me parecían falsos.

De todas maneras la idea de asistir a un baile, aunque fuera por la tarde —para mí la palabra baile evocaba un emocionante sueño de trajes de noche y suelos brillantes, que me había dejado la primera lectura del cuento de la Cenicienta—, me conmovía, porque yo, que sabía dejarme envolver por la música y deslizarme a sus compases y de hecho lo había realizado sola muchas veces, no había bailado «de verdad», con un hombre, nunca.

Pons apretó mi mano, nervioso, cuando nos despedíamos. Detrás de nosotros exclamó Iturdiaga:

—¡La noche de San Juan es la noche de las brujerías y de los milagros!

Pons se inclinó hacia mí.

—Yo tengo un milagro que pedirle a esta noche.

En aquel momento yo deseé ingenuamente que aquel milagro se produjera. Deseé con todas mis fuerzas poder llegar a enamorarme de él. Pons notó inmediatamente mi nueva ternura. No sabía más que estrecharme la mano para expresarlo todo.

Cuando llegué a mi casa el aire crepitaba ya, caliente, con el hechizo que tiene esa noche única en el año. Aquella víspera de San Juan me fue imposible dormir. El cielo estaba completamente despejado y sin embargo sentía electricidad en los cabellos y en la punta de los dedos, como si hubiera tormenta. El pecho se me oprimía por mil ensueños y recuerdos.

Me asomé a la ventana de Angustias, en camisón. Vi el cielo enrojecido en varios puntos por el resplandor de las llamas. La misma calle de Aribau ardió en gritos durante mucho tiempo, pues se encendieron dos o tres hogueras en distintos cruces con otras calles. Un rato después, los muchachos saltaron sobre las brasas, con los ojos inyectados por el calor, las chispas y la magia clara del fuego, para oír el nombre de su amada gritado por las cenizas. Luego el griterío se fue acabando. La gente se dispersaba hacia las verbenas. La calle de Aribau se quedó vibrante, enardecida aún y silenciosa. Se oían cohetes lejanos y el cielo sobre las casas estaba herido por regueros luminosos. Yo recordé las canciones campesinas de la noche de San Juan, la noche buena para enamorarse cogiendo el trébol mágico de los campos caldeados. Estaba acodada en la oscuridad del balcón, despabilada por apasionados deseos e imágenes. Me parecía imposible retirarme de allí.

Oí más de una vez los pasos del vigilante atendiendo a lejanas palmadas. Más tarde me distrajo el estrépito de nuestro portal al cerrarse y miré hacia la acera, viendo que era Román el que salía de la casa. Le vi avanzar, deteniéndose luego bajo el farol para encender un cigarrillo. Aunque no se hubiera parado bajo la luz, le habría conocido también. La noche estaba clarísima. El cielo parecía sembrado de luz de oro... Me entretuve mirando los movimientos de su figura, recortada en negro, asombrosamente proporcionada.

Cuando se oyeron pasos y él alzó la cabeza, vivo y nervioso como un animalillo, yo levanté también mis ojos. Gloria cruzaba la calle, avanzando hacia nosotros. (Hacia él, allí abajo en la acera, hacia mis ojos en la oscuridad de la altura.) Sin duda volvía de casa de su hermana.

Al pasar cerca de Román, Gloria le miró según su costumbre, y la luz le incendió el cabello y le iluminó la cara. Román hizo algo que me pareció extraordinario. Tiró el cigarrillo y fue hacia ella con la mano tendida en un saludo. Gloria se echó hacia atrás, asombrada. Él la cogió del brazo y ella le empujó con fuerza. Luego quedaron uno frente a otro, hablando durante unos segundos con un confuso murmullo. Yo estaba tan interesada y sorprendida que no me atrevía a moverme. Desde el sitio en que me encontraba, los movimientos de aquella pareja parecían los de un baile apache. Al fin, Gloria se escabulló y entró en la casa. Vi a Román encender un nuevo cigarrillo; tirarlo también, dar unos pasos para marcharse y al fin volver decidido, sin duda, a seguirla.

Mientras tanto, oí que se abría la puerta del piso y que entraba Gloria. La oí atravesar de puntillas el comedor en dirección al balcón. Probablemente quería enterarse de si Román continuaba en el mismo sitio. A mí empezaba a emocionarme todo aquello como si fuera algo mío. No podía creer lo que habían visto mis ojos. Cuando sentí la llave de Román arañando la puerta del piso, la excitación me hacía temblar. Él y Gloria se encontraron en el comedor. Oí a Román en un cuchicheo clarísimo:

—Te he dicho que tengo que hablarte. ¡Ven!

—No tengo tiempo para ti.

—No digas estupideces. ¡Ven!

Los sentí dirigirse al balcón y cerrar los cristales detrás de ellos. Para mí lo que sucedía era tan incomprensible como si lo estuviera soñando. ¿Y si fuera verdad que existen las brujas de San Juan? ¿Y si me hicieran ver visiones? Ni siquiera pensé que cometía un feo espionaje cuando me asomé otra vez a la ventana de Angustias. El balcón estaba muy cerca. Casi sentía la respiración de ellos dos. Sus voces venían clarísimas a mis oídos sobre el gran fondo de silencios que sofocaba a los lejanos estallidos de los cohetes y a la música de las fiestas.

Oí la voz de Román:

—Sólo piensas en esas mezquindades... ¿Te has olvidado de nuestro viaje a Barcelona en plena guerra, Gloria? Ni siquiera te acuerdas de los lirios morados que crecían en el estanque del castillo... Tu cuerpo aparecía blanquísimo y tu cabellera roja como el fuego entre aquellos lirios morados. Muchas veces he pensado en ti tal como eras aquellos días, aunque aparentemente te haya maltratado. Si subes a mi cuarto podrás ver el lienzo donde te pinté. Allí lo tengo aún...

—Me acuerdo de todo, chico. No he hecho más que pensar en ello. Estaba deseando que me lo recordaras algún día para escupirte a la cara...

—Estás celosa. ¿Crees que no sé que muchas noches, cuando todo estaba callado, tú has venido con pasos de duende hasta mi puerta? Muchas noches de este mismo invierno te he oído llorar en los escalones...

—No sería por ti, si yo lloraba. Te quiero igual que al cerdo que se lleva al matadero. Así te quiero yo... ¿Crees que no le voy a decir esto a Juan? Lo estaba deseando. Estaba deseando que me hablaras para que tu hermano se convenza al fin de quién eres tú...

—¡No levantes la voz!... Mucho tienes tú por qué callar, de modo que habla quedo... Sabes que puedo presentar a tu marido testigos que vieron cómo fuiste una noche a ofrecérteme a mi cuarto y de cómo te despedí a patadas... Podría haberlo hecho ya, si hubiera querido tomarme la molestia. No te olvides de que había muchos soldados en el castillo, Gloria, y algunos viven en Barcelona...

—Aquel día tú me habías emborrachado y me estuviste besando... Cuando yo fui a tu cuarto te quería. Te burlaste de mí de la manera más despiadada. Habías escondido allí a tus amigos, que se morían de risa, y me insultaste. Me dijiste que no estabas dispuesto a robar lo que era de tu hermano. Yo era muy joven, chico. Cuando fui a ti aquella noche me consideraba desligada de Juan, pensaba dejarle. Aún no nos había bendecido el cura, no lo olvides.

—Pero tú llevabas un hijo suyo, no te olvides tampoco... No te hagas esta noche la puritana, conmigo no ha de servirte... Tal vez entonces yo estaba obcecado, pero ahora te deseo. Sube a mi cuarto. Acabemos ya de una vez.

—No sé qué intenciones llevas, chico, porque tú eres traidor como Judas... No sé que te habrá pasado con esa Ena, con esa chica rubia a quien tienes entontecida, para hablarme así.

—¡Deja a esa mujer en paz!... No es ella la que puede satisfacerme, sino tú; conténtate con eso, Gloria.

—Me has hecho llorar mucho, pero yo estaba esperando este momento... Si crees que aún me interesas, estás equivocado. Si te crees que estoy desesperada porque llevas a esa mujer a tu cuarto, puedes pensar que eres menos listo aún que Juan. Yo te odio, chico. Te odio desde la noche en que te burlaste de mí, cuando yo me había olvidado de todo por tu culpa... Y ¿quieres saber quién te denunció para que te fusilaran? Pues ¡yo!, ¡yo!, ¡yo!... ¿Quieres saber por culpa de quién estuviste en la checa? Pues por mi culpa. Y ¿quieres saber quién te denunciaría otra vez si pudiera? ¡Yo también! Ahora soy yo quien te puede escupir a la cara y te escupo.

—¿Por qué dices tanta tontería? Me estás cansando. No irás a esperar que te suplique... ¡Si tú me quieres, mujer! Mira, vamos a terminar de discutir esto en mi cuarto. ¡Hala! ¡Vamos!

—¡Mucho cuidado con tocarme, canalla, o llamo a Juan! ¡Te saco los ojos si te acercas!

En la última parte de la conversación, Gloria alzaba tanto la voz que se le quebraba en un chillido histérico.

Oí los pasos de la abuela en el comedor. Encerrados en el balcón como estaban, la abuela podría ver sus siluetas recortadas a la luz de las estrellas.

Román no se había alterado, solamente su voz tenía un zumbido nervioso que ya le había advertido desde las primeras palabras:

—¡Cállate, imbécil!... No pienso mover un dedo para forzarte. Puedes venir tú misma, si quieres... pero si no vienes esta noche, no te molestes en mirarme a la cara nunca más. Te doy tu última ocasión...

Salió del balcón. Tropezó con la abuela.

—¿Quién es? ¿Quién es? —dijo la viejecilla—. ¡Valgame Dios, Román; vas enloquecido, hijo!

Él no se detuvo; oí un portazo. La abuela, arrastrando los pies, se acercó al balcón. Su voz sonaba asustada y desamparada:

—¡Niña!... ¡Niña! ¿Eres tú, Gloria, hija mía? ¿Sí? ¿Eres tú?

Entonces me di cuenta de que Gloria estaba llorando. Gritó:

—¡Váyase a acostar, mamá, y déjeme en paz!

Al cabo de un rato echó a correr hacia su cuarto, sollozando:

—¡Juan! ¡Juan!

Vino la abuela.

—Calla, criatura, calla... Juan ha salido. Me dijo que no podía dormir...

Se hizo un silencio. Yo oía pasos en la escalera. Llegó Juan.

—¿Todavía estáis levantadas? ¿Qué pasa?

Una larga pausa.

—Nada —dijo al fin Gloria—. Vamos a dormir.

La noche de San Juan se había vuelto demasiado extraña para mí. De pie en medio de mi cuarto, con las orejas tendidas a los susurros de la casa, sentí dolerme los tirantes músculos de la garganta. Tenía las manos frías. ¿Quién puede entender los mil hilos que unen las almas de los hombres y el alcance de sus palabras? No una muchacha como yo era entonces. Me tumbé en la cama, casi enferma. Recordé las palabras de la Biblia, en un sentido completamente profano: «Tienen ojos y no ven, tienen oídos y no oyen»... A mis ojos, redondos de tanto abrirse, a mis oídos, heridos de escuchar, había faltado captar una vibración, una nota profunda en todo aquello... Me parecía imposible que Román, el que hechizaba con su música a Ena... Era imposible que hubiese suplicado a Gloria, súbitamente, sin un motivo, él a quien yo había visto maltratarla y escarnecerla públicamente. Este motivo no lo percibían mis oídos entre aquel temblor nervioso de su voz, ni alcanzaban a verlo mis ojos, entre aquella densa y fúlgida masa de noche azul que entraba por el balcón... Me tapé la cara para que no me diera en los ojos la belleza demasiado grande y demasiado incomprensible de aquella noche. Al cabo me dormí.

Desperté soñando con Ena. Insensiblemente la había encadenado mi fantasía a las pàlabras, mezquindades y traiciones de Román. La amargura que siempre me venía aquellos días al pensar en ella, me invadió enteramente. Corrí a su casa, impulsiva, sin saber lo que iba a decirle, deseando solamente protegerla contra mi tío.

No encontré a mi amiga. Me dijeron que era el santo de su abuelo y que pasaría todo el día en la gran «torre» que el viejo señor tenía en la Bonanova. Al oír esto me invadió una extraña exaltación; me pareció necesario encontrar a Ena a toda costa. Hablar con ella en seguida.

Atravesé Barcelona en un tranvía. Me acuerdo de que hacía una mañana maravillosa. Todos los jardines de la Bonanova estaban cargados de flores y su belleza apretaba mi espíritu demasiado cargado también. También a mí me parecía desbordar —como desbordaban las lilas, las buganvillas, las madreselvas, por encima de las tapias—, tanto era el cariño, el angustioso miedo que sentía por la vida y por los sueños de mi amiga... Quizá durante toda la historia de nuestra amistad no haya vivido momentos tan bellos y tan pueriles como los de aquel inútil paseo entre los jardines, en la radiante mañana de San Juan.

Al fin llegué a la puerta de la casa que buscaba. Una portada de hierro, a través de cuyo enrejado vi un gran cuadro de césped, una fuente y dos perros... No sabía lo que iba a contar a Ena. No sabía cómo iba a decirle otra vez que nunca sería Román digno de mezclar su vida a la de ella, tan luminosa, tan amada por un ser noble y bueno como Jaime... Estaba segura de que apenas comenzara a hablar, Ena se iba a reír de mí.

Pasaron unos minutos largos, llenos de sol. Yo estaba apoyada contra los hierros de la gran verja del jardín. Olía intensamente a rosas y sobre mi cabeza voló un abejorro, produciendo un profundísimo eco de paz. No me atrevía a llamar al timbre.

Oí la puerta de la casa —una puerta de cristales abierta sobre la blanca terraza— abrirse con estrépito y vi aparecer al pequeño Ramón Berenguer acompañada de un primito de cabellos negros. Los dos bajaron corriendo la escalinata, hacia el jardín. Me sentí súbitamente empavorecida, como si me hubieran sujetado la mano en el momento de cortar una flor robada. Eché a correr a mi vez, sin poderlo remediar, huyendo de allí... Me reí de mí misma cuando me hube recobrado; pero ya no volví a aquella verja. Tan impulsivamente como la exaltación y el cariño que había sentido aquella mañana por Ena, una gran depresión me empezó a invadir. Al finalizar el día ya no pensaba en saltar aquella distancia que ella misma había abierto entre las dos. Me pareció mejor dejar correr los acontecimientos.

Oí aullar al perro en la escalera, bajando, aterrado, del cuarto de Román. Traía en la oreja la marca roja de un mordisco. Me estremecí. Román llevaba tres días encerrado en su cuarto. Según Antonia, componía música y fumaba continuamente, de modo que le envolvía una atmósfera angustiosa. «Trueno» debería de saber algo del humor que este ambiente producía en su amo. La criada, al ver al perro herido por los dientes de Román, empezó a temblar como azogada y le curó casi gimiendo ella también.

Yo miré al calendario. Habían pasados tres días desde la víspera de San Juan. Faltaban tres días para la fiesta de Pons. El alma me batía en la impaciencia de huir. Casi me parecía querer a mi amigo al pensar que él me iba a ayudar a realizar este anhelo desesperado.

XVIII

Me viene ahora el recuerdo de las noches en la calle de Aribau. Aquellas noches que corrían como un río negro, bajo los puentes de los días, y en las que los olores estancados despedían un vaho de fantasmas.

Me acuerdo de las primeras noches otoñales y de mis primeras inquietudes en la casa, avivadas con ellas. De las noches de invierno con sus húmedas melancolías: el crujido de una silla rompiendo el sueño y el escalofrío de los nervios al encontrar dos pequeños ojos luminosos —los ojos del gato— clavados en los míos. En aquellas heladas horas hubo algunos momentos en que la vida rompió delante de mis ojos todos sus pudores y apareció desnuda, gritando intimidades tristes, que para mí eran sólo espantosas. Intimidades que la mañana se encargaba de borrar, como si nunca hubieran existido... Más tarde vinieron las noches de verano. Dulces y espesas noches mediterráneas sobre Barcelona, con su decorado zumo de luna, con su húmedo olor de nereidas que peinasen cabellos de agua sobre las blancas espaldas, sobre la escamosa cola de oro. En alguna de esas noches calurosas, el hambre, la tristeza y la fuerza de mi juventud me llevaron a un deliquio de sentimiento, a una necesidad física de ternura, ávida y polvorienta como la tierra quemada presintiendo la tempestad.

A primera hora, cuando me extendía, cansada, sobre el colchón, venía el dolor de cabeza, vacío y bordoneante, atormentando mi cráneo. Tenía que tenderme con la cabeza baja, sin almohada, para sentirlo
encalmarse lentamente, cruzado por mil ruidos familiares de la calle y de la casa.

Así, el sueño iba llegando en oleadas cada vez más
perezosas hasta el hondo y completo olvido de mi
cuerpo y de mi alma. Sobre mí el calor lanzaba su
aliento, irritante como jugo de ortigas, hasta que oprimida, como en una pesadilla, volvía a despertarme
otra vez.

Silencio absoluto. En la calle, de cuando en
cuando, los pasos del vigilante. Mucho más arriba de
los balcones, de los tejados y las azoteas, el brillo
de los astros.

La inquietud me hacía saltar de la cama, pues estos
luminosos hilos impalpables que vienen del mundo
sideral obraban en mí con fuerzas imposibles de precisar, pero reales.

Me acuerdo de una noche en que había luna. Yo
tenía excitado los nervios después de un día demasiado movido. Al levantarme de la cama vi que en el
espejo de Angustias estaba toda mi habitación llena
de un color de seda gris, y allí mismo, una larga sombra. Me acerqué y el espectro se acercó conmigo. Al
fin alcancé a ver mi propia cara desdibujada sobre el
camisón de hilo. Un camisón de hilo antiguo —suave
por el roce del tiempo— cargado de pesados encajes,
que muchos años atrás había usado mi madre. Era una

rareza estarme contemplando así, casi sin verme, con los ojos abiertos. Levanté la mano para tocarme las facciones, que parecían escapárseme, y allí surgieron unos dedos largos, más pálidos que el rostro, siguiendo las líneas de las cejas, la nariz, las mejillas conformadas según la estructura de los huesos. De todas maneras, yo misma, Andrea, estaba viviendo entre las sombras y las pasiones que me rodeaban. A veces llegaba a dudarlo.

Aquella misma tarde había sido la fiesta de Pons.

Durante cinco días había yo intentado almacenar ilusiones para esa escapatoria de mi vida corriente. Hasta entonces me había sido fácil dar la espalda a lo que quedaba detrás, pensar en emprender una vida nueva a cada instante. Y aquel día yo había sentido como un presentimiento de otros horizontes. Algo de la ansiedad terrible que a veces me coge en la estación al oír el silbido del tren que arranca o cuando paseo por el puerto y me viene en una bocanada el olor a barcos.

Mi amigo me había telefoneado por la mañana y su voz me llenó de ternura por él. El sentimiento de ser esperada y querida me hacía despertar mil instintos de mujer; una emoción como de triunfo, un deseo de ser alabada, admirada, de sentirme como la Cenicienta del cuento, princesa por unas horas, después de un largo incógnito.

Me acordaba de un sueño que se había repetido muchas veces en mi infancia, cuando yo era una niña cetrina y delgaducha, de esas a quienes las visitas nunca alaban por lindas y para cuyos padres hay consuelos reticentes. Esas palabras que los niños, jugando al parecer absortos y ajenos a la conversación, recogen ávidamente: «Cuando crezca, seguramente

tendrá un tipo bonito», «los niños dan muchas sor-
presas al crecer».

Dormida, yo me veía corriendo, tropezando, y al
golpe sentía que algo se desprendía de mí, como un
vestido o una crisálida que se rompe y cae arrugada
a los pies. Veía los ojos asombrados de las gentes. Al
correr al espejo, contemplaba, temblorosa de emoción,
mi transformación asombrosa en una rubia princesa
—precisamente rubia, como describían los cuentos—,
inmediatamente dotada, por gracia de la belleza, con
los atributos de dulzura, encanto y bondad, y el
maravilloso de esparcir generosamente mis sonrisas...

Esta fábula, tan repetida en mis noches infantiles,
me hacía sonreír, cuando con las manos un poco temblorosas trataba de peinarme con esmero y de que
apareciera bonito mi traje menos viejo, cuidadosamente planchado para la fiesta.

«Tal vez —pensaba yo un poco ruborizada— ha
llegado hoy ese día.»

Si los ojos de Pons me encontraban bonita y atrac-
tiva (y mi amigo había dicho esto con palabras torpes, o más elocuentemente, sin ellas muchas veces),
era como si el velo hubiese caído ya.

«Tal vez el sentido de la vida para una mujer con-
siste únicamente en ser descubierta así, mirada de manera que ella misma se sienta irradiante de luz.» No
en mirar, no en escuchar venenos y torpezas de los
sentimientos y las sensaciones, la propia desesperación
y alegría. La propia maldad o bondad...

De modo que me escapé de la casa de la calle de
Aribau y casi tuve que taparme los oídos para no escuchar el piano al que atormentaba Román.

Mi tío había pasado cinco días encerrado en su

cuarto. (Según me dijo Gloria, no había salido ni una
vez a la calle.) Y aquella mañana apareció en la casa
escrutando las novedades con sus ojos penetrantes.
En algunos rincones se notaba la falta de los muebles
que Gloria había vendido al trapero. Por aquellos
claros corrían, desoladas, las cucarachas.

—¡Estás robando a mi madre! —gritó.

La abuela acudió inmediatamente.

—No, hijo, no. Los he vendido yo, son míos; los he
vendido porque no los necesitaba, porque estoy en mi
derecho...

Resultaba tan incongruente oír hablar de derechos
a aquella viejecilla desgraciada, que era capaz de mo-
rirse de hambre, si la comida estaba escasa para que
quedase más a los otros, o de frío para que el niño
tuviese otra manta en su cama, que Román se sonrió.

Por la tarde, mi tío empezó a tocar el piano. Yo le
vi en el salón, desde la puerta de la galería. Detrás
de su cabeza se extendía un haz de sol. Se volvió hacia
mí y me vio también y también me dirigió una sonrisa viva que le venía por encima de todos sus pensamientos.

—Te has puesto demasiado guapa para querer escuchar mi música, ¿eh? Tú, como las mujeres todas
de esta casa, huyes...

Apretaba las teclas con pasión, obligándolas a
darle el sentido de una esplendorosa primavera. Tenía
los ojos enrojecidos, como hombre que ha tomado
mucho alcohol o que no ha dormido en varios días.
Al tocar, la cara se le llenaba de arrugas.

De modo que huí de él, como otras veces había
hecho. En la calle recordé solamente su galantería.
«A pesar de todo —pensé—, Román hace vivir a las
gentes de su alrededor. Él sabe, en realidad, lo que

les ocurre. Él sabe que yo esta tarde estoy ilusionada.»

Enlazado a la idea de Román, me venía sin querer
el recuerdo de Ena. Porque yo, que tanto había querido evitar que aquellos dos seres se llegasen a conocer, ya no podía separarlos en mi imaginación.

—¿Tú sabes que Ena vino a ver a Román la
víspera de San Juan por la tarde?

Me había dicho Gloria, mirándome de reojo:

—La vi yo misma cuando salía corriendo, escalera
abajo, como el otro día corría «Trueno»... De la misma manera, chica, como si fuera enloquecida... Tú,
¿qué opinas?... Desde entonces no ha vuelto.

Me tapé los oídos, allí en la calle, camino de la casa
de Pons, y levanté los ojos hacia las copas de los árboles.

Las hojas tenían ya la consistencia de un verde
durísimo. El cielo inflamado se estrellaba contra ellas.

Otra vez en el esplendor de la calle, volví a ser una
muchacha de dieciocho años que va a bailar con su
primer pretendiente. Una agradable y ligera expectación logró apagar completamente aquellos ecos de los
otros.

Pons vivía en una casa espléndida al final de la calle Muntaner. Delante de la verja del jardín —tan
ciudadano que las flores olían a cera y a cemento— vi
una larga hilera de coches. El corazón me empezó a
latir de una manera casi dolorosa. Sabía que unos minutos después habría de verme dentro de un mundo
alegre e inconsciente. Un mundo que giraba sobre el
sólido pedestal del dinero y de cuya optimista mirada
me habían dado alguna idea las conversaciones de mis
amigos. Era la primera vez que yo iba a una fiesta
de sociedad, pues las reuniones en casa de Ena, a las

que había asistido, tenían un carácter íntimo, revestido de una finalidad literaria y artística.

Me acuerdo del portal de mármol y de su grata frescura. De mi confusión ante el criado de la puerta, de la penumbra del recibidor adornado con plantas y con jarrones. Del olor a señora con demasiadas joyas que me vino al estrechar la mano de la madre de Pons y de la mirada suya, indefinible, dirigida a mis viejos zapatos, cruzándose con otra anhelante de Pons, que la observaba.

Aquella señora era alta, imponente. Me hablaba sonriendo, como si la sonrisa se le hubiera parado —ya para siempre— en los labios. Entonces era demasiado fácil herirme. Me sentí en un momento angustiada por la pobreza de mi atavío. Pasé una mano muy poco segura por el brazo de Pons y entré con él en la sala.

Había mucha gente allí. En un saloncito contiguo «los mayores» se dedicaban, principalmente, a alimentarse y a reír. Una señora gorda está parada en mi recuerdo con la cara congestionada de risa en el momento de llevarse a la boca un pastelillo. No sé por qué tengo esa imagen eternamente quieta, entre la confusión y el movimiento de todo lo demás. Los jóvenes comían y bebían también y charlaban cambiando de sitio a cada momento. Predominaban las muchachas bonitas. Pons me presentó a un grupo de cuatro o cinco, diciéndome que eran sus primas. Me sentí muy tímida entre ellas. Casi tenía ganas de llorar, pues en nada se parecía este sentimiento a la radiante sensación que yo había esperado. Ganas de llorar de impaciencia y de rabia...

No me atrevía a separarme de Pons para nada y empecé a sentir con terror que él se ponía un poco

nervioso delante de los lindos ojos cargados de malicia que nos estaban observando. Al fin llamaron un
momento a mi amigo y me dejó —con una sonrisa de
disculpa— sola con las muchachas y con dos joven-
zuelos desconocidos. Yo no supe qué decir en todo
aquel rato. No me divertía nada. Me vi en un espejo
blanca y gris, deslucida entre los alegres trajes de verano que me rodeaban. Absolutamente seria entre la
animación de todos y me sentí un poco ridícula.

Pons había desaparecido de mis horizontes visua-
les. Al fin, cuando la música lo invadió todo con un
ritmo de fox lento, me encontré completamente sola
junto a una ventana, viendo bailar a los otros.

Terminó el baile con un rumor de conversaciones
y nadie vino a buscarme. Oí la voz de Iturdiaga y me
volví rápidamente. Estaba Gaspar sentado entre dos
o tres muchachas a las que enseñaba no sé qué planos
y explicaba sus proyectos para el futuro. Decía:

—Hoy día esta roca es inaccesible, pero yo cons-
truiré para llegar hasta ella un funicular y mi casa-
palacio tendrá sus cimientos en la misma punta. Me
casaré y pasaré en esta fortaleza doce meses del año,
sin más compañía que la de la mujer amada, escuchando el zumbido del viento, el grito de las águilas,
el rugir del trueno...

Una jovencita muy linda, que le escuchaba con
la boca abierta, le interrumpió:

—Pero eso no puede ser, Gaspar...

—¿Cómo que no, señorita? ¡Ya tengo los planos!
¡Ya he hablado con los arquitectos e ingenieros! ¿Me
vas a decir que es imposible?

—¡Pero si lo que es imposible es que encuentres
una mujer que quiera vivir contigo ahí!... De verdad,
Gaspar...

Iturdiaga levantó las cejas y sonrió con altiva melancolía. Sus largos pantalones azules terminaban en unos zapatos brillantes como espejos. No sabía yo si acercarme a él, pues me sentía humilde y ansiosa de compañía, como un perro... En aquel momento me distrajo oír su apellido, Iturdiaga, pronunciado con toda claridad a mis espaldas, y volví la cabeza. Yo estaba apoyada en una ventana baja, abierta al jardín. Allí, en unos de los estrechos senderillos asfaltados, vi a dos señores que sin duda paseaban charlando de negocios. Uno de ellos, enorme y grueso, tenía cierto parecido con Gaspar. Se había detenido en su paseo a pocos pasos de la ventana, tan animadamente discutían.

—¿Pero usted se da cuenta de lo que puede hacernos ganar la guerra en este caso? ¡Millones, hombre, millones!... ¡No es un juego de niños, Iturdiaga!...

Siguieron su camino.

A mí me vino a los labios una sonrisa, como si en efecto los viera cabalgar por el cielo enrojecido de la tarde (sobre las dignas cabezas de hombres importantes un capirote de mago) a lomos del negro fantasma de la guerra que volaba sobre los campos de Europa...

Pasaba el tiempo demasiado despacio para mí. Una hora, dos, quizás, estuve sola. Yo observaba las evoluciones de aquellas gentes que, al entrárseme por los ojos, me llegaban a obsesionar. Creo que estaba distraída cuando volví a ver a Pons. Estaba él enrojecido y feliz brindando con dos chicas, separado de mí por todo el espacio del salón. Yo también tenía en la mano mi copa solitaria y la miré con una sonrisa estúpida. Sentí una mezquina e inútil tristeza allí sola. La verdad es que no conocía a nadie y estaba descentrada. Parecía como si un montón de estampas que me hubiera entretenido en colocar en forma de castillo cayeran de un soplo como un juego. Estampas de Pons comprando claveles para mí, de Pons prometiéndome veraneos ideales, de Pons sacándome de la mano, desde mi casa, hacia la alegría. Mi amigo —que me había suplicado tanto, que me había llegado a conmover con su cariño— aquella tarde, sin duda, se sentía avergonzado de mí... Quizá lo había estropeado todo la mirada primera que dirigió su madre a mis zapatos... O era quizá culpa mía. ¿Cómo podría entender yo nunca la marcha de las cosas?

—Te aburres mucho, pobrecita... Este hijo mío es un grosero! ¡Voy a buscarle en seguida!

La madre de Pons me había observado durante aquel largo rato, sin duda. La miré con cierto rencor, por ser tan diferente a como yo me la había imaginado. La vi acercarse a mi amigo y al cabo de unos minutos estuvo él a mi lado.

—Perdóna, Andrea, por favor... ¿Quieres bailar?

Se oía otra vez la música.

—No, gracias. No me encuentro bien aquí y quisiera marcharme.

—Pero, ¿por qué, Andrea?... ¿No estarás ofendida conmigo?... He querido muchas veces venir a buscarte... Me han detenido siempre por el camino... Sin embargo, yo estaba contento de que tú no bailaras con los otros; te miraba a veces...

Nos quedamos callados. Él estaba confuso. Parecía a punto de llorar.

Pasó una de las primas de Pons y nos lanzó una pregunta absurda:

—¿Riña sentimental?

Tenía una sonrisa forzada de estrella de cine. Una sonrisa tan divertida que ahora me sonrio al acordarme. Entonces vi sonrojarse a Pons. A mí me subió como un demonio del corazón, haciéndome sufrir.

—No puedo encontrar el menor placer en estar entre gente «así» —dije—, como esa chica, por ejemplo...

Pons pareció dolido y agresivo.

—¿Qué tienes que decir de esa chica? La conozco de toda mi vida, es inteligente y buena... Tal vez es demasiado guapa a tu juicio. Las mujeres sois todas así.

Entonces me puse encarnada yo, y él, inmediatamente arrepentido, intentó coger una de mis manos.

«¿Es posible que sea yo —pensé— la protagonista de tan ridícula escena?»

—No sé qué te pasa hoy, Andrea, no sé qué tienes que no eres como siempre...

—Es verdad. No me encuentro bien... Mira, en realidad, yo no quería venir a tu fiesta. Yo quería solamente felicitarte y marcharme, ¿sabes?... Sólo que cuando tu madre me saludó, yo estaba tan confusa... Ya ves que ni siquiera he venido vestida a propósito. ¿No te has fijado que he traído unos viejos zapatos de deporte? ¿No te has dado cuenta?

«¡Oh! —pensaba algo en mi interior con una mueca de repugnancia—. ¿Por qué digo tal cantidad de idioteces?»

Pons no sabía qué hacer. Me miraba, asustado. Tenía las orejas encarnadas y parecía muy pequeñito metido en su elegante traje oscuro. Lanzó una instintiva mirada de angustia hacia la lejana silueta de su madre.

—No me he dado cuenta de nada, Andrea —balbuceó—, pero si quieres marcharte... yo... no sé qué hacer para impedirlo.

Me entró cierto malestar por las palabras que había

llegado a decir, después de la gran pausa que siguió.

—Perdóname lo que te dije de tus invitados, Pons.

Fuimos, callados, hasta el recibidor. La fealdad de los ostentosos jarrones me hizo encontrarme más segura y firme allí y alivió algo mi tensión. Pons, súbitamente conmovido, me besó la mano cuando nos despedimos.

—Yo no sé qué ha pasado, Andrea; primero fue la llegada de la marquesa… (¿Sabes? Mamá es un poco anticuada en eso; respeta mucho los títulos.) Luego mi prima Nuria me llevó al jardín… Bueno, me hizo una declaración de amor… no…

Se detuvo y tragó saliva.

Me dio risa. Todo aquello me parecía ya cómico.

—¿Es aquella chica tan guapa que nos habló hace un momento?

—Sí. No quería decírtelo. A nadie, naturalmente, quisiera decírselo… Después de todo fue muy valiente de su parte lo que hizo. Es una chica seductora.

—Sí, claro.

—Adiós… De modo que… ¿cuándo nos volveremos a ver?

Y se volvió a poner encarnado, porque aún era muy niño en realidad. Sabía perfectamente, lo mismo que yo, que en adelante ya sólo nos encontraríamos por casualidad, en la Universidad, tal vez, después de las vacaciones.

El aire de fuera resultaba ardoroso. Me quedé sin saber qué hacer con la larga calle Muntaner bajando en declive delante de mí. Arriba, el cielo, casi negro de azul, se estaba volviendo pesado, amenazador aún, sin una nube. Hacía algo aterrador en la magnificencia clásica de aquel cielo aplastado sobre la calle silenciosa. Algo que me hacía sentirme pequeña y apretada entre fuerzas cósmicas como el héroe de una tragedia griega.

Parecía ahogarme tanta luz, tanta sed abrasadora de asfalto y piedras. Estaba caminando como si recorriera el propio camino de mi vida, desierto. Mirando las sombras de las gentes que a mi lado se escapaban sin poder asirlas. Abocando en cada instante, irremediablemente, en la soledad.

Empezaron a pasar autos. Subió un tranvía atestado de gente. La gran vía Diagonal cruzaba delante de mis ojos con sus paseos, sus palmeras, sus bancos. En uno de estos bancos me encontré sentada, al cabo, en una actitud estúpida. Rendida y dolorida como si hubiera hecho un gran esfuerzo.

Me parecía de que nada vale correr si siempre ha de irse por el mismo camino, cerrado, de nuestra personalidad. Unos seres nacen para vivir, otros para trabajar, otros para mirar la vida. Yo tenía un pequeño y ruin papel de espectadora. Imposible salirme de él. Imposible libertarme. Una tremenda congoja fue para mí lo único real en aquellos momentos.

Empezó a temblarme el mundo detrás de una bonita niebla gris que el sol irisaba a segundos. Mi cara sedienta recogía con placer aquel llanto. Mis dedos lo secaban con rabia. Estuve mucho rato llorando, allí, en la intimidad que me proporcionaba la indiferencia de la calle, y así me pareció que lentamente mi alma quedaba lavada.

En realidad, mi pena de chiquilla desilusionada no merecía tanto aparato. Había leído rápidamente una hoja de mi vida que no valía la pena de recordar más. A mi lado, dolores más grandes me habían dejado indiferente hasta la burla...

Corrí, de vuelta a casa, la calle de Aribau casi de

extremo a extremo. Había estado tanto tiempo sentada en medio de mis pensamientos que el cielo se empalidecía. La calle irradiaba su alma en el crepúsculo, encendiendo sus escaparates como una hilera de ojos amarillos o blancos que mirasen desde sus oscuras cuencas... Mil olores, tristezas, historias subían desde el empedrado, se asomaban a los balcones o a los portales de la calle de Aribau. Un animado oleaje de gente se encontraba bajando desde la solidez elegante de la Diagonal contra el que subía del movido mundo de la Plaza de la Universidad. Mezcla de vida, de calidad, de gustos, eso era la calle de Aribau. Yo misma: un elemento más, pequeño y perdido en ella.

Llegaba a mi casa, de la que ninguna invitación a un veraneo maravilloso me iba a salvar, de vuelta de mi primer baile en el que no había bailado. Caminaba desganada, con deseos de acostarme. Delante de mis ojos, un poco doloridos, se iluminó aquel farol, familiar ya como las facciones de un ser querido, que se levantaba sobre su brazo negro delante del portal.

En aquel momento vi con asombro a la madre de Ena que salía de mi casa. Ella me vio también y vino hacia mí. Como siempre, el hechizo de la dulzura y de la sencilla elegancia de aquella mujer me penetró hondamente. Su voz entró por mis oídos trayéndome un mundo de recuerdos.

—¡Qué suerte haberla encontrado, Andrea!—me dijo—. He estado esperándola en su casa mucho tiempo... ¿Tiene usted un momento para mí? ¿Me permitirá que la invite a tomar un helado en cualquier sitio?

TERCERA   PARTE

XIX

CUANDO estuvimos frente a frente en el café, en el momento de sentarnos, aún era yo la criatura encogida y amargada a quien le han roto un sueño. Luego me fue invadiendo el deseo de oír lo que la madre de Ena, de un momento a otro, iba a decirme. Me olvidé de mí y al fin encontré la paz.

—¿Qué le sucede a usted, Andrea?

Aquel usted en labios de la señora se volvía tierno y familiar. Me produjo ganas de llorar y me mordí los labios. Ella había desviado los ojos. Cuando los pude ver, ensombrecidos por el ala del sombrero, tenían una humedad de fiebre... Yo estaba ya tranquila y ella era quien me sonreía con un poco de miedo.

—No me pasa nada.

—Es posible, Andrea..., llevo unos días que descubro sombras extrañas en los ojos de todos. ¿No le ha sucedido alguna vez atribuir su estado de ánimo al mundo que la rodea?

Parecía que sonriendo ella tratara de hacerme sonreír también. Decía todo con un tono ligero.

—¿Y cómo es que no va usted por casa en esta temporada? ¿Está usted disgustada con Ena?

—No —bajé los ojos—, más bien creo que es ella la que se aburre conmigo. Es natural...

—¿Por qué? Ella la quiere a usted muchísimo... Sí, sí, no ponga usted esa expresión reconcentrada. Es usted la única amiga que tiene mi hija. Por eso he venido a hablarle...

Vi que ella jugaba con los guantes, alisándolos. Tenía unas manos delicadísimas. La punta de sus dedos cedía tiernamente hacia atrás al menor contacto. Tragó saliva.

—Me cuesta muchísimo trabajo hablar de Ena. Nunca lo he hecho con nadie; la quiero demasiado para eso... Yo a Ena se puede decir que la adoro, Andrea.

—Yo también la quiero muchísimo.

—Sí, ya lo sé..., pero ¿cómo podría usted entender eso? Ena para mí es diferente de mis demás hijos, está sobre todos los que rodean mi vida. El cariño que siento por ella es extraordinario.

Yo entendía. Más por el tono que por las palabras. Más por el ardor de la voz que por lo que decía. Me daba un poco de miedo... Yo siempre había pensado que aquella mujer quemaba. Siempre. Cuando la oí cantar aquel primer día en que la vi en su casa, y luego, cuando me miró de tal manera que sólo recogí un estremecimiento de angustia.

—Sé que Ena está sufriendo esta temporada. ¿Comprende lo que eso significa para mí? Hasta ahora su vida había sido perfecta. Parecía que en cualquiera de sus pasos estaba el éxito. Sus risas me daban la sensación de la vida misma... Ella ha sido siempre tan sana, tan sin complicaciones, tan feliz. Cuando se enamoró de ese muchacho, Jaime...

(Delante de mi sorpresa, ella se sonreía con cierta tristeza y travesura a la vez.)

—Cuando se enamoró de Jaime todo fue como un buen sueño. El que hubiera encontrado un hombre capaz de comprenderla, precisamente en el momento en que al salir de la adolescencia lo necesitaba, era a mis ojos como el cumplimiento de una maravillosa ley natural.

Yo no quería mirarla. Estaba nerviosa. Pensé: «¿Qué quiere averiguar por medio de mí esta señora?» Estaba resuelta en todo caso a no traicionar ningún secreto de Ena, por muchas cosas suyas que su madre pareciera saber. Decidí dejarla hablar sin decir una palabra.

—Ya ve, Andrea, que no le pido que me cuente ninguna cosa que quiera callar mi hija. No es preciso que lo haga. Es más, le ruego que nunca le diga a Ena todo lo que de ella sé. La conozco bien y sé lo dura que puede llegar a ser en ocasiones. Nunca me lo perdonaría. Por otra parte, algún día me contará estas historias ella misma. Cada vez que le sucede algo a Ena, vivo esperando el día en que me lo cuente... No me defrauda nunca. Siempre llega ese día. De modo que le pido su discreción y también que me escuche... Yo sé que Ena va con frecuencia a casa de usted y no para visitarla, precisamente... Sé que sale con un pariente suyo llamado Román. Sé que desde entonces sus relaciones con Jaime se han enfriado o se han terminado por completo. Ena misma parece haber cambiado enteramente... Dígame, ¿qué opinión tiene usted de su tío?

Me encogí de hombros.

—A mí también me ha hecho pensar este asunto... Creo que lo peor de todo es que Román tiene atractivo a su manera, aunque no es una persona recomendable. Si usted no le conoce es imposible decirle...

—¿A Román? —la sonrisa de la señora la hacía volverse casi bella, tan profunda era—. Sí, a Román le conozco. Hace muchos años que conozco a Román... Ya ve usted, fuimos compañeros en el Conservatorio. Él no tenía más de diecisiete años cuando yo le conocí y galleaba entonces creyendo que el mundo habría de ser suyo... Parecía tener un talento extraordinario, aunque estaba limitado por su pereza. Los profesores tenían en él grandes esperanzas. Luego, sin embargo, se ha hundido. Al final ha prevalecido lo peor de él... Cuando le he vuelto a ver hace unos días me ha dado la impresión de un hombre que se hubiera acabado ya. Pero conserva su teatralidad, su gesto de mago oriental que va a descubrir algún misterio. Conserva sus trampas y el arte de su música... Yo no quiero que mi hija se deje coger por un hombre así... Yo no quiero que Ena pueda llorar o ser desgraciada por...

Los labios le temblaban. Se daba cuenta de que hablaba conmigo y le cambiaba el color de los ojos a fuerza de querer dominarse. Luego los cerraba y dejaba que desbordase aquel tumultuoso decir como un agua que rompe los diques y lo arrastra todo...

—¡Dios mío! Sí que conozco a Román. Le he querido demasiado tiempo, hija mía, para no conocerle. De su magnetismo y de su atractivo, ¿qué me va usted a decir que yo no sepa, que yo no haya sufrido en mí con la fuerza ésta, que parece imposible de suavizar y de calmar, que da un primer amor? Sus defectos los conozco tan bien, que ahora, comprimido y amargado por su vida, si es tal como yo la supongo, el solo pensamiento de que mi hija pueda estar atraída por ellos tanto como yo misma lo estuve, es para mí un horror inimaginable. Al cabo de los años, no esperaba yo esta trampa de la suerte, tan cruel... ¿Sabe usted lo que es tener dieciséis, diecisiete, dieciocho años y estar obsesionada por sólo la sucesión de gestos, de estados de ánimo, de movimientos, que en conjunto forman ese algo que a veces llega a parecer irreal y que es una persona?... No, ¡qué angustia! ¿Qué puede saber usted con los ojos tranquilos con que mira? Nada sabe tampoco de ese querer guardar lo que desborda, del imposible pudor de los sentimientos. Llorar en soledad era lo único que a mí, en mi adolescencia, me estaba permitido. Todo lo demás lo hacía y lo sentía rodeada de ojos vigilantes... ¿Ver a un hombre a solas, siquiera fuese de lejos, tal como yo acechaba a Román entonces, siquiera fuese desde una esquina de la calle de Aribau, bajo la lluvia, en la mañana, con los ojos clavados en el portal por donde él debería aparecer con su cartera de estudiante bajo el brazo, golpeando, casi siempre, la espalda del hermano, en un juego de cachorros que se acaban de despertar? No, yo no pude nunca esperar sola allí. Había que sobornar a la criada acompañante, fisgona y fastidiada por aquellas esperas blancas que destruían todas sus figuraciones sobre lo que el amor es... Respeto hasta un punto extraordinario la independencia de Ena, cuando recuerdo los bigotes negros y los ojos saltones de aquella mujer. Sus bostezos bajo el paraguas en las mañanas de invierno... Un día logré que mi padre consintiese en que diésemos en casa un concierto de piano y violín Román y yo a base de las composiciones de Román. Fue un éxito clamoroso. Los asistentes estaban como electrizados... No, no, Andrea; por mucho que yo viva es imposible que vuelva a sentir una emoción semejante a la de aquellos minutos. A la emoción que me destrozaba cuando Román me sonrió con los ojos casi

humedecidos. Un rato después, en el jardín, Román se
daba cuenta de algo de aquella extática adoración que
yo sentía por él y jugaba conmigo con la curiosidad
cínica con que un gato juega con el ratón que acaba
de cazar. Entonces fue cuando me pidió mi trenza.

—No eres capaz de cortártela para mí —dijo,
brillándole los ojos.

Yo no había soñado siquiera una felicidad mayor
que la de que él me pidiera algo. La magnitud del
sacrificio era tan grande, sin embargo, que me estre-
mecía. Mi cabello, cuando yo tenía dieciséis años, era
mi única belleza. Aún llevaba una trenza suelta, una
única, gordísima trenza que me resbalaba sobre el
pecho hasta la cintura. Era mi orgullo. Román la miraba día tras día con su sonrisa inalterable. Alguna
vez me hizo llorar esa mirada. Por fin no la pude resistir más y después de una noche de insomnio, casi
con los ojos cerrados, la corté. Tan espesa era aquella
masa de cabellos y tanto me temblaban las manos que
tardé mucho tiempo. Instintivamente me apretaba el
cuello como si un mal verdugo tratara torpemente de
cercenarlo. Al día siguiente, al mirarme al espejo, me
eché a llorar. ¡Ah, qué estúpida es la juventud!… Al
mismo tiempo un orgullo humildísimo me corroía enteramente. Sabía que nadie hubiera sido capaz de hacer lo mismo. Nadie quería a Román como yo… Le
envié mi trenza con la misma ansiedad un poco febril,
que fríamente parece tan cursi, de la heroína de una
novela romántica. No recibí ni una línea suya en contestación. En mi casa la ocurrencia fue como si hubiera caído una verdadera desgracia sobre la familia.
En castigo me encerraron un mes sin salir a la calle…
Sin embargo, era todo fácil de soportar. Cerraba los
ojos y veía entre las manos de Román aquella soga

dorada que era un pedazo de mí misma. Me sentía compensada así en la mejor moneda... Al fin volví a ver a Román. Me miró con curiosidad. Me dijo:

—Tengo lo mejor de ti en casa. Te he robado tu encanto —luego concluyó impaciente—: ¿por qué has hecho esa estupidez, mujer? ¿Por qué eres como un perro para mí?

Ahora, viendo las cosas a distancia, me pregunto cómo se puede alcanzar tal capacidad de humillación, cómo podemos enfermar así, cómo en los sentidos humanos cabe una tan grande cantidad de placer en el dolor... Porque yo estuve enferma. Yo he tenido fiebre. Yo no he podido levantarme de la cama en algún tiempo; así era el veneno, la obsesión que me llenaba... ¿Y dice usted que si conozco a Román? Lo he repasado en todos sus rincones, en todos sus pliegues durante días infinitos, solitarios... Mi padre estaba alarmado. Hizo averiguaciones, la criada habló de mis «manías»... ¿Y este dolor de ser descubierta, destapada hasta los rincones más íntimos? Dolor como si arrancaran a tiras nuestra piel para ver la red de venas palpitando entre los músculos... Me tuvieron un año en el campo. Mi padre dio dinero a Román para que no estuviera allí a mi vuelta, y él tuvo la desfachatez de aceptar y de firmar un recibo en el que el hecho constaba.

Yo me acuerdo bien de aquella vuelta mía a Barcelona. Del lánguido cansancio del tren —no se puede usted imaginar la cantidad de mantas, de sombrereras, de guantes y velos que entonces necesitábamos para un viaje de cuatro horas—. Me acuerdo del gran automóvil de mi padre que nos esperaba en la estación, cuyos asientos saltaban haciéndonos chocar envueltas en nuestros peludos abrigos y nos ensordecía con el ruido del motor. Había pasado un año entero sin oír el nombre de Román y entonces cada árbol, cada gota de luz— de esa barroca, inconfundible luz de Barcelona— me traía su olor, hasta dilatarme las narices presintiéndolo...

Mi padre me abrazó muy conmovido —porque yo también, como Ena, soy hija única entre varios hermanos varones—. Yo, en cuanto tuve ocasión, le dije que quería seguir mis lecciones de piano y de canto. Creo que fue lo primero que le dije.

—Bueno. ¿No te da un poco de vergüenza correr así detrás de ese jovenzuelo?

A mi padre le brillaban los ojos de cólera. ¿No conoce usted a mi padre? Tiene los ojillos más taimados y también más dulces que conozco.

—¿Es que no hay otro hombre para ti? ¿Es que tienes que ser tú, mi hija, quien vaya detrás de un cazador de dotes?

Aquellas palabras de mi padre hirieron todo lo que en mí había de orgullo de enamorada por el objeto de mi amor. Defendí a Román. Hablé de su genialidad, de su generosidad espléndida. Mi padre me escuchaba tranquilamente, y al fin me dejó aquel recibo entre las manos.

—Puedes mirarlo tú sola. No quiero estar delante.

Nunca más se volvió a hablar de Román entre nosotros. Son curiosas las reacciones de nuestra alma. Estoy segura de que, ocultamente, aún hubiese pasado aquella nueva ofensa. Con los ojos de mis familiares puesto en mí, me pareció imposible seguir demostrando mi amor por aquel hombre. Fue como un encogimiento moral de hombros. Me casé con el primer pretendiente a gusto de mi padre, con Luis...

Hoy día, ya lo sabe usted, Andrea, he olvidado toda esa historia y soy feliz.

A mí me estaba dando vergüenza escucharla. A mí, que oía diariamente los vocablos más crudos de nuestro idioma y que escuchaba sin asustarme las conversaciones de Gloria, cargadas del más bárbaro materialismo, me sonrojaba aquella confusión de la madre de Ena y me hacía sentirme mal. Era yo agria e intransigente como la misma juventud, entonces. Todo lo que aquello tenía de fracasado y de ahogado me repelía. El que aquella mujer contase sus miserias en voz alta casi me hacía sentirme enferma.

Al mirarla, vi que tenía los ojos llenos de lágrimas.

—¿Pero cómo voy a explicar a Ena estas cosas, Andrea? ¿Cómo voy a contar a un ser tan querido lo que hubiera podido decir en un confesonario, mordida de angustia, lo que le he dicho a usted misma?... Ena sólo me conoce como un símbolo de serenidad, de claridad... Sé que no soportaría que esta imagen que ella ha endiosado estuviera cimentada en un barro de pasiones y de desequilibrio. Me querría menos... Y para mí es vital cada átomo de cariño suyo. Es ella la que me ha hecho tal como yo actualmente soy. ¿Cree usted que podría destruir su propia obra?... ¡Ha sido un trabajo tan delicado, callado y profundo entre las dos!

Los ojos se le oscurecían, se le achicaban las largas pupilas de gato. Su cara tenía una calidad vegetal, delicadísima: se envejecía llenándose de impalpables arrugas en un instante, o se extendía como una flor... No comprendía yo cómo había podido pensar que ella fuese fea.

—Mire, Andrea. Cuando Ena nació, yo no la quería. Era mi primer hijo y no lo había deseado, sin embargo. Los primeros tiempos de mi matrimonio fueron difíciles. Es curioso hasta qué punto pueden ser extraños dos seres que viven juntos y que no se entienden. Luis, afortunadamente para él, estaba tan ocupado todo el día que no tenía mucho tiempo de pensar en nuestra áspera intimidad. A pesar de todo, se encontraba descentrado también con una mujer que apenas hablaba. Me acuerdo de las miradas que dirigía al reloj, a mis zapatos, o a la alfombra en aquellas veladas interminables que pasábamos, él fumando y yo tratando de leer. Entre los dos había una distancia casi infinita y yo tenía el convencimiento de que con los años aquella separación se iría ahogando más y más. A veces yo le veía levantarse nervioso, llegar a la ventana. Al fin, acababa proponiéndome cualquier plan de diversión… Le gustaba que yo fuera perfectamente vestida, que nuestra casa resultara confortable y lujosa… Una vez que había alcanzado todo esto, no sabía el pobre qué era lo que le faltaba a nuestra vida.

Si a veces me cogía la mano, con una sonrisa difícil, parecía asombrarse de aquella pasividad de mis dedos, que entre los suyos eran demasiado pequeños. Levantaba los ojos y toda su cara aparecía poseída de una angustia infantil al mirarme. En aquellos momentos yo sentía ganas de reírme. Era como una venganza por todo el fracaso de mi vida anterior. Me sentía yo fuerte y poderosa por una vez. Por una vez comprendía el placer que había hecho vibrar el alma de Román al mortificarme. Él me preguntaba:

—¿Es que sientes nostalgia de España?

Yo me encogía de hombros y le decía que no. Sobre nosotros resbalaban las horas cortando aprisa la tela de una vida completamente gris… No, Andrea, yo no deseaba entonces ningún hijo de mi marido. Y, sin embargo, vino. Cada tormento físico que sentía me parecía una nueva brutalidad de la vida añadida a las muchas que había tenido que soportar. Cuando me dijeron que era una niña, a mi desgana se unió una extraña congoja. No la quería ver. Me tendí en la cama volviendo la cara... Me acuerdo que era otoño y que detrás de mi ventana aparecía una tristísima mañana gris. Contra los cristales se empujaban, casi crujiendo, las ramas color de oro seco de un gran árbol. La criatura, cerca de mis oídos, empezó a gritar. Yo sentía remordimiento por haberla hecho nacer de mí, por haberla condenado a llevar mi herencia. Así, empecé a llorar con una debilitada tristeza de que por mi culpa aquella cosa gimiente pudiese llegar a ser una mujer algún día. Y así, movida por un impulso compasivo —casi tan vergonzoso como el que se siente al poner una limosna en las manos de cualquier ser desgraciado con quien nos tropezamos en la calle—, arrimé aquel pedazo de carne mía a mi cuerpo y dejé que para alimentarse chupara de mí y así me devorara y me venciera, por primera vez, físicamente...

Desde aquel momento fue Ena más poderosa que yo; me esclavizó, me sujetó a ella. Me hizo maravillarme con su vitalidad, con su fuerza, con su belleza. Según iba creciendo, yo la contemplaba con el mismo asombro que si viera crecer en un cuerpo todos mis anhelos no realizados. Yo había soñado con la salud, con la alegría, con el éxito personal que me había sido negado y los vi crecer en Ena desde que era una niñita. Usted sabe, Andrea, que mi hija es como una irradiación de fuerza y vida... Comprendí, humildemente, el sentido de mi existencia al ver en ella todos mis orgullos, mis fuerzas y mis deseos mejores de perfección realizarse tan mágicamente. Pude mirar a Luis con una nueva mirada, con la que ya podía apreciar todas sus cualidades, porque las había visto antes refle-

jadas en mi hija. Fue ella, la niña, quien me descubrió
la fina urdimbre de la vida, las mil dulzuras del renun-
ciamiento y del amor, que no es sólo pasión y egoísmo
ciego entre un cuerpo y alma de hombre y un cuerpo
y alma de mujer, sino que reviste nombres de comprensión, amistad, ternura. Fue Ena la que me hizo
querer a su padre, la que me hizo querer más hijos
y —puesto que exigía ella una madre adecuada a su
perfecta y sana calidad humana— quien me hizo,
conscientemente, desprenderme de mis morbosidades
enfermizas, de mis cerrados egoísmos... Abrirme a los
demás y encontrar así horizontes desconocidos. Porque
antes de que yo la creara, casi a la fuerza, con mi propia sangre y huesos, con mi propia amarga sustancia,
yo era una mujer desequilibrada y mezquina. Insatis-
fecha y egoísta... Una mujer que prefería morir antes
de que Ena pudiese sospecharla en mí...

Nos quedamos calladas.

No había más que decir al llegar a este punto, puesto que era fácil para mí entender este idioma de sangre, dolor y creación que empieza con la misma sustancia física cuando se es mujer. Era fácil entenderlo
sabiendo mi propio cuerpo preparado —como cargado de semillas— para esta labor de continuación
de vida. Aunque todo en mí era entonces ácido e
incompleto como la esperanza, yo lo entendía.

Cuando la madre de Ena terminó de hablar, mis
pensamientos armonizaban enteramente con los suyos.

Me asusté y me encontré con que la gente volvía a
gritar a mi alrededor (como la ola, que, parada —negra— un momento, choca contra el acantilado y re-
vienta en fragor y espuma). Todas las luces del café
y de la calle se metieron al mismo tiempo en mis ojos
cuando ella volvió a hablar.

—Por eso quiero que usted me ayude... Sólo usted o Román podrían ayudarme, y él no ha querido. Yo quisiera que sin conocer esta ruin parte de mi historia, que usted ahora sabe, Ena se avergüence de Román... Ella, mi hija, no es un ser enfermizo como he sido yo. No podrá nunca dejarse arrastrar por las mismas fiebres que a mí me han consumido... Ni siquiera sé pedirle a usted que haga algo concreto. Desearía que cuando ellos estén arriba, en la habitación de Román, haciendo música, alguien rompiera la penumbra y el hechizo falso por el solo hecho de dar a la llave de la luz. Quisiera que alguien que no fuese yo hablase a Ena de Román, si es preciso mintiendo... Dígale que le ha pegado, ponga de relieve su sadismo, su crueldad, sus trastornos... Ya sé que esto que le pido es demasiado... Ahora soy yo quien le pregunta: ¿conoce usted este aspecto de su tío?

—Sí.

—Así, pues, ¿tratará de ayudarme? Sobre todo, no deje usted, como hasta ahora, a Ena... Si ella cree a alguien, será a usted. La estima más de lo que le ha dejado ver. De eso estoy segura.

—En lo que de mí dependa puede usted estar segura de que trataré de ayudarla. Pero no creo que estas cosas sirvan de nada.

(Mi alma crujía por dentro como un papel arrugado. Como había crujido cuando Ena estrechó un día, delante de mí, la mano de Román.)

Me dolía la cabeza. Casi podía tocar yo aquel dolor.

—¡Si yo pudiera llevármela de Barcelona!... A usted le parecería ridículo que yo no pueda imponer mi autoridad en una cuestión como la del veraneo. Pero mi marido no tiene posibilidad de dejar ahora el negocio y Ena se defiende, escusándose en su deseo de no abandonarle... Logra que Luis se enfade de mi insistencia y entre bromas y veras me acuse de acaparar la hija que los dos preferimos. Dice que me marche con los niños y que deje a Ena. Está entusiasmado, porque ella, que generalmente es poco pródiga en sus demostraciones de afecto, esta temporada le demuestra una ternura extraordinaria. Yo llevo noches sin dormir...

(Y yo me la imaginaba abiertos los ojos junto al tranquilo sueño del marido. Doloridos los huesos por las posturas forzadas por miedo de despertarle... Atenta a los crujidos de la cama, al dolor de los párpados insomnes, a la propia angustia interior.)

—Por otra parte, Andrea, he tratado de contar anécdotas ridículas o groserías de Román. Anécdotas de las que mi recuerdo está lleno... Sin embargo, por este camino me atrevo muy poco. Si Ena me mira, siento que voy a enrojecer como si fuera culpable. Que me van a traspasar los ojos de mi hija... Mi padre me ha prometido que desde septiembre Luis tendrá que hacerse cargo de la Sucursal de Madrid... Pero de aquí a entonces pueden suceder muchas cosas...

Se levantó para marcharse. No estaba aliviada por haber hablado conmigo. Antes de ponerse los guantes se pasó, con un gesto maquinal, la mano por la frente. Una mano tan fina que me dieron ganas de volver su palma hacia mis ojos para maravillarme de su tersura, como a veces me gusta hacer con el envés de las hojas...

En un momento vi que ella se alejaba, que en medio de la pesada sensación de estupor que me había quedado de aquella charla, la pequeña y delgada figura desaparecía entre la gente.

Más tarde, en mi cuarto, la noche se llenó de

inquietudes. Pensé en las palabras de la madre de Ena:
«Le he pedido ayuda a Román y no ha querido dár-
mela...» Así, pues, por fin, la señora había visto a
solas a aquel hombre —y no sé por qué Román me
daba cierta pena, me pareció un pobre hombre— a
quien ella había acosado con sus pensamientos años
atrás. Había visto el pequeño cuarto, el pequeño
teatro en donde por fin se había encerrado Román
con el tiempo. Y sus ojos amargos habían adivinado
lo que de allí podía hechizar a la hija.

Ya de madrugada, un cortejo de nubarrones oscuros como larguísimos dedos empezaron a flotar en el
cielo. Al fin, ahogaron la luna.

XX

La mañana vino y me pareció sentirla llegar —cerrados aún mis párpados— tal como la Aurora, en un gran carro cuyas ruedas aplastasen mi cráneo. Me ensordecía el ruido —crujir de huesos, estremecimiento de madera y hierro sobre el pavimento—. El tintineo del tranvía. Un rumoreo confuso de hojas de árboles y de luces mezcladas. Un grito lejano:

—*Drapaireee!*...

Las puertas de un balcón se abrieron y se cerraron cerca de mí. La propia puerta de mi cuarto cedió de par en par, empujada por una corriente de aire y tuve que abrir los ojos. Me encontré la habitación llena de luz pastosa. Era muy tarde. Gloria se asomaba al balcón del comedor para llamar a aquel trapero que voceaba en la calle y Juan la detuvo por el brazo, cerrando con un golpe estremecedor los cristales.

—¡Déjame, chico!

—Te he dicho que no se vende nada más. ¿Me oyes? Lo que hay en esta casa no es solamente mío.

—Y yo te digo que tenemos que comer...

—¡Para eso gano yo bastante!

—Ya sabes que no. Ya sabes bien por qué no nos morimos de hambre aquí...

—¡Me estás provocando, desgraciada!

—¡No tengo miedo, chico!

—¡Ah!... ¿No?

Juan la cogió por los hombros, exasperado.

—¡No!

Vi caer a Gloria y rebotar su cabeza contra la puerta del balcón.

Los cristales crujieron, rajándose. Oí los gritos de ella en el suelo.

—¡Te mataré, maldita!

—No te tengo miedo, ¡cobarde!

La voz de Gloria temblababa, aguda.

Juan cogió el jarro del agua y trató de tirárselo encima cuando ella intentaba levantarse. Esta vez hubo cristales rotos, aunque no tuvo puntería. El jarro se rompió contra la pared. Uno de los trozos hirió, al saltar, la mano del niño, que sentado en su silla alta lo miraba todo con sus ojos redondos y serios.

—¡Ese niño! Mira lo que has hecho a tu hijo, imbécil, ¡mala madre!

—¿Yo?

Juan se abalanzó a la criatura, que estaba aterrada y que al fin comenzó a llorar. Y trató de calmarle con palabras cariñosas, cogiéndole en brazos. Luego se lo llevó para curarlo.

Gloria lloraba. Entró en mi habitación.

—¿Has visto qué bestia, Andrea? ¡Qué bestia!

Yo estaba sentada en la cama.

Ella se sentó también, palpándose la nuca, dolorida por el golpe.

—¿Te das cuenta de que no puedo vivir aquí? No puedo... Me va a matar, y yo no quiero morirme. La vida es muy bonita, chica. Tú has sido testigo... ¿Verdad que tú has sido testigo, Andrea, de que él mismo comprendió que yo era la única que hacía algo para que no nos muriéramos de hambre aquella noche en que me encontró jugando?... ¿No me dio la razón delante de ti, no me besaba llorando? Di, ¿no me besaba?

Se enjugó los ojos y sus menudas narices se encogieron en una sonrisa.

—A pesar de todo, hubo algo cómico en aquello, chica... Un poquitín cómico. Ya sabes tú... Yo le decía a Juan que vendía sus cuadros en las casas que se dedican a objetos de arte. Los vendía en realidad a traperos, y con los cinco o seis duros que ellos me daban podía jugar por la noche en casa de mi hermana... Allí van los amigos y amigas de ella, de tertulia, por las noches. A mi hermana le gusta mucho eso porque le hacen gasto de aguardiente y ella gana con eso. A veces se quedan hasta el amanecer. Son gente que juega bien y les gusta apostar. Yo gano casi siempre... Casi siempre, chica... Si pierdo, mi hermana me presta cuando tengo déficit y luego se lo voy devolviendo con un pequeño interés cuando gano otras veces... Es la única manera de tener un poco de dinero honradamente. Te digo a ti que algunas veces he llegado a traer a casa cuarenta o cincuenta duros de una vez. Es muy emocionante jugar, chica... Aquella noche yo había ganado, tenía treinta duros delante de mí... Y lo que son las casualidades, figúrate que vino bien el que apareciera Juan, porque yo tenía por contrario a un hombre muy bruto y había hecho un poquitín de trampa... Algunas veces hay que hacerlo así. Pues sí, es un hombre con un ojo torcido. Un tipo curioso que a ti te gustaría conocer, Andrea. Lo peor es que no sabes bien adónde mira y lo que ha visto y lo que no... Un tipo que hace contrabando y que ha tenido algo que ver con Román. ¿Tú sabes que Román se dedica a negocios sucios?

—¿Y Juan?

—¡Ah, sí, sí! Era un momento emocionante, chica, estábamos todos callados y Tonet dijo:

—Pues a mí me parece que a mí nadie me va a tomar el pelo...

»Yo, por dentro, estaba un poquito asustada... Y en ese momento se empiezan a oír los golpes en la puerta de la calle. Una amiga de mi hermana, Carmeta —una chica muy guapa, no creas...— dijo:

—Tonet, me parece que va por ti.

»Y Tonet, que ya estaba escuchando con la mosca sobre la oreja, se levantó como un rayo, porque aquellos días andaba huido. El marido de mi hermana le dijo... bueno el marido de mi hermana no es marido, ¿sabes?, pero es igual; pues le dijo:

»—Corre a la azotea y pásate por allí a casa del Martillet. Yo contaré hasta veinte antes de abrir. Parece que no son más que uno o dos los que están abajo...

»Tonet echó a correr escalera arriba. La puerta parecía que iba a caerse a golpes. Mi hermana misma, que es la más diplomática, fue a abrir. Entonces sentimos a Juan despotricando y mi cuñado frunció el ceño porque no le gustan las historias sentimentales. Corrió a ver qué pasaba. Juan discutió con él. Aunque mi cuñado es un hombre gordo, de dos metros de alto, ya sabes tú que los locos tienen mucha fuerza, chica, y Juan estaba como loco. No lo pudo contener; pero cuando ya había pasado delante de él y apartaba la cortina, le dio mi cuñado un puñetazo en la espalda y le hizo caer al suelo, de cabeza, en nuestra habitación. Me dio pena, pobrecillo (porque yo a Juan le quiero, Andrea. Me casé enamoradísima de él, ¿sabes?) Yo le cogí la cabeza, arrodillándome a su lado y le empecé a decir que yo estaba allí para ganar dinero para el niño. Él me dio un empujón y se levantó no muy seguro. Mi hermana, entonces, se puso en jarras y le soltó un discurso. Le dijo que ella misma me había hecho proposiciones con hombres que me hubieran pagado bien y que no quise aceptar porque le quería a él, aunque siempre estaba pasando miserias por su culpa. Siempre calladita y sufriendo por él. Juan, pobrecillo, estaba quieto, con los brazos caídos y lo miraba todo. Vio que sobre la mesa estaban las apuestas, que estaban allí Carmeta y Teresa y dos buenos chicos que son sus novios. Vio que allí se iba en serio y que no había ninguna fiesta... Mi hermana le dijo que yo había ganado treinta duros mientras él pensaba en matarme. Entonces mi cuñado empezó a eructar en un rincón donde estaba con sus manos puestas en el cinturón y pareció que Juan se iba a volver a él para empezar otra vez el ataque de furia... Pero mi hermana es una mujer que vale mucho, chica. Tú ya la conoces, y le dijo:

—Ahora, Joanet, a tomar un poco de aguardiente conmigo y en seguida tu mujercita arregla sus ganancias con estos amigos y se va a casa a cuidar a su *nen*.

»Entonces mi cabeza empezó a trabajar mucho. Y luego, cuando mi hermana se llevó a Juan a la tienda, empecé a pensar que si Juan había venido era porque tú o la abuela le habríais llamado por teléfono y que lo más probable era que el niño, a aquellas horas, estuviese muerto... Porque yo pienso mucho, chica. ¿Verdad que no lo parece? Pues yo pienso mucho.

»Me entró una pena y una congoja, que no podía contar el dinero que me pertenecía, allí en la mesa donde estábamos jugando... Porque yo al *nen* le quiero mucho; ¿verdad que es muy mono? ¡Pobrecito!...

»La Carmeta, que es tan buena, me arregló las cuentas. Y ya no se volvió a hablar de que yo hubiera hecho trampa... Luego te encontré a ti con Juan y con mi hermana. Fíjate si estaba tonta que casi no me extrañó. No se me ocurría más que una idea: «El *nen* está muerto, el *nen* está muerto»... Y entonces tú pudiste ver que Juan me quería de verdad cuando se lo dije... Porque los hombres, chica, se enamoran mucho de mí. No se pueden olvidar de mí tan fácilmente, no creas... Juan y yo nos hemos querido tanto...

Nos quedamos calladas. Yo me empecé a vestir. Gloria se iba tranquilizando y estiraba los brazos con pereza. De pronto se fijó en mí.

—¡Qué pies tan raros tienes! ¡Tan flacos! ¡Parecen los de un Cristo!

—Sí, es verdad —Gloria al final me hacía sonreír siempre—; los tuyos, en cambio, son como los de las musas...

—Muy bonitos, ¿no?

—Sí.

(Eran unos pies blancos y pequeños, torneados e infantiles.)

Oímos la puerta de la calle. Juan salía. Apareció la abuela con una sonrisa.

—Se ha llevado al niño de paseo... ¡Más bueno es este hijo mío!...

—Picarona —se dirigió a Gloria—, ¿por qué le contestas tú y le enredas en esas discursiones? ¡Ay!, ¡ay! ¿No sabes que con los hombres hay que ceder siempre?

Gloria se sonrió y acarició a la abuela. Se empezó a poner rímel en las pestañas. Pasó otro trapero y ella le llamó desde la ventana. La abuela movió la cabeza con angustia.

—De prisa, de prisa, niña, antes de que vengan Juan o Román... ¡Mira que si viene Román! ¡No quiero pensarlo!

—Estas cosas son de usted, mamá, y no de su hijo. ¿No es verdad, Andrea? ¿Voy a consentir que el niño pase hambre por conservar estos trastos? Además, que Román le debe dinero a Juan. Yo lo sé...

La abuela se salió de allí rehuyendo —según decía— complicidades. Estaba muy delgada. Bajo las blancas greñas le volaban dos orejas transparentes.

Mientras me duchaba y luego en la cocina, planchando mi traje —bajo las miradas agrias de Antonia, que nunca toleraba a gusto intromisiones en su reino—, oí la voz chillona de Gloria y la acatarrada del *drapaire* discutiendo en catalán. Pensaba yo en unas palabras que me dijo Gloria mucho tiempo atrás, refiriéndose a su historia con Juan: «...Era como el final de una película. Era como el final de todas las tristezas. Íbamos a ser felices ya...» Eso había pasado hacía muchísimo tiempo, en la época en que, salvando toda la embriaguez de la guerra, Juan había vuelto a la mujer que le dio un hijo para hacerla su esposa. Ya no se acordaban de ello casi... Pero hacía muy poco, en aquella angustiosa noche, que Gloria me había recordado con su charla, yo les había visto de nuevo fundidos en uno, hasta sentir juntos los latidos de su sangre, queriéndose, apoyándose uno al otro bajo el mismo dolor. Y también era como el final de todos los odios y de todas las incompresiones.

«Si aquella noche —pensaba yo— se hubiera acabado el mundo o se hubiera muerto uno de ellos, su historia hubiera quedado completamente cerrada y bella como un círculo.» Así suele suceder en las novelas, en las películas; pero en la vida... Me estaba dando cuenta yo, por primera vez, de que todo sigue, se hace gris, se arruina viviendo. De que no hay final en nuestra historia hasta que llega la muerte y el cuerpo se deshace...

—¿Qué miras, Andrea?... ¿Qué miras con esos ojos tan abiertos en el espejo?

Gloria, ya de buen humor, había aparecido a mi espalda, mientras yo terminaba de vestirme. Detrás vi a la abuela con cara radiante. La viejecilla tenía miedo de aquellas ventas que Gloria efectuaba. Creía firmemente que los traperos nos hacían un gran favor aceptándonos los muebles viejos y su corazón latía asustado, mientras Gloria discutía con el comprador. Rezaba, temblando, ante su polvoriento altar, para que la Madre de Dios librase pronto a su nuera de la humillación. Cuando el hombre terrible se iba, ella respiraba tranquila como el niño que sale de casa del médico.

La miré con cariño. Tenía siempre, respecto a ella, unos vagos remordimientos. Algunas noches, al volver a casa, en las épocas de gran penuria, cuando no había podido comer ni cenar, encontraba en mi mesilla un plato con un poco de verdura poco apetitosa, que llevaba cocida muchas horas, o un mendrugo de pan, dejados allí por «olvido». Comía, empujada por una necesidad más fuerte que yo, aquellos bocados de que se había privado la pobrecilla y me cogía asco de mí misma al hacerlo. Al día siguiente rondaba yo torpemente alrededor de la abuela. Advertía una sonrisa tan dulce en los ojos claros, al mirarme, que me con-

movía como si me agarrasen las raíces del espíritu
hasta entrarme ganas de llorar. Si, impelida por mis
sentimientos, la estrechaba entre mis brazos, trope-
zaba con un cuerpecillo duro y frío como hecho de
alambre, dentro del cual latía un corazón asombrosamente vivo...

Gloria se inclinó hacia mí, palpando mi blusa sobre mi espalda, con cierta satisfacción.

—Tú también estás delgada, Andrea...

Luego, rápidamente, para no ser oída por la abuela:

—Tu amiga Ena vendrá esta tarde al cuarto de
Román.

(Se levantó un tumulto dentro de mí.)

—¿Cómo lo sabes?

—Porque él acaba de pedir a la criada que suba a
limpiar aquello y compre licores... Yo no soy tonta,
chica —y luego, achicando los ojos—: Tu amiga es
la amante de Román.

Me puse tan encarnada que se asustó y se retiró de
mí. La abuela nos observaba con los ojuelos inquietos.

—Eres como un animal —dije furiosa—. Tú y
Juan sois como bestias. ¿Es que no cabe otra cosa
entre un hombre y una mujer? ¿Es que no concibes
nada más en el amor? ¡Oh! ¡Sucia!

La violencia de mis sentimientos me empujaba el
cerebro haciendo que me brotaran lágrimas. En aquel
momento estaba aterrada por Ena. La quería y no podía soportar aquellas palabras corrosivas sobre su vida.

Gloria hizo un rictus con la boca, que era una sonrisa de ironía, pero que me serenó, porque comprend-
dí que aquella mujer estaba a punto de llorar también. La abuela, espantada y dolorida, dijo:

—¡Andrea! ¡Mi nieta hablando así!

Le dije a Gloria:

—¿Por qué has pensado esa infamia de una muchacha que es mi amiga?

—Porque conozco a Román perfectamente... ¿Quieres que te diga una cosa? Román ha querido ser mi amante después de haber estado yo casada con Juan... Ya ves, ¿qué se puede esperar de un hombre así?

—Bueno. Yo, en cambio, conozco a Ena... Ella pertenece a una clase de seres humanos de la que tú no tienes idea, Gloria... Podría interesarle Román como amigo, pero...

(Me aliviaba decir estas cosas en voz alta y al mismo tiempo me empezó a repugnar aquella conversación con Gloria sobre mi amiga. Me callé.)

Di media vuelta y me fui a la calle. La abuela me tocó el vestido al pasar yo a su lado.

—¡Niña! ¡Niña! ¡Vaya con la nietecita que nunca se enfadaba! ¡Jesús, Jesús!

No sé qué gusto amargo y salado tenía en la boca. Di un portazo como si yo fuera igual que ellos. Igual que todos...

Estaba tan nerviosa que a cada momento sentía humedecerse mis ojos, ya en la calle. El cielo aparecía nublado con unas calientes nubes opresivas. Las palabras de los otros, palabras viejas, empezaron a perseguirme y a danzar en mis oídos. La voz de Ena: «Tú comes demasiado poco, Andrea, y estás histérica...» «Estás histérica, estás histérica...» «¿Por qué lloras si no estás histérica?...» «¿Qué motivos tienes tú para llorar?...»

Vi que la gente me miraba con cierto asombro y me mordí los labios de rabia al darme cuenta... «Yo hago gestos nerviosos como Juan»... «Ya me vuelvo loca yo también»... «Hay quien se ha vuelto loco de hambre»...

Bajé por las Ramblas hasta el puerto. A cada instante me reblandecía el recuerdo de Ena, tanto cariño me inspiraba. Su misma madre me había asegurado su estimación. Ella, tan querida y radiante, me admiraba y me estimaba a mí. Me sentía como enaltecida al pensar que habían solicitado de mí una misión providencial junto a ella. No sabía yo, sin embargo, si realmente iba a servir de algo mi intervención en su vida. El que Gloria me hubiese advertido su visita para aquella tarde me llenaba de inquietudes.

Estaba en el puerto. El mar encajonado presentaba sus manchas de brillante aceite a mis ojos; el olor a brea, a cuerdas, penetraba hondamente en mí. Los buques resultaban enormes con sus altísimos costados. A veces, al agua aparecía estremecida como el coletazo de un pez, una barquichuela, un golpe de remo. Yo estaba allí aquel mediodía de verano. Desde alguna cubierta de barco, tal vez, unos nórdicos ojos azules me verían como minúscula pincelada de una estampa extranjera... Yo, una muchacha española, de cabellos oscuros, parada un momento en un muelle del puerto de Barcelona. Dentro de unos instantes la vida seguiría y me haría desplazar hasta algún otro punto. Me encontraría con mi cuerpo enmarcado en otra decoración... «Tal vez —pensé al fin, vencida como siempre por mis instintos martirizados— comiendo en algún sitio.» Tenía muy poco dinero, pero aún algo. Despacio, fui hacia los alegres bares y restaurantes de la Barceloneta. En los días de sol dan, azules o blancos, su nota marinera y alegre. Algunos tienen terrazas donde personas con buen apetito comen arroz y mariscos estimulados por cálidos y coloreados olores de verano que llegan desde las playas o de las dársenas del puerto.

Aquel día venía de la mar un soplo gris y ardiente. Oí decir a alguien que era tiempo de tormenta. Yo pedí cerveza y también queso y almendras... El bar donde me sentaba era una casa de dos pisos, teñida de añil, adornada con utensilios náuticos. Yo me coloqué en una de las mesitas de la calle y casi me parecía que el suelo, bajo mí, iba a empezar a trepidar impulsado por algún oculto motor y a llevarme lejos..., a abrirme nuevamente los horizontes. Este anhelo repetido siempre en mi vida que, con cualquier motivo, sentía brotar.

Estuve allí mucho tiempo... Me dolía la cabeza. Al fin, muy despacio, pesándome en los hombros los sacos de lana de las nubes, volví hacia mi casa. Daba algunas vueltas, me detenía... Pero parecía que un hilo invisible tiraba de mí, al desenrollarse las horas, desde la calle de Aribau, desde la puerta de entrada, desde el cuarto de Román en lo alto de la casa... Había pasado ya la media tarde cuando aquella fuerza se hizo irresistible y yo entré en nuestro portal.

Según iba subiendo la escalera me cogió entre sus garras el conocido y anodino silencio de que estaba impregnada. Por el cristal roto de una ventana llegaba —en un descansillo— el canto de una criada del patio.

Allá arriba estaban Román y Ena y yo tenía que ir también. No comprendía por qué estaba tan segura de la presencia de mi amiga allí. No eran suficientes las suposiciones de Gloria para aquella seguridad. Yo sentía su presencia, como un perro que busca, en mi nariz. A mí, acostumbrada a dejar que la corriente de los acontecimientos me arrastrase por sí misma, me emocionaba un poco aquel actuar mío que parecía iba a forzarla...

A cada peldaño tenía la impresión de que mis zapatos se hacían más pesados. Toda la sangre del cuerpo me bajaba a las piernas y yo me iba quedando pálida. Al llegar a la puerta de Román tenía las manos heladas y sudorosas a la vez. Allí me detuve. A mi derecha, la puerta de la azotea que estaba abierta me dio la idea de franquearla. No podía estar indefinidamente parada delante del cuarto de Román y tampoco me decidía a llamar, aunque oía como un murmullo de conversación. Necesitaba una pequeña tregua para tranquilizarme. Salí al terrado. Debajo de un cielo cada vez más amenazador aparecía —como una bandada de enormes pájaros— el panorama de las azoteas casi cayendo sobre mí. Oí la risa de Ena. Una risa en que las notas forzadas me estremecían. El ventanillo del cuarto de Román estaba abierto. Impulsiva, me puse a cuatro patas, como un gato, y me arrastré, para no ser vista, sentándome bajo aquel agujero.

La voz de Ena era alta y clara:

—Para ti, Román, resultaba todo un negocio demasiado sencillo. ¿Que pensabas? ¿Que me casaría contigo, quizá? ¿Que andaría azorada toda mi vida, temiendo tus peticiones de dinero como mi madre?

—Ahora me oirás a mí... —Román hablaba con un tono que no le había oído nunca.

—No. Ya no hay más que decir. Tengo todas las pruebas. Sabes que estás en mis manos. Por fin se acabará esta pesadilla...

—Pero me vas a escuchar, ¿verdad? Aunque no quieras... Yo nunca he pedido dinero a tu madre. Creo que de un chantaje no tendrás pruebas...

La voz de Román reptaba, como una serpiente, llegando a mí.

Rápida, sin ocurrírseme pensar más, me deslicé a lo largo de la pared y saliendo de la azotea me precipité a la puerta de mi tío, golpeándola. No me contestaron y volví a llamar. Entonces me abrió Román. Al pronto no me di cuenta de que él estuviera tan pálido. Mis ojos sorbían la imagen de Ena, que parecía muy tranquila, sentada y fumando. Me miró hosca. Los dedos que sostenían el cigarrillo temblaban un poco.

—Oportunidad te llamas, Andrea —dijo con frialdad.

—Ena querida…, me pareció que estabas aquí. Subí a saludarte…

(Eso quise decir yo o algo por el estilo. Sin embargo, no sé si llegué a completar la frase.)

Román parecía reaccionar. Sus vivas miradas nos abarcaban a Ena y a mí.

—Anda, pequeña, sé buena…, márchate.

Estaba muy excitado.

Inesperadamente, Ena se puso de pie, con sus elásticos y rapidísimos movimientos y encontré que estaba a mi lado, cogiéndome del brazo antes de que Román y yo hubiésemos tenido tiempo de pensarlo. Sentí confusamente los latidos de un corazón al acercarse ella a mi cuerpo. No sabría decir si era su corazón o el mío el que estaba asustado.

Román empezó a sonreírse, con la bella y tirante sonrisa tan conocida.

—Haced lo que queráis, pequeñas —miraba a Ena, no a mí; a Ena únicamente—. Sin embargo, me sorprende esta marcha repentina, cuando estábamos a la mitad de nuestra conversación, Ena. Tú sabes que esto no puede acabar así… Tú lo sabes.

No sé por qué me dio tanto miedo el tono amable

y tenso de Román. Los ojos le relucían mirando a mi amiga, como relucían los ojos de Juan cuando estaba a punto de estallar su cerebro.

Ena me empujó hasta la puerta. Hizo una ligera y burlona reverencia.

—Otro día hablaremos, Román. Hasta entonces no te olvides de lo que te he dicho. ¡Adiós!

Se estaba riendo también. También tenía los ojos brillantes y estaba palidísima.

Fue entonces, en aquel momento, cuando yo me di cuenta de que Román llevaba la mano derecha en el bolsillo todo el rato. De que abultaba allí. No sé qué desviación de mi fantasía me hizo pensar en su negra pistola cuando mi tío acentuaba su sonrisa. Fue una cuestión de segundos. Me abracé a él como una loca y le grité a Ena que corriese.

Sentí el empujón de Román y vi su cara, limpia al fin de aquella tensión angustiosa. Barrida por una cólera soberbia.

—¡Ridícula! ¿Es que crees que os iba a matar a tiros?

Me miró ya recobrada la serenidad. Yo había recibido un golpe en la espalda al chocar contra la barandilla de la escalera. Román se pasó la mano por la frente para apartarse los rizados cabellos. A mis ojos, en rápido descenso —como ya otras veces había sucedido— se le avejentaron las facciones. Luego nos dio la espalda y entró en su cuarto.

Sentía yo el cuerpo dolorido. Una ráfaga de aire polvoriento hizo golpear la puerta de la azotea. De lejos me llegó el aviso ronco de un trueno.

Encontré a Ena esperándome en un descansillo de la escalera. Su mirada era la misma burlona de los peores momentos.

—Andrea, ¿por qué eres tan trágica, querida?

Me herían sus ojos. Levantaba la cabeza y sus labios se curvaban con un desprecio insoportable.

Tuve ganas de pegarle. Luego mi furia se me agolpó en una angustia que me hizo volver la cabeza y eché a correr escalera abajo, casi matándome, cegada por las lágrimas... Las conocidas fisonomías de las puertas, con sus felpudos, sus llamadores brillantes u opacos, las placas que anunciaban la ocupación de cada inquilino... «Practicante», «Sastre»..., bailaban, se precipitaban sobre mí, desaparecían comidas por mi llanto.

Así llegué a la calle, hostigada por la incontenible explosión de pena que me hacía correr, aislándome de todo. Así, empujando a los transeúntes, me precipité calle Aribau abajo, hacia la Plaza de la Universidad.

XXI

AQUEL cielo tormentoso me entraba en los pulmones y me cegaba de tristeza. Desfilaban rápidamente, entre la neblina congojosa que me envolvía, los olores de la calle de Aribau. Olor de perfumería, de farmacia, de tienda de comestibles. Olor de calle sobre la que una polvareda gravita, en el vientre de un cielo sofocantemente oscuro.

La Plaza de la Universidad se me apareció quieta y enorme como en las pesadillas. Era como si los pocos transeúntes que la cruzaban, como si los autos y los tranvías estuviesen atacados de parálisis. Alguien se me ha quedado en el recuerdo con una pierna levantada: tan extraña fue la mirada que lancé a todo y tan rápidamente me olvidé de lo que había visto.

Encontré que no lloraba ya, pero me dolía la garganta y me latían las sienes. Me apoyé contra la verja del jardín de la Universidad, como aquel día que recordaba Ena. Un día en que, al parecer, no me daba cuenta de que el agua de los cielos se derramaba sobre mí...

Un papel viejo se me pegó a las rodillas. Miré aquel aire grueso, aplastado contra la tierra, que empezaba a hacer revolar el polvo y las hojas, en una macabra danzas de cosas muertas. Sentí dolor de soledad, más insoportable, por repetido, que el que me acometiera al salir de casa de Pons, unos días atrás. Ahora era como un castigo el que el llanto se me hubiera acabado.

Por dentro me raspaba, hiriéndome los párpados y la garganta.

No pensaba ni esperaba nada cuando sentí a mi lado una presencia humana. Era Ena la que estaba allí, agitada como quien ha llegado corriendo. Me volví despacio —parecía que no me funcionaban bien los muelles de mi cuerpo, que estaba enferma, que cualquier movimiento me costaba trabajo—. Vi que ella sí que tenía los ojos llenos de lágrimas. Era la primera vez que yo la había visto llorar.

—¡Andrea!... ¡Oh! ¡Qué tonta!... ¡Mujer!

Hizo una mueca como para reírse y empezó a llorar más; era como si llorara por mí, tanto me descargaba su llanto de angustia. Me tendió los brazos, incapaz de decirme nada, y nos abrazamos allí, en la calle. El corazón —su corazón, no el mío— le iba a toda velocidad, martilleando junto a mí. Así estuvimos un segundo. Luego, yo me arranqué bruscamente de su ternura. Vi que se secaba los ojos con rapidez y que ahora la sonrisa le florecía fácilmente, como si no hubiera llorado nunca.

—¿Sabes que te quiero muchísimo, Andrea? —me dijo—. Yo no sabía que te quisiera tanto... No quería volver a verte, como a nada que me pueda recordar esa maldita casa de la calle de Aribau... Pero, cuando me has mirado así, cuando te ibas...

—¿Yo te he mirado «así»? ¿Cómo?

Las cosas que decíamos no me importaban. Me importaba la confortadora sensación de compañía, de consuelo, que estaba sintiendo como un baño de aceite sobre mi alma.

—Pues… no sé explicarte. Me mirabas con desesperación. Y además, como yo sé que me quieres tanto, con tal fidelidad… Como yo a ti, no creas.

Hablaba con incoherencias que a mí me parecían llenas de sentido. Del asfalto vino un olor a polvo mojado. Caían grandes gotas calientes y no nos movíamos. Ena pasó su brazo por mi hombro y oprimió su suave mejilla contra la mía. Parecían desbordadas todas nuestras reservas. Calmados los malos momentos.

—Ena, perdona lo de esta tarde. Ya sé que no puedes soportar que te espíen. Yo no lo había hecho nunca hasta hoy, te lo juro… Si interrumpí tu conversación con Román fue porque me pareció que él te amenazaba… Ya sé que quizás es ridículo. Pero me lo pareció.

Ena se apartó de mí para mirarme. En los labios le flotaba la risa.

—¡Pero si lo necesitaba, Andrea! ¡Si viniste del cielo! Pero, ¿no te diste cuenta de que me salvabas?… Si he sido dura contigo fue a causa de la demasiada tirantez de mis nervios. Tenía miedo de llorar. Y ya ves, ahora lo he hecho…

Ena respiró fuerte, como si esto la aliviase de mil sentimientos ardorosos. Cruzó las manos a su espalda, casi estirándose, librándose de todas las tensiones. No me miraba. Parecía que no me hablase a mí.

—La verdad, Andrea, es que en el fondo he apreciado siempre tu estimación como algo extraordinario, pero nunca he querido darme cuenta. La amistad verdadera me pareció un mito hasta que te conocí, como me pareció un mito el amor hasta que conocí a Jaime… A veces —Ena se sonrió con cierta

timidez— pienso en lo que puedo haber hecho para
merecer estos dos regalos del destino... Te aseguro
que he sido una niña terrible y cínica. No creí en ningún sueño dorado nunca, y al revés de lo que les sucede a las otras personas, las más bellas realidades me
han caído encima. He sido siempre tan feliz...

—Ena, ¿no te enamoraste de Román?

Hice la pregunta en un murmullo tan tenue que la
lluvia, que caía ya regularmente, pudo más que mi
voz. Volví a repetir:

—Di, ¿no te enamoraste?

Ena me rozó, rápida, con una indefinible mirada
de sus ojos demasiado brillantes. Luego alzó la cabeza
hacia las nubes.

—¡Nos mojamos, Andrea! —gritó.

Me arrastró hasta la puerta de la Universidad, donde nos refugiamos. Su cara aparecía fresca bajo las
gotas de agua, un poco empalidecida como si hubiese
padecido fiebres. La tempestad empezó a desatarse cayendo a cataratas, acompañada de un violento tronar.
Estuvimos un rato sin hablar, escuchando aquella lluvia que a mí me calmaba y me reverdecía como a los
árboles.

—¡Qué belleza! —dijo Ena y se le dilataron las
aletas de la nariz—. Dices que si me he enamorado
de Román... —prosiguió con una expresión casi
soñadora—. ¡Me ha interesado mucho! ¡Mucho!

Se rió bajito.

—A nadie he logrado desesperar así, humillar así...

La miré con cierto asombro. Ella sólo veía la cortina de lluvia que delante de sus ojos caía iluminada
por los relámpagos. La tierra parecía hervir, jadear,
desprendiéndose de todos sus venenos.

—¡Ah! ¡Qué placer! Saber que alguien te acecha,

que cree tenerte entre sus manos, y escaparte tú, de-
jándole burlado... ¡Qué juego extraño!... Román tiene un espíritu de pocilga, Andrea. Es atractivo y es un
artista grande, pero, en el fondo, ¡qué mezquino y
soez!... ¿A qué clase de mujeres ha estado acostumbrado hasta ahora? Supongo que a seres como esas
dos sombras que rondaban la escalera cuando yo subí
a verle... Esa horrible criada que tenéis, y la otra
mujer tan rara, con el pelo rojo, que ahora sé que se
llama Gloria... Y también, quizás, a alguna persona
muy dulce y tímida, como mi madre...
    Me miró de reojo.
    —¿Tú sabes que mi madre estuvo enamorada de él
en la juventud?... Sólo por este hecho deseaba conocer yo a Román. Luego, ¡qué decepción! Llegué a
odiarle... ¿No te sucede a ti, cuando forjas una leyen-
da sobre un ser determinado y ves que queda bajo
tus fantasías y que en realidad vale aún menos que tú,
y llegas a odiarle? A veces ese odio mío por Román
llegó a ser tan grande, que él lo notaba y volvía la
cabeza, como cargado de electricidad... ¡Qué días más
raros aquellos primeros en que empezábamos a cono-
cernos! No sé si era yo desgraciada o no. Estaba como
obsesionada por Román. Huía de ti. Reñí con Jaime
por una tontería y luego no podía sufrir su presencia.
Creo que sentía que si hubiera vuelto a ver a Jaime
tendría que dejar aquella aventura a la fuerza. Y entonces yo me sentía demasiado interesada, casi intoxi-
cada por todo aquello... Si estoy con Jaime me vuelvo
buena, Andrea, soy una mujer distinta... Si vieras, a
veces tengo miedo de sentir el dualismo de fuerzas
que me impulsan. Cuando he sido demasiado sublime
una temporada, tengo ganas de arañar... De dañar un
poco.

Me cogió la mano y ante mi gesto instintivo de retirarla me sonrió con mimosa ternura.

—¿Te asusto? Entonces, ¿cómo quieres ser mi amiga? No soy ningún ángel, Andrea, aunque te quiero tanto... Hay seres que me colman el corazón, como Jaime, mamá y tú, cada uno en vuestro estilo... Pero una parte de mí necesita expansionarse y dar rienda suelta a sus venenos. ¿Crees que no quiero a Jaime? Lo quiero muchísimo. No podría soportar que mi vida se separase ya de la suya. Tengo deseos de su presencia, de su personalidad entera. Le admiro apasionadamente... Pero hay otra cosa: la curiosidad, esa inquietud maligna del corazón, que no puede reposar...

—¿Román te hizo el amor? Di.

—¿Hacerme el amor? No sé. Estaba desesperado conmigo, tan rabioso que me hubiera estrangulado a veces... Pero se domina muy bien. Yo quería que perdiese el dominio de sus nervios. Sólo lo logré un día... Hace de esto más de una semana, Andrea, fue la última vez que vine a verle antes de hoy. He venido cinco veces a ver a Román y siempre he procurado que lo supiera alguien. Porque, en el fondo, Román me ha inspirado siempre un poco de miedo. Llamaba a la puerta de tu casa, cuando sabía que no había de encontrarte, y preguntaba por ti. Esas dos mujeres tan curiosas, a las que poseía una especial desazón en cuanto me veían aparecer, me venían muy bien. Sabía que las dejaba como dos guardianes a mi espalda. No sabes, sin embargo, lo que ese ambiente tan cargado me llegaba a divertir. A veces olvidaba hasta el sentimiento de estar continuamente en guardia. Me reía allí, francamente, excitada y entusiasmada. Nunca se me había presentado un campo de experimentación así... Eran éstos los momentos en que Román venía despacio a sentarse a mi lado. Pero cuando yo notaba su cuerpo caliente, una rabia inexplicable me venía de dentro; me costaba hacer un esfuerzo para disimularlo. Luego, riéndome aún, me trasladaba al otro extremo del cuarto.

»Le volvía loco. Cuando me imaginaba lánguida y medio subyugada por su música, por el tono de confidencia casi perversa que daba a la conversación, yo me ponía de pie de pronto sobre la cama turca.

»—¡Tengo ganas de saltar! —le decía.

»Y empezaba a hacerlo, llegando casi hasta el techo con los brincos, como cuando juego con mis hermanos. Él, al oír mis carcajadas, no sabía si estaba yo loca o era estúpida... Ni un momento, con el rabillo del ojo, dejaba yo de observarle. Después del primer movimiento de involuntaria sorpresa, su cara quedaba impenetrable, como siempre... No era eso, Andrea, lo que quería yo. Si tú supieras que Román, cuando joven, hizo sufrir a mi madre...

—¿Quién te ha contado esas historias?

—¿Quién?... ¡Ah! ¡Sí! Papá mismo. Papá una vez que mamá estuvo enferma y hablaba de Román en medio de las fiebres... El pobre estaba aquella noche muy conmovido, creía que ella se iba a morir.

(Yo tuve que sonreírme. En pocos días la vida se me aparecía distinta a como la había concebido hasta entonces. Complicada y sencillísima a la vez. Pensaba que los secretos más dolorosos y más celosamente guardados son quizá los que todos los de nuestro alrededor conocen. Tragedias estúpidas. Lágrimas inútiles. Así empezaba a aparecerme la vida entonces.)

Ena se volvió hacia mí, y no sé qué idea vería en mis ojos. Súbitamente me dijo:

—Pero no me creas mejor de lo que soy, Andrea... No vayas a buscarme disculpas... No era sólo por esta causa por lo que yo quería humillar a Román... ¿cómo te voy a explicar el juego apasionante en que se convertía aquello para mí?... Era una lucha más enconada cada vez. Una lucha a muerte...

Ena, seguramente, estaba mirándome mientras me hablaba. Me pareció sentir sus ojos todo el rato. Yo no podía hacer más que escuchar con los ojos puestos en la lluvia, cuya furia se hacía desigual, alzándose algunos momentos y casi cesando en otros.

—Escucha, Andrea, yo no podía pensar en Jaime ni en ti ni en nadie esta temporada, yo estaba absorbida enteramente en este duelo entre la frialdad y el dominio de los nervios de Román y mi propia malicia y seguridad... Andrea, el día en que por fin pude reírme de él, el día en que me escapé de sus manos cuando ya creía tenerme segura, fue algo espléndido...

Ena se reía. Me volví hacia ella, un poco asustada, y la vi muy guapa, con los ojos brillantes.

—Tú no puedes concebir una escena como la que terminó mis relaciones con Román la semana pasada, la víspera de San Juan exactamente, lo recuerdo bien... Me escapé... así, corriendo, casi matándome, escalera abajo... Me dejé en su cuarto mi bolso y mis guantes, y hasta las horquillas de mi pelo. Pero Román también se quedó allí... Nunca he visto nada más abyecto que su cara... ¿Dices que si me he enamorado de él?... ¿De ese hombre?

Empecé a mirar a mi amiga, viéndola por primera vez tal como realmente era. Tenía los ojos sombreados bajo aquellas grises luces cambiantes que venían del cielo. Yo sentí que nunca podría juzgarla. Pasé mi mano por su brazo y apoyé mi cabeza en su hombro. Estaba yo muy cansada. Multitud de pensamientos se aclaraban en mi cerebro.

—¿Sucedió eso la noche de San Juan?

—Sí...

Nos quedamos calladas un rato. En aquel silencio me vino, sin poderlo evitar, el recuerdo de Jaime. Fue un caso de transmisión de pensamiento.

—Con quien peor me he portado en este asunto es con Jaime, ya lo sé —dijo Ena.

Su cara era otra vez infantil, un poco enfurruñada. Me miró y ya no había ni desafío ni cinismo en su mirada.

—¡Cada vez que pensaba en Jaime era un tormento tan grande, si vieras! Pero yo no podía dominar a los demonios que me tenían cogida... Una noche salí con Román y me llevó al Paralelo. Estaba yo muy cansada y aburrida cuando entramos en un café atestado de gente y de humo. Yo creí que era una mala pasada de mi imaginación, cuando vi enfrente de mis ojos los ojos de Jaime; estaba detrás de aquella niebla, detrás de aquel calor y no me saludaba. No hacía más que mirarme... Aquella noche lloré mucho. Al día siguiente tú me trajiste un mensaje suyo, ¿te acuerdas?

—Sí.

—Yo no deseaba otra cosa que ver a Jaime y reconciliarme con él. ¡Estaba tan emocionada cuando nos encontramos! Luego se estropeó todo, no sé si por mi culpa o por la suya. Jaime me había prometido ser comprensivo, pero en el curso de la conversación se iba excitando... Al parecer había seguido todos mis pasos y había averiguado la vida y milagros de Román. Me dijo que tu tío era un indeseable metido en

negocios de contrabando de lo más sucio. Me explicó
esos negocios... Al cabo, empezó a hacerme cargos,
desesperado de que yo anduviese «a merced de un
bandido así»... Era más de lo que yo podía sufrir
y no se me ocurrió otra cosa que empezar a defender a Román con el mayor calor. ¿No te ha sucedido
alguna vez esa cosa espantosa de irte enredando en
tus propias palabras y encontrarte con que ya no puedes salir?... Jaime y yo nos separamos desesperados
aquel día... Él se marchó de Barcelona, ¿lo sabías?

—Sí.

—Tal vez cree que le voy a escribir... ¿no?

—Claro que sí.

Ena se sonrió y recostó su cabeza contra la piedra
de la pared. Estaba cansada...

—Te he hablado tanto, ¿verdad, Andrea?, tanto...
¿no estás harta de mí?

—Aún no me has dicho lo más importante... Aún
no me has dicho por qué, si habías terminado con él
la víspera de San Juan, estabas hoy en el cuarto de
mi tío...

Ena miró hacia la calle antes de contestarme. La
tempestad se había calmado y el cielo aparecía manchado y revuelto con colores amarillos y pardos. Las
alcantarillas tragaban el agua que corría a lo largo
de los bordillos de las aceras.

—¿Y si nos fuéramos, Andrea?

Empezamos a caminar a la deriva. Íbamos cogidas
del brazo.

—Hoy —me dijo Ena— jugué el todo por el todo
al volver al cuarto de Román. Él me escribió unas líneas indicando que tenía en su cuarto algunos objetos
míos y que deseaba devolvérmelos... Comprendí que
no me iba a dejar en paz tan fácilmente. Recordé a mi

madre y se me antojó que yo, como ella, me iba a pasar la vida huyendo si no tomaba una determinación... Entonces fue cuando me vino la idea de hacer uso de las averiguaciones de Jaime como una salvaguardia contra Román. Con esta única seguridad vine. Estaba dispuesta a verle por última vez... No creas que no tuve miedo. Estaba aterrorizada cuando tú llegaste. Aterrorizada, Andrea, e incluso arrepentida de mi impulso..., porque Román está loco, yo creo que está loco... Cuando tú llamaste a la puerta estuve a punto de caerme, tal era mi tensión nerviosa...

Ena se detuvo en medio de la calle para mirarme. Los faroles acababan de encenderse y rebrillaban en el suelo negro. Los árboles lavados daban su olor a verde.

—¿Comprendes, Andrea, comprendes, querida, que no te pudiese decir nada, que incluso llegara a maltratarte en la escalera? Aquellos momentos parecían borrados de mi existencia. Cuando me di cuenta de que era yo, Ena, quien estaba viviendo, me encontré corriendo calle Aribau abajo, buscando tu rastro. Al volver la esquina te encontré al fin. Estabas apoyada contra el muro del jardín de la Universidad, muy pequeña y perdida debajo de aquel cielo tempestuoso... así te vi.

XXII

Antes de que Ena se marchase, por fin, a pasar sus vacaciones en una playa del Norte, volvimos a salir los tres: ella, Jaime y yo, como en los mejores tiempos de la primavera. Yo me sentía cambiada, sin embargo. Cada día mi cabeza se volvía más débil y me sentía reblandecida, con los ojos húmedos por cualquier cosa. La dicha ésta, tan sencilla, de estar tumbada bajo un cielo sin nubes junto a mis amigos, que me parecía perfecta, se me escapaba a veces en una vaguedad de imaginación parecida al sueño. Lejanías azules zumbaban en mi cráneo con ruido de moscardón, haciéndome cerrar los ojos. Entre las ramas de los algarrobos veía yo, al abrir los párpados, el firmamento cálido, cargado de chirridos de pájaros. Parecía que me hubiera muerto siglos atrás y que todo mi cuerpo deshecho en polvo minúsculo estuviera dispersado por mares y montañas amplísimas, tan desparramada, ligera y vaga sensación de mi carne y mis huesos sentía... A veces encontraba los ojos de Ena, inquietos, sobre mi cara.

—¿Cómo es que duermes tanto? Tengo miedo de que estés débil.

Esta cariñosa solicitud sobre mi vida se iba a ter-

minar también. Ena debería marcharse al cabo de
unos días y ya no volvería a Barcelona, de regreso
del veraneo. La familia pensaba trasladarse directamente desde San Sebastián a Madrid. Pensé que cuando empezara el nuevo curso lo haría en la misma soledad espiritual que el año anterior. Pero ahora tenía
una carga más grande de recuerdos sobre mis espaldas. Una carga que me agobiaba un poco.

El día en que fui a despedir a Ena me sentí terriblemente deprimida. Ena aparecía, entre el bullicio
de la Estación, rodeada de hermanos rubios, apre-
miada por su madre, que parecía poseída por una prisa
febril de marcharse. Ella se colgó de mi cuello y me
besó muchas veces. Sentí que se me humedecían los
ojos. Que aquello era cruel. Ella me dijo al oído:

—Nos veremos muy pronto, Andrea. Confía en mí
siempre.

Creí entender que volvería al poco tiempo a Barcelona, casada con Jaime, quizá.

Cuando el tren arrancó nos quedamos el padre de
Ena y yo en el gran recinto de los ferrocarriles. El
padre de Ena, al quedarse repentinamente solo en la
ciudad, parecía un poco abrumado. Me invitó a subir
a un taxi y pareció un poco desconcertado por mi
negativa. Me miraba mucho con su sonrisa bondadosa.
Pensé que era una de esas personas que no saben estar
solas ni un momento con sus propios pensamientos.
Que no tienen pensamientos quizá. Sin embargo, me
era extraordinariamente simpático.

Tenía la intención de volver a casa desde la Estación, dando un largo rodeo a pesar del calor húmedo
y pesado que lo apretaba todo. Empecé a caminar, a
caminar… Barcelona se había quedado infinitamente
vacía. El calor de julio era espantoso. Atravesé los

alrededores del cerrado y solitario mercado del Borne. Las calles estaban manchadas de frutas maduras y de paja. Algunos caballos, sujetos a sus carros, coceaban. Me acordé repentinamente del estudio de Guíxols y entré en la calle de Montcada. El majestuoso patio con escalera ruinosa de piedra labrada estaba igual que siempre. Un carro volcado conservaba restos de su carga de alfalfa.

—No hay nadie, señorita —me dijo la portera—. El señor Guíxols está fuera. Yo no viene nadie, ni siquiera el señor Iturdiaga, que se ha marchado a Sitges la semana pasada. El señor Pons tampoco está en Barcelona... Pero puedo darle la llave, si gusta subir; el señor Guíxols me ha dado permiso para entregársela a cualquiera...

No había sido mi propósito al llegar hasta allí, siguiendo el hilo de mis recuerdos, el de entrar en el estudio que ya sabía que estaba cerrado. Acepté, sin embargo, la proposición. De pronto se me aparecía como una perspectiva venturosa, aquella de poder estar un rato protegida por la vacía tranquilidad de la casa, por la frescura de sus muros antiguos. El aire cerrado tenía aún un olor tenue a barniz. Detrás de la puerta donde Guíxols acostumbraba a guardar sus provisiones encontré olvidada una pastilla de chocolate. Los cuadros estaban cuidadosamente cubiertos con telas blancas y parecían espectros envueltos en sudarios. Almas del recuerdo de mil conversaciones alegres.

Llegué a la calle de Aribau cuando ya oscurecía. Al salir del estudio había reanudado, durante largo rato, mi desesperanzada caminata por la ciudad.

Al entrar en mi cuarto encontré un olor caliente de ventana cerrada y de lágrimas. Adiviné el bulto de

Gloria, tumbada en mi cama y llorando. Cuando se dio cuenta de que entraba alguien se revolvió furiosa. Luego se quedó más tranquila al ver que era yo.

—Estaba durmiendo un poquitín, Andrea —me dijo.

Vi que no se podía encender la luz porque alguien había quitado la bombilla. No sé qué me impulsó a sentarme en el borde de la cama y a tomar una mano de Gloria, húmeda de sudor o de lágrimas, entre las mías.

—¿Por qué estás llorando, Gloria? ¿Crees que no sé que estás llorando?

Como aquel día estaba yo triste, no me parecía ofensiva la tristeza de los demás.

Ella no me contestó al pronto. Después de un rato murmuró:

—¡Tengo miedo, Andrea!

—Pero, ¿por qué, mujer?

—Tú antes no le preguntabas nada a nadie, Andrea... Ahora te has vuelto más buena. Yo bien quisiera decirte el miedo que tengo, pero no puedo.

Hubo una pausa.

—No quisiera que Juan se enterase de que he estado llorando. Le diré que he dormido, si me nota los ojos hinchados.

No sé qué latidos amargos tenían las cosas aquella noche, como signos de mal agüero. No me podía dormir, como me sucedía con frecuencia en aquella época en que el cansancio me atormentaba. Antes de decidirme a cerrar los ojos tanteé con torpeza sobre el mármol de la mesilla de noche y encontré un trozo de pan del día anterior. Lo comí ansiosamente. La pobre abuela se olvidaba pocas veces de sus regalitos. Al fin, cuando el sueño logró apoderarse de mí, fue como un estado de coma, casi como una antesala de la muerte última. Mi agotamiento era espantoso. Creo que llevaba alguien mucho rato gritando cuando aquellos gritos terribles pudieron traspasar mis oídos. Quizá fue sólo cuestión de instantes. Recuerdo, sin embargo, que habían entrado a formar parte de mis sueños, antes de hacerme volver a la realidad. Jamás había oído gritar de aquella manera en la sala de la calle de Aribau. Era un chillido lúgubre, de animal enloquecido, el que me hizo sentarme en la cama y luego saltar de ella temblando.

Encontré a la criada, Antonia, tirada en el suelo del recibidor, con las piernas abiertas en una pataleta trágica, enseñando sus negruras interiores, y con las manos engarabitadas sobre los ladrillos. La puerta del piso estaba abierta de par en par y empezaban a asomarse algunas caras curiosas de los vecinos. Al pronto tuve sólo una visión cómica de la escena, tan aturdida estaba.

Juan, que había acudido medio desnudo, dio una patada a la puerta del piso para cerrarla en las narices de aquellas personas. Luego empezó a dar bofetones en la cara contraída de la mujer, y pidió a Gloria un jarro de agua fría para echárselo por encima. Al fin, la criada empezó a jadear y a hipar más desahogadamente, como un animal rendido. Pero en seguida, como si esto hubiera sido sólo una tregua, volvió a sus gritos espantosos.

—¡Está muerto! ¡Está muerto! ¡Está muerto!

Y señalaba arriba.

Vi la cara de Juan ponerse gris.

—¿Quién? ¿Quién está muerto, estúpida?...

Luego, sin esperar a que ella le contestara, echó a correr hacia la puerta, subiendo, enloquecido, la escalera.

—Se degolló con la navaja de afeitar —concluyó Antonia.

Y por fin empezó a llorar desesperada, sentada en el suelo. Era un espectáculo inusitado ver lágrimas en su cara. Parecía la figura de una pesadilla.

—Me había avisado que le subiera temprano un vaso de café, que se marchaba de viaje... ¡Me lo avisó esta madrugada!... Y ahora está tirado en el suelo, ensangrentado como una bestia. ¡Ah!, ¡ay!, «Trueno», hijito mío, ya no tienes padre...

De toda la casa empezó a oírse algo así como un rumor de lluvia que va creciendo. Luego gritos, avisos. Por la puerta abierta, nosotras, paralizadas, veíamos subir a la gente de los pisos hacia el cuarto de Román.

—Hay que avisar a la Policía —gritó un señor grueso, el practicante del tercero, bajando la escalera, muy excitado.

Le oímos las mujeres de la casa, que formábamos un estúpido racimo, temblorosas, sin atrevernos a reaccionar delante de los increíbles acontecimientos. Antonia gritaba aún, y sólo se oía aquella voz entre el compacto y extraño grupo que formábamos Gloria y ella, la abuela y yo.

En un momento determinado sentí que volvía a correr mi sangre y me dirigí a cerrar la puerta. Al volverme vi a la abuelita, por primera vez, dándome cuenta real de su presencia. Parecía encogida, aplastada toda bajo el velo negro que, sin duda, se había puesto para dirigirse a su misa cotidiana. Estaba temblando.

—Él no se suicidó, Andrea..., él se arrepintió antes de morir —me dijo puerilmente.

—Sí, querida, sí.

No le consolaba mi afirmación. Tenía los labios azules. Tartamudeaba para hablar. Los ojos humedecidos no dejaban que sus lágrimas brotaran francamente.

—Yo quiero ir arriba... Quiero ir con mi Román.

A mí me pareció mejor complacerla. Abrí la puerta y la ayudé a subir, peldaño por peldaño, aquella escalera tan conocida. Ni siquiera me daba cuenta de que aún no me había vestido y que sólo una bata cubría mi camisón. No sé de dónde había salido la gente que llenaba la escalera. En el portal se oían las voces de los guardias tratando de contener aquella avalancha. A nosotras nos dejaban pasar mirándonos mucho. Yo sentía despejárseme la cabeza por instantes. A cada escalón me subía una nueva oleada de angustioso miedo y de repugnancia. Las rodillas empezaban su baile nervioso que me dificultaba el andar. Juan bajaba desolado, amarillo. Nos vio de pronto y se paró delante de nosotras.

—¡Mamá! ¡Maldita sea! —no sé por qué la imagen de la abuela había desatado su furia. Le gritaba rabioso—: ¡A casa en seguida!

Levantaba un puño como para pegarla y se levantó un murmullo entre la gente. La abuela no lloraba, pero su barbilla temblaba en un puchero infantil.

—¡Es mi hijo! ¡Es mi niño!... ¡Estoy en mi derecho de subir! Tengo que verle...

Juan se había quedado quieto. Sus ojos se volvían escrutando las caras que le contemplaban con avidez. Un momento pareció indeciso. Al fin cedió bruscamente.

—¡Tú, abajo, sobrina! ¡No se te ha perdido nada a ti! —me dijo.

Luego enlazó a su madre por la cintura y casi arrastrando la ayudó a subir. Oí que la abuela empezaba a llorar, apoyada en el hombro del hijo.

Al entrar en nuestro piso encontré que una multitud de personas se habían acomodado también allí y se esparcían invadiendo todos los rincones y curioseándolo todo, con murmullos compasivos.

Infiltrándome entre aquella gente, empujando a algunos, logré escurrirme hasta el apartado rincón del cuarto de baño. Me refugié allí, y cerré la puerta.

Maquinalmente, sin saber cómo, me encontré metida en la sucia bañera, desnuda como todos los días, dispuesta a recibir el agua de la ducha. En el espejo me encontré reflejada, miserablemente flaca y con los dientes chocándome como si me muriera de frío. La verdad es que era todo tan espantoso que rebasaba mi capacidad de tragedia. Solté la ducha y creo que me entró una risa nerviosa al encontrarme así, como si aquél fuese un día como todos. Un día en que no hubiese sucedido nada. «Ya lo creo que estoy histérica», pensaba mientras el agua caía sobre mí azotándome y refrescándome. Las gotas resbalaban sobre los hombros y el pecho, formaban canales en el vientre, barrían mis piernas. Arriba estaba Román tendido, sangriento, con la cara partida por el rictus de los que mueren condenados. La ducha seguía cayendo sobre mí en frescas cataratas inagotables. Oía cómo el rumor humano aumentaba al otro lado de la puerta, sentía que no me iba a mover nunca de allí. Parecía idiotizada.

Entonces empezaron a dar porrazos en la puerta del cuarto de baño.

XXIII

Los días siguientes estuvieron sumidos en la mayor oscuridad, porque inmediatamente alguien cerró todos los balcones, casi clavándolos. Casi impidiendo que llegase un soplo de la brisa de fuera. Un espeso y maloliente calor lo envolvió todo, y yo empecé a perder el sentido del tiempo. Horas o días resultaban lo mismo. Días y noches parecían iguales. Gloria se puso enferma y nadie se fijó en ella. Yo me senté a su lado y vi que tenía mucha fiebre.

—¿Se han llevado ya a ese hombre?

Preguntaba a cada momento.

Yo le alcanzaba agua. Parecía que nunca se podría cansar de beber. A veces venía Antonia y la contemplaba con tal expresión de odio, que preferí quedarme junto a ella el mayor tiempo posible.

—¡No se morirá, la bruja! ¡No se morirá, la asesina! —decía.

Por Antonia me enteré también de los últimos detalles de la vida de Román. Detalles que yo oía como a través de una niebla. (Me parecía que iba perdiendo la facultad de ver bien. Que los contornos de las cosas se me difuminaban.)

Al parecer, la noche antes de su muerte, Román había llamado a Antonia por teléfono diciendo que

acababa de llegar de su viaje —Román había estado
aquellos días ausente— y que necesitaba salir a primera hora de la mañana—. «Suba usted a arreglar-
me un poco las maletas y tráigame toda la ropa limpia que tenga; me voy para mucho tiempo»... Estas,
según Antonia, habían sido las últimas palabras de
Román. La idea de degollarse debió de ser un rapto
repentino, una rápida locura que le atacó mientras se
afeitaba. Tenía las mejillas manchadas de jabón
cuando le descubrió Antonia.

Gloria preguntaba monótonamente por los detalles referentes a Román.

—¿Y las pinturas? ¿No se encontraron las pinturas?

—¿Qué pinturas, Gloria? —yo me inclinaba hacia
ella, con un gesto que el cansancio volvía lánguido.

—El cuadro que me pintó Román. El cuadro mío
con los lirios morados...

—No sé. No sé nada. No puedo enterarme de nada.

Cuando Gloria se puso mejor dijo:

—Yo no estaba enamorada de Román, Andrea...
Ya veo en tu cara, chica, todo lo que piensas. Piensas
que yo no aborrecía a Román...

La verdad es que yo no pensaba nada. Mi cerebro
estaba demasiado embotado. Con las manos de Gloria
entre las mías y oyendo su conversación, llegaba a olvidarme de ella.

—Yo fui quien hizo que Román se matara. Yo le
denuncié a la Policía y él se suicidó por eso... Aquella
mañana tenían que venir a buscarle...

Yo no creía nada de lo que Gloria me decía. Era
más verosímil figurarse que Román había sido el espectro de un muerto. De un hombre que hubiera muerto muchos años atrás y que ahora se volviera por fin
a su infierno... Recordando su música, aquella música

desesperada que a mí me gustaba tanto oír y que al final me daba la impresión exacta del acabamiento, del deshacerse en la muerte, me sentía emocionada algunas veces.

La abuela venía a mí de cuando en cuando, con los ojos abiertos para susurrarme no sé qué misteriosos consuelos. Iluminada por una fe que no podía decaer, rezaba continuamente, convencida de que en el último instante la gracia divina había tocado el corazón enfermo del hijo.

—Me lo ha dicho la Virgen, hija mía. Anoche se me apareció nimbaba de gracia celestial y me lo dijo...

Me pareció consolador aquel trastorno mental que se traslucía en sus palabras y la acaricié, afirmando.

Juan estuvo fuera de casa mucho tiempo, quizá más de dos días. Debió de acompañar el cadáver de Román al depósito y tal vez, más tarde, a su última apartada morada.

Cuando un día o una noche le vi por fin en casa yo creí que ya habíamos pasado los peores momentos. Pero aún nos faltaba oírle llorar. Nunca, por muchos años que viva, me olvidaré de sus gemidos desesperados. Comprendí que Román tenía razón al decir que Juan era suyo. Ahora que él se había muerto, el dolor de Juan era impúdico, enloquecedor, como el de una mujer por su amante, como el de una madre joven por la muerte del primer hijo.

No sé cuántas horas estuve sin dormir, con los ojos abiertos y resecos recogiendo todos los dolores que pululaban, vivos como gusanos, en las entrañas de la casa. Cuando al fin caí en una cama, no sé tampoco cuántas horas estuve durmiendo. Pero dormí como nunca en mi vida. Como si también yo fuera a cerrar los ojos para siempre.

Cuando volví a darme cuenta de que vivía tuve la sensación de que acababa de subir desde el fondo de algún hondísimo pozo, del que conservaba la cavernosa sensación de unos ecos en la oscuridad.

Estaba mi habitación en penumbra. La casa tan silenciosa, que daba una extraña y sepulcral sensación. Era un silencio como nunca había oído en la calle de Aribau.

Cuando me dormí recordaba la casa llena de gente y de voces. Ahora parecía no haber nadie. Parecía que todos sus habitantes la hubiesen abandonado. Me asomé a la cocina y vi puestas en el fuego dos ollas borboteantes. Los ladrillos parecían barridos y había una lenta, pastosa tranquilidad hogareña, que parecía incongruente allí. Al fondo, en la galería, Gloria, vestida de negro, estaba lavando un traje de niño. Yo tenía los ojos hinchados y me dolía la cabeza. Ella me sonrió:

—¿Sabes cuánto has dormido, Andrea? —dijo viniendo hacia mí—. Has dormido dos días enteros... ¿No tienes hambre? —me preguntó luego.

Llenó un vaso de leche y me lo dio. La leche caliente me pareció algo maravilloso y la bebí ávida.

—Antonia se marchó esta mañana con «Trueno» —anunció Gloria.

Así podía explicarme su tranquila presencia en la cocina.

—Se marchó esta mañana de madrugada, mientras Juan dormía. Es que Juan no quería dejarle llevarse al perro, chica. Ya sabes tú que «Trueno» era su amor... Se han fugado los dos juntitos.

Gloria tenía una risa bobalicona y luego me guiñó un ojo.

—Anoche llegaron tus tías... —ahora se burlaba.

—¿Angustias? —pregunté.

—No, las otras, tú no las conoces. Las dos casadas, con sus maridos. Quieren verte, pero antes vístete, te lo aconsejo, chica.

Tuve que ponerme mi único traje de verano mal teñido de negro, oliendo a pastilla de tinte casero. Luego me fui de mala gana hacia el fondo de la casa, donde estaba aquella alcoba. Ya oí un murmullo de voces antes de entrar, como si allí rezaran.

Me paré en la puerta, porque entonces todo hería mis ojos: la luz y la penumbra. El cuarto estaba casi a oscuras, con olor a flores de trapo. Bultos grandes, de humanidades bien cebadas, se destacaban en la oscuridad dando sus olores corporales apretados por el verano. Oí una voz de mujer:

—Le malcriaste. Recuerda cómo le malcriabas, mamá. Así ha terminado...

—Siempre fue usted injusta, mamá. Siempre prefirió usted a sus hijos varones. ¿Se da usted cuenta de que tiene usted la culpa de este final?

—A nosotras no nos has querido nunca, mamá. Nos has despreciado. Siempre te hemos visto quejarte de tus hijas, que, sin embargo, no te han dado más que satisfacciones...; ahí, ahí tienes el pago de los varones, de los que tú mimabas...

—Señora, deberá dar usted mucha cuenta a Dios por esa alma que ha mandado al infierno.

No creía yo a mis oídos. No creía yo tampoco las extrañas visiones de mis ojos. Poco a poco las caras se iban perfilando, ganchudas o aplastadas, como en un capricho de Goya. Aquellos enlutados parecían celebrar un extraño aquelarre.

—Hijos, ¡yo os he querido a todos!

Yo no podía ver desde allí a la viejecilla, pero la

imaginaba hundida en su mísera butaca. Hubo un largo silencio y por fin escuché otro suspiro tembloroso.

—¡Ay, Señor!

—No hay más que ver la miseria de esta casa. Te han robado, te han despojado, y tú, ciega por ellos. Nunca nos has querido ayudar cuando te lo hemos pedido. Ahora nuestra herencia se la ha llevado la trampa... Y para colmo, un suicidio en la familia...

—He acudido a los más desgraciados... A los que me necesitaban más.

—Y con este procedimiento los has acabado de hundir en la miseria. Pero, ¿no te das cuenta del resultado? ¡Si al menos fueran ellos felices, aunque estuviéramos nosotras despojadas; pero, ya ves, lo que ha sucedido aquí prueba que tenemos razón!...

—Y ese desgraciado Juan que nos escucha: ¡casado con una perdida, sin saber hacer nada de provecho, muerto de hambre!

(Yo estaba mirando a Juan. Deseando una de las cóleras de Juan. Él parecía no oír. Miraba por detrás de los cristales la raya de luz de la calle.)

—Juan, hijo mío —dijo la abuela—. Dime tú si tienen razón. Si crees también que eso es verdad...

Juan se volvió enloquecido.

—Sí, mamá, tienen razón... ¡Maldita seas! Y ¡malditos sean todos ellos!

Entonces todo el cuarto se removió con batir de alas, graznidos. Chillidos histéricos.

XXIV

ME acuerdo de que yo no llegué a creer verdaderamente en el hecho físico de la muerte de Román hasta mucho tiempo después. Hasta que el verano se fue poniendo dorado y rojizo en septiembre, a mí me pareció que todavía, arriba, en su cuarto, Román tenía que estar tumbado, fumando cigarrillos sin parar, o acariciando las orejas de «Trueno», aquel perro negro y reluciente a quien la criada había raptado como un novio a su prometida.

A veces, estando yo sentada en el suelo de mi cuarto, caliente como toda la casa, medio desnuda para recoger cualquier resto de frescor y escuchando crujidos de madera, crujidos como si la luz que se volvía encarnada en las rendijas de las ventanas crepitara al quemarse... En esas tardes, así, angustiosas, yo empezaba a recordar el violín de Román y su caliente gemido. Se miraba en el espejo, frente a mí, aquel cortejo de formas que se reflejaban..., las sillas de un color tostado, el verde-gris papel de las paredes, una esquina monstruosa de la cama y un trozo de mi propio cuerpo, sentado a la usanza mora sobre el suelo de ladrillos, bajo toda esta sinfonía, y oprimido por el calor... En estas horas empezaba a sospechar de

qué rincones él había trasladado su música al violín.
Y no me parecía ya tan malo aquel hombre que sabía
coger sus propios sollozos y comprimirlos en una belleza tan espesa como el oro antiguo... Entonces me
acometía una nostalgia de Román, un deseo de su
presencia, que no había sentido nunca cuando él vivía. Una atroz añoranza de sus manos sobre el violín
o sobre las teclas manchadas del viejo piano.

Un día subí arriba, al cuartito de la buhardilla. Un
día en que no pude aguantar el peso de este sentimiento, y vi que lo habían despojado todo miserablemente. Habían desaparecido los libros y las biblio-
tecas. La cama turca, sin colchón, estaba apoyada de
pie contra la pared, con las patas al aire. Ni una graciosa chuchería de aquellas que Román tenía allí le
había sobrevivido. El armario del violín aparecía abierto y vacío. Hacía un calor insufrible allí. La ventanita
que daba a la azotea dejaba pasar un chorro de sol
de fuego. Se me hizo demasiado extraño no poder
escuchar los cristalinos tictac tictac de los relojes.

Entonces supe ya, sin duda, que Román se había
muerto y que su cuerpo se estaba deshaciendo y se
estaba pudriendo en cualquier lado, bajo aquel sol
que castigaba despiadadamente su antigua covacha,
tan miserable ahora, desguarnecida de su antigua
alma.

Entonces empezaron para mí las pesadillas que mi
debilidad convertía en constantes y horrendas. Comencé a pensar en Román envuelto en su sudario, des-
hechas aquellas nerviosas manos que sabían recoger
la armonía y la materialidad de las cosas. Aquellas
manos a las que la vida hacía duras y elásticas a la
vez, que tenían un color oscuro y amarillento por las
manchas de tabaco, pero que sólo con alzarse sabían

hablar tanto. Sabían dar la elocuencia justa de un momento. Aquellas manos hábiles —manos de ladrón, curiosas y ávidas— se me representaban torpemente hinchadas y blandas primero, tumefactas. Luego, convertidas en dos racimos de pelados huesos.

Estas visiones espantosas me persiguieron aquel día de verano con monótona crueldad. En los atardeceres sofocantes, en las noches larguísimas cargadas de lánguida pesadez, mi corazón aterrado recibía las imágenes que mi razón no era suficiente para desterrar.

Para ahuyentar a los fantasmas, salía mucho a la calle. Corría por la ciudad debilitándome inútilmente. Iba vestida con mi traje negro encogido por el tinte y que cada vez se me quedaba más ancho. Corría instintivamente, con el pudor de un atavío demasiado miserable, huyendo de los barrios lujosos y bien tenidos en la ciudad. Conocí los suburbios con su tristeza de cosa mal acabada y polvorienta. Me atrían más las calles viejas.

Un atardecer oí en los alrededores de la Catedral el lento caer de unas campanadas que hacían la ciudad más antigua. Levanté los ojos al cielo, que se ponía de un color más suave y más azul con las primeras estrellas y me vino una impresión de belleza casi mística. Como un deseo de morirme allí, a un lado, mirando hacia arriba, debajo de la gran dulzura de la noche que empezaba a llegar. Y me dolió el pecho de hambre y de deseos inconfesables, al respirar. Era como si estuviese oliendo un aroma de muerte y me pareciera bueno por primera vez, después de haberme causado terror... Cuando se levantó una fuerte ráfaga de brisa, yo estaba aún allí, apoyada contra la pared, entontecida y medio estática. Del viejo balcón de una casa ruinosa salió una sábana tendida, que al agitarse me sacó de mi marasmo. Yo no tenía la cabeza buena aquel día. La tela blanca me pareció un gran sudario y eché a correr... Llegué a la casa de la calle de Aribau medio loca.

Así de esta manera yo empecé a sentir la presencia de la muerte en la casa cuando casi habían pasado dos meses de aquella tragedia.

Al pronto la vida me había parecido completamente igual. Los mismos gritos lo alborotaron todo. Juan le seguía pegando a Gloria. Tal vez ahora había tomado la costumbre de pegarle por cualquier cosa y quizá su brutalidad se había redoblado... La diferencia, sin embargo, no era mucha a mis ojos. El calor nos ahogaba a todos y sin embargo la abuela, cada vez más arrugada, temblaba de frío. Pero no había mucha diferencia de esta abuela con la viejecita de antes. Ni siquiera parecía más triste. Yo seguía recibiendo su sonrisa y sus regalos, y en las mañanas en que Gloria llamaba al *drapaire* ella seguía rezando a la Virgen de su alcoba.

Me acuerdo de que un día Gloria vendió el piano. La venta fue más lucrativa que las que hacía de costumbre y mis narices notaron pronto que ella se permitía aquel día el lujo de poner carne en la comida. Ahora que ya no estaba Antonia para fiscalizar los guisos y volverlos puercos con su sola presencia, Gloria parecía esforzarse en que las cosas fueran mejor.

Yo me estaba vistiendo para salir a la calle cuando oí un gran escándalo en la cocina. Juan tiraba, poseído de cólera, todas las cacerolas de los guisos que hacía un momento habían excitado mi gula y pateaba en el suelo a Gloria, que se retorcía.

—¡Miserable! ¡Has vendido el piano de Román! ¡El piano de Román, miserable! ¡Cochina!

La abuela temblaba, como de costumbre, tapando contra ella la carita del niño para que no viera a su padre así.

La boca de Juan echaba espuma y sus ojos eran de esos que sólo se suelen ver en los manicomios. Cuando se cansó de pegar, se llevó las manos al pecho, como una persona que se ahoga, y luego le volvió a poseer una furia irracional contra las sillas de pino, la mesa, los cacharros... Gloria, medio muerta, se escabulló de allí y todos nos fuimos, dejándolo solo con sus gritos. Cuando se calmó —según me contaron—, estuvo con la cabeza entre las manos, llorando silenciosamente.

Al día siguiente vino Gloria despacio y cuchicheante a mi cuarto y me habló de traer un médico y de meter en el manicomio a Juan.

—Me parece bien —dije (pero estaba segura de que jamás pasaría esta idea de proyecto).

Ella estaba sentada en el fondo de la habitación. Me miró y me dijo:

—Tú no sabes, Andrea, el miedo que tengo.

Tenía su cara inexpresiva de siempre, pero le asomaban a los ojos lágrimas de terror.

—Yo no me merezco esto, Andrea, porque soy una muchacha muy buena...

Se quedó un momento callada y parecía sumida en sus pensamientos. Se acercó al espejo.

—Y bonita... ¿Verdad que soy bonita?

Se palpaba el cuerpo, olvidándose de su angustia, con cierta complacencia. Se volvió a mí.

—¿Te ríes?

Suspiró. Volvió a estar asustada inmediatamente...

—Ninguna mujer sufriría lo que yo sufro, Andrea... Desde la muerte de Román, Juan no quiere que yo duerma. Dice que soy una bestia que no hago más que dormir, mientras su hermano aúlla de dolor. Esto, dicho así, chica, da risa... ¡Pero si te lo dicen a medianoche, en la cama!... No, Andrea, no es cosa de risa despertarse medio ahogada, con las manos de un hombre en la garganta. Dice que soy un cerdo, que no hago más que dormir día y noche. ¿Cómo no voy a dormir de día si de noche no puedo?... Vuelvo de casa de mi hermana muy tarde y a veces ya lo encuentro esperándome en la calle. Un día me enseñó una navaja grande que, según dijo, llevaba por si tardaba yo media hora más cortarme el cuello... Tú piensas que no se atreverá a hacerlo, pero con un loco así, ¡quién sabe!... Dice que Román se le aparece todas las noches para aconsejarle que me mate... ¿Qué harías tú, Andrea? ¿Tú huirías, no?

No esperó a que yo le respondiera.

—¿Y cómo se puede huir cuando el hombre tiene una navaja y unas piernas para seguirte hasta el fin del mundo? ¡Ay, chica, tú no sabes lo que es tener miedo!... Acostarte a las tantas de la madrugada, rendido todo el cuerpo como me acuesto, al lado de un hombre que está loco...

»...Estoy en la cama acechando el momento en que él duerma para dejar la cabeza hundida en la almohada y descansar al fin. Y veo que él no se duerme nunca. Siento sus ojos abiertos a mi lado. Él está destapado todo, tendido de espaldas y sus grandes costillas laten. A cada momento pregunta: «¿Estás dormida?»

»Y yo tengo que hablarle para que se tranquilice. Al fin, no puedo más, el sueño me va entrando como un dolor negro detrás de los ojos y me voy aflojando, rendida... Inmediatamente siento su respiración cerca, su cuerpo tocando el mío. Y me tengo que despabilar, sudando de miedo, porque sus manos me pasan muy suavemente por la garganta y me vuelven a pasar...

»...Y si siempre fuera malo, chica, yo le podría aborrecer y sería mejor. Pero a veces me acaricia, me pide perdón y se pone a llorar como un niño pequeño... Y yo, ¿qué voy hacer? Me pongo también a llorar y también me entran los remordimientos..., porque todos tenemos nuestros remordimientos, hasta yo, no creas... Y le acaricio también... Luego, por la mañana, si le recuerdo estos instantes, me quiere matar... ¡Mira!

Rápidamente se quitó la blusa y me enseñó un gran cardenal sanguinolento en la espalda.

Estaba yo contemplando la terrible cicatriz cuando nos dimos cuenta de que había otra persona en la habitación. Al volverme vi a la abuela moviendo con enfado su cabecita arrugada.

¡Ah, la colera de la abuela! La única cólera que yo le recuerdo... Ella venía con una carta en la mano que le acababan de entregar. Y la sacudía en su despecho.

—¡Malas! ¡Malas! —nos dijo—. ¿Qué estáis tramando ahí, pequeñas malvadas? ¡El manicomio!... ¡Para un hombre bueno, que viste y que da de comer a su niño y que por las noches le pasea para que su mujer duerma tranquila!... ¡Locas! ¡A vosotras, a vosotras dos y a mí nos encerrarían juntas antes de que tocaran un pelo de su cabeza!

Con un gesto vengativo tiró la carta al suelo y se fue, moviendo la cabeza, gimoteando y charlando sola.

La carta que estaba allí tirada era para mí. Me la escribía Ena desde Madrid. Iba a cambiar el rumbo de mi vida.

XXV

Acabé de arreglar mi maleta y de atarla fuertemente con la cuerda, para asegurar las cerraduras rotas. Estaba cansada. Gloria me dijo que la cena estaba ya en la mesa. Me había invitado a cenar con ellos aquella última noche. Por la mañana se había inclinado a mi oído:

—He vendido todas las çornucopias. No sabía que por esos trastos tan viejos y feos dieran tanto dinero, chica...

Aquella noche hubo pan en abundancia. Se sirvió pescado blanco. Juan parecía de buen humor. El niño charloteaba en su silla alta y me di cuenta con asombro de que había crecido mucho en aquel año. La lámpara familiar daba sus reflejos en los oscuros cristales del balcón. La abuela dijo:

—¡Picarona! A ver si vuelves pronto a vernos...

Gloria puso su pequeña mano sobre la que yo tenía en el mantel.

—Sí, vuelve pronto, Andrea, ya sabes que yo te quiero mucho...

Juan intervino:

—No importunéis a Andrea. Hace bien en marcharse. Por fin se le presenta la ocasión de trabajar y de hacer algo... Hasta ahora no se puede decir que no haya sido holgazana.

Terminamos de cenar. Yo no sabía qué decirle. Gloria amontonó los platos sucios en el fregadero y después fue a pintarse los labios y a ponerse el abrigo.

—Bueno, dame un abrazo, chica, por si no te veo... Porque tú te marcharás muy temprano, ¿no?

—A las siete.

La abracé, y, cosa extraña, sentí que la quería. Luego la vi marcharse.

Juan estaba en medio del recibidor, mirando, sin decir una palabra, mis manipulaciones con la maleta para dejarla colocada cerca de la puerta del piso. Quería hacer el menor ruido y molestar lo menos posible al marcharme. Mi tío me puso la mano en el hombro con una torpe amabilidad y me contempló así, separada por la distancia de su brazo.

—Bueno, ¡que te vaya bien, sobrina! Ya verás como, de todas maneras, vivir en una casa extraña no es lo mismo que estar con tu familia, pero conviene que te vayas espabilando. Que aprendas a conocer lo que es la vida...

Entré en el cuarto de Angustias por última vez. Hacía calor y la ventana estaba abierta; el conocido reflejo del farol de la calle se extendía sobre los baldosines en tristes riadas amarillentas.

No quise pensar más en lo que me rodeaba y me metí en la cama. La carta de Ena me había abierto, y esta vez de una manera real, los horizontes de la salvación.

«...Hay trabajo para ti en el despacho de mi padre, Andrea. Te permitirá vivir independiente y además asistir a las clases de la Universidad. Por el momento vivirás en casa, pero luego podrás escoger a tu

gusto tu domicilio, ya que no se trata de secuestrarte.
Mamá está muy animada preparando tu habitación.
Yo no duermo de alegría.»

Era una carta larguísima en la que me contaba todas sus preocupaciones y esperanzas. Me decía que
Jaime también iba a vivir aquel invierno en Madrid.
Que había decidido, al fin, terminar la carrera y que
luego se casarían.

No me podía dormir. Encontraba idiota sentir otra
vez aquella ansiosa expectación que un año antes, en
el pueblo, me hacía saltar de la cama cada media
hora, temiendo perder el tren de las seis, y no podía
evitarla. No tenía ahora las mismas ilusiones, pero
aquella partida me emocionaba como una liberación.
El padre de Ena, que había venido a Barcelona por
unos días, a la mañana siguiente me vendría a recoger
para que le acompañara en su viaje de vuelta a Madrid. Haríamos el viaje en su automóvil.

Estaba ya vestida cuando el chófer llamó dis-
cretamente a la puerta. La casa entera parecía silenciosa y dormida bajo la luz grisácea que entraba por
los balcones. No me atreví a asomarme al cuarto de
la abuela. No quería despertarla.

Bajé la escalera despacio. Sentía una viva emoción. Recordaba la terrible esperanza, el anhelo de
vida con que las había subido por primera vez. Me
marchaba ahora sin haber conocido nada de lo que
confusamente esperaba: la vida en su plenitud, la alegría, el interés profundo, el amor. De la casa de la
calle de Aribau no me llevaba nada. Al menos, así
creía yo entonces.

De pie, al lado del largo automóvil negro, me esperaba el padre de Ena. Me tendió las manos en una

bienvenida cordial. Se volvió al chófer para recomendarle no sé qué encargos. Luego me dijo:

—Comeremos en Zaragoza, pero antes tendremos un buen desayuno —se sonrió ampliamente—; le gustará el viaje, Andrea. Ya verá usted...

El aire de la mañana estimulaba. El suelo aparecía mojado con el rocío de la noche. Antes de entrar en el auto alcé los ojos hacia la casa donde había vivido un año. Los primeros rayos del sol chocaban contra sus ventanas. Unos momentos después, la calle de Aribau y Barcelona entera quedaban detrás de mí.